UN SIGNE D'ELLE

Scénariste (*Le Bon Fils*), documentariste (*Unique en son genre*), compositeur-interprète (Cobalt – *Stéréo, Boston Calling*), Stéphane Galas signe avec ce récit de vengeance un polar terriblement efficace porté par un suspens des plus diaboliques. *Un signe d'elle* est son premier roman.

STÉPHANE GALAS

Un signe d'elle

MICHEL LAFON

ISBN : 978-2-253-24242-0 – 1re publication LGF

Les documents qui suivent sont extraits des archives du Cercle spirite Margaret Hamilton. Ils forment l'essentiel des pièces présentées par cette même organisation devant la cour de justice du Massachusetts afin d'innocenter l'énigmatique Dr Edwards impliqué dans deux affaires retentissantes. Devant le caractère peu orthodoxe des documents, les autorités judiciaires ne retiennent aucune pièce. Scandalisé, le Cercle spirite décide alors de les diffuser. Depuis leur parution, l'affaire Stella Le Carré divise plus que jamais l'opinion publique américaine.

PIÈCES N° 1 À 16

Transcriptions révisées à fin de publication

NIELS
ou
La promesse

PIÈCE N° 1

Dr Niels Edwards
Hypnose régressive sous polygraphe[1]

28 décembre 2003,
118, Rosemary Street, New London, CT.

Je n'en reviens toujours pas. Stella Le Carré, la splendeur des splendeurs, le corps le plus convoité de New London High School, fait les cent pas dans ma chambre. À moitié nue, les joues brillantes de larmes, le diamant de New London m'offre la plus étrange des déclarations d'amour.

— Je ne veux pas vieillir, Niels. Je ne veux pas te perdre.

Sentiment imbécile de fierté. Je réponds :

— Tu ne me perdras pas, Stella. Jamais.

Je sais lire sur son visage. Elle pense que je me moque.

— Comment tu peux dire ça ? Vieillir, ça veut dire se lasser, se tromper, peut-être même se détester. On ne pourra pas y échapper. Le temps salit toujours tout.

— Ça n'arrivera pas, Stella, crois-moi.

---

1. Plus communément appelé « détecteur de mensonge ».

— Comment tu peux en être si sûr ?

— Parce que c'est ce que je veux, Stella. Toi et moi, c'est pour la vie.

— Pfff… Je sais déjà ce qu'elle nous réserve, la vie. On ne fera pas mieux que les autres. Notre amour va crever bien avant nous.

Je suis aux anges, ravi. Mon étoile s'inquiète de notre survie. Mais qu'est-ce qu'elle me trouve, bon sang ? Qu'est-ce qu'elle voit chez moi que les autres ne voient pas ? Elle dit :

— Mais peut-être que si on l'arrête… Si on arrête le temps…

Ses yeux brillent et pas seulement à cause de ses larmes. On la dirait subitement fiévreuse. Je tends l'oreille pour parvenir à l'entendre. Elle s'est mise à chuchoter.

— Tu as peur de mourir, Niels ?

Mourir ? Mais depuis toi, je ne fais que ça, Stella. Tous les jours. Des dizaines de fois par jour. Dès que tu me tournes le dos, dès que tu me lâches la main, dès que tu ris avec un autre que moi, dès que tu ressens le moindre intérêt pour autre chose que moi, je meurs. Je crève. J'en crève. Mais ça, impossible de te le dire. Tu ne comprendrais pas. Tu ne supporterais pas. Je sais ce que tu attends d'un homme : de l'assurance, de la solidité, une force qui ne tremble pas, jamais. Avec une fille de ton calibre, on ne peut pas être un homme à moitié.

Je m'approche. Je pose les mains sur ses joues. C'est ma seule réponse. Je veux l'embrasser. J'attire son visage vers le mien, un peu comme on porte un calice à ses lèvres. Elle se crispe. Elle vient de sentir mon sexe dur. Son regard se décroche du mien. Elle se lève, elle m'échappe.

Merde, merde. Pas de méprise, Stella. Surtout pas. Ce n'est pas ce que tu crois. C'est juste un afflux de sang, une réaction physiologique qui ne te demande rien, qui ne t'oblige à rien...

Je reste silencieux. Quelque chose déconne chez moi. Un mec normalement constitué n'aurait pas ce genre de pensées, ne ressentirait pas ce genre de panique. Un mec normalement constitué montrerait à cette fille ce qu'elle attend : un désir brut, un appétit qui ne faiblit jamais.

Déjà, elle a rejoint la petite chaîne hi-fi coincée entre mes livres de science. Son doigt presse la touche ON. *Send Me to the Purgatory*[1], Pandemonium. La puissance des guitares saturées fait trembler les murs de la maison. Stella se met à danser ou plutôt à sauter, dans tous les sens, en secouant la tête telle une démente. On dirait une danse guerrière qu'elle termine en se jetant sur moi. Stella plaque son corps contre le mien. Elle me pousse. Je ne résiste pas, je recule avec elle, en manquant de me casser la figure. Je bascule sur le lit. Elle passe par-dessus moi. Elle vient me mordiller le cou, la jugulaire. Elle sent le savon et le parfum bon marché, associés à une odeur féline, animale. J'entends ses colliers tinter. Ils se balancent sous mes yeux. Je lui ai offert l'un d'eux. Une offrande à ma déesse. Une pièce en argent finement ciselée représentant une tête de dragon. À l'oreille, elle me murmure :

— Dis-moi que tu ne peux plus vivre sans moi.

Je sens sa main glisser sous mon tee-shirt. Je serre les dents. Je sais ce qu'elle s'apprête à faire. Ce ne sera pas

1. « Envoyez-moi au purgatoire ».

la première fois. L'amour avec Stella ressemble à une cérémonie sacrificielle.

— Dis-le-moi, Niels.

Nous avons bu. Trop. Je suis ivre. Ivre d'amour et bourré d'alcool. Ses ongles se plantent dans ma chair. Je retiens un cri de douleur. Sa main se déplace, du haut de mon torse jusqu'à la ceinture. Stella me griffe, lentement, longuement en se délectant de ma souffrance. J'ai fini par aimer ça, aussi, le mal qu'elle me fait. Je sais qu'elle en a besoin pour exprimer sa colère. Je sais d'où elle vient : la violence de son beau-père. Sa mère qui laisse faire. La vie qu'ils lui font mener.

Stella fait sauter les boutons de mon jean.

— Dis-le, Niels. J'ai besoin de l'entendre.

Elle tire sur mon caleçon, le visage transformé, presque adulte. De petits muscles vibrent à l'arrière de sa mâchoire. Je l'aime.

— Je ne peux plus vivre sans toi, Stella. Tu peux en être certaine. C'est impossible.

— Alors, ça veut dire que, si je meurs, tu meurs avec moi n'est-ce pas ?

Je réponds en souriant :

— Il n'y a aucune raison que tu meures, Stella. Aucune.

La gifle part, franche, honnête, martiale.

— Répète, c'est tout ce que je te demande… Si je meurs, tu meurs avec moi.

Je bafouille, la joue en feu.

— Si tu meurs, je meurs avec toi.

Elle soupire, satisfaite, rassurée, en retenant un petit rire, et puis, sans hésitation, sans aucune appréhension, Stella me goûte. Aussitôt, des questions courtes et cruelles que je ne peux réfréner jaillissent sous mon crâne. Des clowns horrifiques montés sur ressort. Ce sont toujours les mêmes questions : *avec qui ? combien de fois ? quand et comment ?* Ce n'est pas de la jalousie. Plutôt de la peur. Suis-je à la hauteur ? À la hauteur de ceux qui m'ont précédé ?

Elle s'arrête. Elle scrute mon corps. Je suis de moins en moins gêné par ce temps qu'elle prend à chaque fois pour m'examiner : pantalon sous les genoux, ventre dénudé, sexe exposé. C'était éprouvant, au début, de repousser ma pudeur. Aujourd'hui, l'inconfort est devenu une autre source de plaisir. Stella n'en a pas fini avec ses idées morbides.

— Maintenant, je veux que tu m'en fasses la promesse, Niels.

Son corps glisse à nouveau sur le mien. Stella s'assoit sur mes hanches.

— Sans promesse, les mots ne valent rien, tu comprends.

Elle s'étire pour attraper une bouteille de bière, une parmi celles posées sur la table de nuit. Elle presse le goulot contre ma bouche. De la mousse coule sur mes joues. J'avale, j'absorbe, autant de bière que je peux. Elle finit par me laisser respirer.

— Tu dois promettre, Niels. Si tu promets... je te fais entrer en moi.

Oh non, Stella, non, pas ça, pas comme ça, pas maintenant...

Elle lance la bouteille vide par-dessus son épaule.

— J'attends, Niels. Tu ne veux pas promettre ?

Je la vois se soulever, sa main disparaître sous elle.

— OK, Niels... Comme tu voudras.

Et sans prévenir, Stella me fait entrer en elle.

Est-ce qu'elle sait, est-ce qu'elle imagine seulement qu'il s'agit de ma première fois ?

Ses mains se posent sur mon ventre lacéré. Ses hanches se mettent à bouger.

— Promets, Niels. Promets de me suivre partout, n'importe où, jusque dans la mort.

L'alcool et l'amour continuent de faire tanguer les murs autour de moi. Mon ivresse est accentuée par ce plaisir nouveau qui se répand le long de mon corps, qui s'ouvre en corolle dans ma tête.

— Promets !

Plantée sur moi, droite, altière, Stella amplifie ses mouvements. Mais qu'est-ce qui lui arrive ? Qu'est-ce que c'est que cette idée fixe ? D'où vient-elle ?

— PROMETS, NIELS ! PROMETS !

Stella saute sur mes hanches, travaille à me faire perdre la raison. Je suis au bord de l'implosion, au bord de l'évanouissement. Mon sexe bat comme un cœur à l'agonie.

— JUSQUE DANS LA MORT, NIELS ! PROMETS ! PROMETS !

Un flux bouillonnant d'amour, un flux ardent, massif, veut jaillir hors de moi. Je n'en peux plus. Pourquoi résister ? Si c'est ce qu'elle veut, si c'est ce dont elle a besoin. Si c'est un moyen de la satisfaire, de lui donner le plaisir qu'elle réclame, afin de la garder près de moi, avec moi, pour toujours et à jamais.

— Je… Je promets, Stella.

Mon esprit abdique. Mon corps s'abandonne.

— Je te suivrai partout, n'importe où, jusque dans la mort.

Mais c'est le corps de Stella qui m'abandonne en premier.

— Parfait, glousse-t-elle. C'est parfait !

Le plaisir s'interrompt brusquement. Stella quitte le lit, ramasse ses affaires. Moi, le visage en feu, je l'observe sans comprendre, groggy par cette jouissance avortée.

— Allez, Niels, habille-toi !

Elle enfile son jean, réajuste son sweat-shirt à ses épaules.

— Habille-toi, je te dis !

Elle se recoiffe.

— Mais qu'est-ce qu'il y a, Stella ? Qu'est-ce qui se passe ?

— Il se passe que tu as promis.

Elle se fige tandis qu'une lumière glacée émane un court instant de ses yeux gris-vert.

— Le Gold Star Bridge. Ce sera parfait.

On aurait dit un reflet argenté sur la lame d'un couteau.

Stella enfile sa veste à toute vitesse. Moi, j'ai du mal à trouver les manches de mon blouson, à le boutonner correctement.

Ça y est, c'est aujourd'hui ? C'est le jour de ma mort ?

Elle ouvre la porte. Il pleut à torrents. Des semaines que ça dure. Une même averse, interminable, glacée, trempe les rues de New London. Partout, d'énormes flaques d'eau recouvrent les trottoirs, les routes. Elles donnent l'impression que cette ville est posée sur un gigantesque miroir brisé.

C'est parti. Stella s'élance sous la pluie. Je ferme la porte d'entrée. J'observe le trousseau de clés dans mes mains. Juste avant, j'ai remis le paillasson en place, jeté un coup d'œil dans le couloir pour m'assurer que tout était rangé, à sa place, et sagement, très consciencieusement, j'ai fermé la porte à double tour. Le cadavre de l'adolescent insipide que j'avais été et dont j'avais cru être débarrassé vient de refaire surface. Aucune importance, l'ancien Niels comme le nouveau n'en ont plus pour très longtemps.

Elle hurle mon nom. Je la cherche du regard. Elle est déjà loin. Elle m'attend. Je lance les clés dans l'herbe du jardin. Je cours la rejoindre. Mes jambes, je ne les maîtrise pas. On dirait qu'elles vont s'emmêler. Est-ce l'alcool ? La trouille ? Elle attrape le bout de mes doigts. Elle me tire vers elle en jetant des coups d'œil à sa montre. J'admire l'énergie qu'elle déploie à courir vers la mort. Je la contemple. Devant son visage, ses longs cheveux noirs flottent à la façon d'un drapeau élimé. Par intermittence, j'aperçois son regard. Il en émane une impatience, une détermination furieuse. « Vivre, c'est s'abîmer. » Je n'aurai jamais quinze ans.

On ne se parle pas. Pas besoin. Nous savons où nous rendre, ce qu'il faudra faire : enjamber, compter, lâcher prise. Je me demande si nous mourrons avant de toucher l'eau, si nos cœurs exploseront pendant la chute ou si la rupture avec ce monde ne se fera qu'à l'instant précis de l'impact, quarante mètres plus bas. Est-ce qu'il y aura de la douleur ? À quoi ressemblerons-nous après ? Nos corps. Son si joli corps. Est-ce qu'on retrouvera d'elle tous les morceaux ?

Le Gold Star Memorial Bridge et son incroyable perspective s'offrent à nous : une longue ligne droite qu'on croirait sans fin s'étend au-dessus de la Thames River. Peu de place pour les piétons. Ici, c'est d'abord le royaume des chevaux de fer. Quotidiennement des milliers de véhicules empruntent ce bout d'autoroute suspendu dans les airs afin de rallier New London depuis Groton, et retour. Main dans la main, nous nous engageons à l'intérieur d'un couloir étroit, délimité par une simple ligne blanche marquée au sol. *Trucks*, SUV, berlines, tous nous frôlent en projetant d'énormes bourrasques d'air et d'eau qui nous trempent jusqu'aux os. Coups de klaxon, appels de phares, ça n'arrête pas. Les conducteurs nous mettent en garde. Ce pont n'est pas fait pour les promeneurs. Stella s'en fout. Stella s'en amuse. L'idée de mourir la rend heureuse. Je ne l'ai jamais vue aussi resplendissante, aussi lumineuse. Quant à moi, bizarrement, je me sens incroyablement vivant. Intensément vivant. Et pourtant bientôt mort.

Un klaxon plus long que les autres, suivi d'un crissement de pneus. Une Ford King Ranch vient de freiner sur l'asphalte trempé. Le véhicule chasse par l'arrière, glisse sur plusieurs mètres. Derrière lui les voitures klaxonnent, manœuvrent, font des embardées. Miraculeusement, personne ne percute personne et le pick-up se rééquilibre avant de se ranger sur le côté. Les feux de détresse s'enclenchent. Quelqu'un sort du véhicule. Je plisse les yeux pour tenter d'y voir clair. L'alcool se dilue trop lentement dans mes veines. Malgré le concert des avertisseurs et le sifflement caoutchouteux des pneus propulsés à pleine vitesse sur le goudron craquelé, malgré le clapotis épais de la pluie sur le bitume, je perçois la voix du chauffeur. C'est un homme et il est en colère. Il hurle :

— Qu'est-ce que tu fous là, bordel ? Mais qu'est-ce que tu fous là ?

Je sens la main de Stella se contracter, serrer la mienne jusqu'à faire mal. Elle se tourne vers moi, catastrophée.

— Merde ! Merde ! C'est mon beau-père !

Un frisson électrique me traverse le corps. John Tate. Narcissique, alcoolique, agressif, ce type transforme régulièrement Stella en punching-ball. Et si Stella encaisse, c'est uniquement pour protéger sa mère.

Tate est arrivé à notre hauteur, la gueule déformée par la colère. Son bras droit se lève. Mon regard suit sa main, large, carrée qui s'élève, s'élève... et s'abat sur la chevelure de Stella. Il la tire vers lui, violemment. Ma petite amie part vers l'avant. Nos mains se séparent. Stella s'écroule sur le sol dans un hurlement : un cri aigu mêlé à un bruit de flaque.

— P'tite traînée ! Qu'est-ce qu'on t'a dit, ta mère et moi ?

Je m'avance vers lui.

— S'il vous plaît, m'sieur, laissez-moi vous...

Son poing me percute à la vitesse d'une roquette. Je recule sous l'impact. Mes lunettes volent dans l'air tressé de pluie. Mes bras font des moulinets et je m'écrase sur le bitume ruisselant d'eau.

— Te mêle pas de ça, p'tit con !

Je ne bronche pas. Il attrape Stella par la veste. Il la relève, la pousse devant lui à coups de semelle dans les reins. Je ne bronche toujours pas. Je les observe s'éloigner, le cul dans l'eau. Peu à peu, derrière le rideau de pluie, leurs silhouettes rendues déjà floues par ma myopie s'altèrent. Puis, ce sont les feux de détresse qui s'éteignent. Un clignotant s'allume. La Ford King Ranch quitte le bas-côté et le véhicule disparaît dans la circulation. Un goût de sang dans ma bouche. John Tate m'a éclaté la lèvre inférieure. Une sorte de signature en bas de page. Un contrat qu'il vient de passer avec moi de façon unilatérale et tacite. En substance, ça dit : ne t'approche plus jamais d'elle.

Je quitte le Gold Star Memorial Bridge. Je retrouve mes clés dans l'herbe du jardin. En grelottant de froid et d'émotion, je rejoins ma chambre d'enfant. Tout habillé, je m'enfonce dans mon lit. Je m'immerge dans les draps de coton, l'odeur de lessive, d'assouplissant, l'odeur de la maison et de la sécurité. Je reste là de longues minutes, en position fœtale, à penser. Penser que je devrais être mort, pulvérisé, démembré par l'impact, en dehors de la vie, hors de toutes sensations, bonnes ou mauvaises. Au lieu de ça, je suis vivant, secoué de spasmes, nauséeux et douloureusement habité par un sentiment atroce : celui d'avoir été dépecé. Tate m'a ouvert le ventre. Tate m'a arraché les tripes et les a placées sous le nez de Stella pour qu'elle constate : du vide. Aucun courage. Il a suffi qu'il hausse la voix, qu'il lève le poing pour que je m'écrase. Ce soir, Stella a compris le genre de garçon que je suis réellement : une escroquerie, une imposture, un mec tout en bluff.

PIÈCE N° 2

28 décembre 2003,
118, Rosemary Street, New London, CT.

Ma mère, rien ne lui échappe jamais. Elle se penche vers moi en plissant les yeux.

— Tes lunettes… Tu les as cassées ? Et ta lèvre, qu'est-ce que tu as à la lèvre, Niels ? Tu t'es battu ? Trevor ! Ton fils s'est battu !

Au bout de la table, pas de réaction. C'était à prévoir. Impossible de détourner mon père de ses *chicken and dumplings*, son plat préféré. Mais Molly Edwards est une coriace.

— Trevor ? (Elle sort un mouchoir.) Trevor ?

Bruits de trompette suivis de manières de femme du monde. Elle dit : « Quoi ? », parce que je la dévisage, tout en essuyant précieusement le bout de son nez, et ça reprend.

— Trevor, bon sang ! Dis quelque chose…

Je fixe ses mains striées de veines. Des veines épaisses, enchevêtrées, fatiguées. Des mains d'ouvrière. Ma mère vieillit, lentement, à petit feu. Je le comprends pour la première fois.

Pourquoi maintenant ? Qu'est-ce qui m'arrive ?

Mon père lâche un soupir ainsi que sa fourchette qui

cogne contre le bord de son assiette dans un tintement cinglant. Ça fait taire ma mère. Mon père émet alors des bruits de succion : sa langue, à la recherche de bouts de viande coincés entre ses dents. Mon père aime ça, afficher sa virilité, ostensiblement, l'incarner massivement. D'habitude, ces démonstrations m'oppressent, me rendent nerveux parce qu'elles me placent sur la sellette. Depuis toujours, mon père espère que je reproduise cette façon d'être. D'être un homme. Sans succès. Sauf depuis Stella. Parfois, pour épater mon amoureuse, je m'inspire de lui. Ce n'est pas un hommage. Juste une facilité. Ce soir, pourtant, cette virilité ostentatoire ne n'impressionne pas. Ce soir, ses contorsions viriles se réduisent à de simples gesticulations, à une attitude inoffensive, sans conséquences pour moi. Ses mimiques sont comme une marque déposée. Ces mimiques sont « mon père ». Et l'affection que je ressens pour lui doit miroiter dans le bleu de mes yeux.

Bouffée d'amour.

Des bouffées d'amour pour lui, pour elle. Ça n'arrête pas. C'est comme ça depuis le début du repas. Mais où est passée mon exaspération ? Celle que leur simple présence provoque en moi d'habitude ? Où est passée ma détestation de ce qu'ils sont devenus ? À croire qu'on n'est plus tout à fait le même une fois que la mort nous a frôlé.

Sans regarder ma mère, mon père croise ses bras, qu'il pose sur la table. Le large plateau grince sous son poids. Il demande :

— Qu'est-ce que tu veux que je dise, Molly ? Se battre, ça fait partie de la vie d'un homme.

Ma mère est outrée.

— Quoi ? Mais non, Trevor ! Non ! Ne dis pas ça ! On n'est pas obligé de se battre… Jamais. Répondre à la violence par la violence, c'est…

Ça ne s'arrêtera plus. Mon père et moi le savons. Tant qu'il n'aura pas capitulé, ma mère continuera à énumérer toutes les bonnes raisons sur terre de ne pas tenir ce genre de propos. À cet instant précis, je peux lire sur le visage de mon père, dans ses yeux, à quel point il déteste lorsque ma mère agit comme ça. Je pense aux paroles de Stella. « Le temps salit toujours tout. » Il lève une main.

— OK, Molly. OK.

De l'autre côté de la table, le flot de paroles se tarit subitement. Mon père se tourne vers moi, paupières mi-closes, tout en se grattant la barbe.

— Fils. Si quelqu'un te frappe. Si on te fait du mal. Surtout, ne réagis pas. OK ? Surtout, tu ne ripostes pas. Écoute les bons conseils de ta maman. Fais-toi humilier. Fais-toi écraser. Soit une lavette. C'est ça que ta mère veut pour toi.

Aïe. Je n'ose plus me tourner vers elle. D'ici, je perçois sa colère. Elle irradie comme la chaleur d'un radiateur électrique poussé à son maximum. Pourtant, contre toute attente, je sens sa main se poser sur la mienne. Elle a dû considérer que l'urgence, c'était moi. Elle dit :

— C'est à cause d'elle ? C'est cette fille ? Tu t'es battu pour elle, c'est ça ? Bon sang, Niels. Reprends-toi. Je ne te reconnais plus. Elle va te mener où cette histoire, hein ?

Ma gorge se serre, mon ventre se tord.

Tu veux savoir, mama ? Tu veux vraiment savoir où cette histoire a failli me mener aujourd'hui ? Tiens-toi bien, mama. Tu ne vas pas en revenir. J'aurais pu ne jamais avoir quinze ans.

Je garde le silence. Ma mère fronce les sourcils, regard inquisiteur posé sur moi. C'est aussi insupportable qu'une curette chirurgicale sur le nerf d'une molaire.

Qu'est-ce qu'elle aurait compris, ma mère, si nous avions sauté ? Qu'est-ce qu'elle aurait réussi à imaginer pour se reprocher ma mort ? De quoi se serait-elle rendue coupable ?

La sonnerie du téléphone met fin au malaise.

Ma mère se tourne vers mon père en espérant qu'il réagisse. Molly a la tête dure. Une capacité de résilience hors pair. Mais Trevor est encore plus têtu. C'est elle qui décroche en râlant. Ma mère écoute, elle grimace, presse le combiné contre son ventre. Avec de grands gestes, elle m'invite à la rejoindre.

— Dis-lui qu'on mange. Dis-lui qu'elle rappelle plus tard.

Je mets du temps avant de réagir. Je ne comprends pas. Après ce qui vient de se passer ? Après ce qu'elle a vu de moi ? Qu'est-ce qu'elle veut ? Me couvrir d'injures ? Ma mère s'éloigne. Je tire la porte coulissante derrière moi et je demande, comme si j'avais besoin d'une confirmation :

— Stella ?

— Niels, mon amour.

— Stella, pardon Stella, pardon. Je suis désolé. J'aurais dû réagir. J'aurais dû…

Elle me coupe.

— Niels. Je n'ai pas beaucoup de temps. Tate cuve sur le canapé, mais il peut se réveiller d'un moment à l'autre. J'ai eu une idée. Ce n'est pas aussi spectaculaire que le Gold Star Bridge, mais le principal, c'est qu'on le fasse, non ?

— Qu'on fasse quoi, Stella ?

— Sauter. On va sauter. Toi et moi. Par la fenêtre de nos chambres, chacun de son côté. Séparés, mais ensemble. Il faut juste que tu règles ta montre sur dix heures. Et à dix heures tapantes, toi et moi, on sautera. Tu comprends ? Tout le monde ne parlera que de nous après ça ! On va devenir les amants éternels de New London, les Roméo et Juliette du Connecticut ! Oh, Niels, j'ai hâte… J'ai tellement hâte…

Je ferme les yeux. Je vais la rendre folle, la rendre dingue. Ses colères sont les plus terribles que je connaisse, mais depuis longtemps l'alcool dans mes veines s'est dissipé et maintenant j'y vois clair. Je dois trouver les mots, ceux qu'elle acceptera d'entendre. Je prends mon temps, je les cherche et ce silence entre nous est comme un avant-goût de celui que pourrait avoir l'éternité. Rien de particulièrement agréable. Principalement éprouvant.

— Stella. Le mal qu'on te fait. Tu peux y échapper autrement.

Immédiatement, j'ai l'impression qu'une longue aiguille traverse ma gorge de part en part.

— Tais-toi, Niels. Tu ne sais rien. Rien de rien.

— Alors explique-moi, Stella. Parle-moi.

— Parler ? Pour dire quoi ? Y a rien à dire, Niels. Je vais le faire, c'est tout. Je vais sauter. Et toi, tu vas le faire aussi. Parce que tu m'aimes. Tu n'as pas le choix.

— Stella, la probabilité que ton beau-père passe sur ce pont à cet instant précis, c'était quoi ? Une chance sur combien ? Tu réalises ? C'est un signe du destin. La vie a d'autres plans pour nous. Tu ne crois pas ?

— Des conneries. Des phrases de premier de la classe !

— Non, Stella. Écoute, je te le promets, on va trouver une solution. Toi aussi, tu iras à l'université. On va trouver une bourse, une aide, quelque part, ça doit bien exister. Et moi de mon côté, moi, je vais devenir médecin, je vais gagner ma vie… Je te sortirai de là. Je te jure, Stella, je…

— Tu m'as déjà fait une promesse, Niels. Tu te rappelles ?

J'ouvre les yeux instantanément.

Holy shit ! J'ai promis !

Ma voix tremble :

— Ça ne compte pas, Stella… J'étais ivre.

— Ça compte, Niels. Une promesse est une promesse.

— Stella, attends, on va plutôt…

— La ferme, Niels. La ferme, et écoute. Enregistre bien. Moi aussi, je vais te faire une promesse. Si ce soir tu te dégonfles, si tu ne sautes pas, si je me retrouve seule de l'autre côté, sans toi, alors je te le jure, Niels, n'oublie jamais, cette promesse, je la tiendrai… Je reviendrai. Je reviendrai d'entre les morts et je te pourrirai la vie. Je te la pourrirai jusqu'à ce que tu me rejoignes.

Une sensation parasite s'étend sur mon visage, des picotements pareils à de la pluie verglacée.

— Et moi, Niels, je ne me contenterai pas de venir te visiter la nuit, au bout de ton lit… Oh non. Moi, ce sera bien pire. Je m'en prendrai d'abord à ceux que tu aimes, ta famille, tes amis, je les supprimerai tous, un par un, je ferai de ta vie un enfer, jusqu'à ce que tu viennes à moi, que tu me rejoignes, jusqu'à ce que je finisse par l'avoir ton putain de suicide !

La folie de Stella ne me porte plus, ne m'exalte plus. Elle me terrifie.

— Alors fais-le, Niels. Fais-le dès ce soir. Ce serait beaucoup plus sage.

Un silence abyssal s'abat entre nous. Elle doit entendre ma respiration devenue courte, essoufflée. J'ai envie d'uriner, je veux raccrocher, je voudrais n'avoir jamais promis, ne l'avoir jamais... rencontrée ? Sa voix surgit du silence et sectionne le fil de mes pensées. C'est une voix transformée qui me revient. Une voix douce et si sucrée qu'elle me provoque un haut-le-cœur.

— À tout à l'heure, mon amour. On se retrouve de l'autre côté, toi et moi, pour l'éternité.

Un bruit de disjonction électrique, la ligne téléphonique se coupe et c'est le néant. Merde. Stella. Mais qui es-tu ?

La maison est silencieuse. Mes parents se sont retirés dans leur chambre. Moi dans la mienne. Nous sommes en Nouvelle-Angleterre. Ici, on se lève et on se couche avec le soleil. Dans les oreilles, j'ai la musique des Kinks. Cette musique, c'est ma musique, celle d'avant Stella.

The only time I feel alright is by your side.

Girl, I want to be with you, all of the time, all day and all of the night.

You really got me ! You really got me[1] *!*

1. « Le seul moment où je me sens bien, c'est à tes côtés. Gamine, je veux être avec toi, tout le temps, tout le jour et toute la nuit. Tu m'as vraiment bien eu ! Tu m'as vraiment bien eu ! »

Depuis mon lit, je fixe la seule fenêtre de la pièce. Elle donne sur un côté de la maison, là où le mur rase la grille du jardin. Une grille surmontée de pointes en acier. Il me reste trente minutes avant que je m'y empale et que je meure, je l'espère, sur le coup. Mille huit cents secondes avant de devenir le garçon auquel j'ai voulu qu'elle croie : un type indomptable, imprévisible, libre jusqu'à la mort. « Vivre, c'est s'abîmer. » J'ai déclaré au monde entier que sa devise était devenue la mienne. Ce soir, j'ai l'occasion de le prouver. Mais pas par conviction ou par envie. Soyons honnête. Plutôt par manque de choix. Si je ne saute pas avec elle, si je préviens ses parents, les miens, si à cause de moi on l'en empêche, qu'est-ce qui arrivera ? Stella me quittera. Je la perdrai dans tous les cas. Et mon père, et les autres, qu'est-ce qu'ils diront de moi une fois qu'on les aura mis au courant de l'histoire ? Que c'était facile de faire le malin, de pavaner à son bras, mais que ça a été autre chose quand il a fallu agir comme un homme, quand il a fallu se battre pour elle. Pire, ils diront qu'après ma débâcle, en plus de ça, j'ai fini par la trahir, elle et ma parole, elle et mon honneur. Au final, ils diront que je me suis comporté comme une lavette. La lavette que ma mère veut que je sois. Mon estomac se contracte. Une giclée acide remonte dans mon œsophage. Je cours dans les toilettes. Je vomis mon effroi. Mon corps souffre, mes yeux pleurent, ma gorge brûle. Je suis minable, sans envergure. La réalité nous rattrape toujours.

PIÈCE N° 3

8 juin 2003,
New London Public School, New London, CT.

Chaque jour, je me planque au bout d'un couloir en cul-de-sac, juste derrière un distributeur de boissons tombé en panne. Chaque jour, j'espère qu'il n'a pas été réparé. Il faut que l'endroit reste sans intérêt pour les autres. J'y suis si bien. Cet endroit est dans le même état que mon petit cœur d'ado : un lieu isolé où personne ne vient jamais. En me cachant ici, je peux me convaincre que c'est moi qui ai décidé d'être invisible aux yeux des autres. J'ai honte de ce que je suis. Honte de ce visage grossièrement modelé. De ce corps trop fin, trop long. Je ne sais pas quoi en faire, ces jambes, ces bras. Et puis il y a ces lunettes qui me glissent sur le bout du nez et dont les verres augmentés déforment mes yeux. Résultat, pour se charrier, les filles se jettent mon nom au visage. Et les mecs, eux, me fuient comme une boule puante : l'odeur de ma virginité, leur sujet de moquerie préféré. Le seul endroit où je brille un peu, c'est au sein de mon club de science. Mon adolescence, je la passe à bosser, à étudier, à tenter de comprendre le corps humain, sa machinerie. Je veux être médecin. C'est mon unique ambition. Mais ça, devenir médecin, ça n'épate plus personne.

J'entends des bruits de pas. Je me penche vers l'entrée du couloir. Une vision divine me foudroie. Stella Le Carré, la beauté des beautés, s'avance vers le distributeur de boissons. Je n'imagine pas une seule seconde que ça puisse être vers moi. Elle jette son sac à franges sur le sol et s'assoit dessus. *Illico*, je pique du nez dans mon bouquin. Je panique. C'est un piège. Obligé. Stella Le Carré n'a aucune raison de se tenir là, en face de moi. À part pour relever un défi, pour m'humilier, me torturer. Je jette un œil vers l'entrée du couloir. Personne. Un coup sec sur ma semelle. Elle vient de taper du bout des pieds une de mes chaussures. Elle dit :

— Sont vraiment moches tes pompes, mec.

Moi, je trouve qu'elles ne sont pas plus minables que l'odeur sirupeuse de son parfum bon marché. Mais je ne dis rien, de peur de bégayer, de la contrarier. Merde, c'est Stella Le Carré quand même. Alors, je lui réponds par un haussement d'épaules et je plonge le nez dans mon livre. Je n'en vois plus les lignes. Ma vision se trouble. Mon cerveau est resté sur l'idée de son parfum. L'idée de sa peau.

Mais qu'est-ce qu'elle me veut ?

Et ce silence qui dure. C'est si embarrassant, si éprouvant. Je gamberge, je cherche une relance, le moyen d'avoir l'air serein, mais je rame. Je rame sur un banc de sable. Des mouvements au bord de ma vision. Stella Le Carré vient de se mettre à quatre pattes. Je lève mon regard vers elle. Elle s'approche. Je grimace : si je ne fais rien, cette fille ne fera de moi qu'une bouchée. Elle positionne son visage face au mien. Ses lèvres s'entrouvrent.

C'est en train d'arriver, pour de bon ?

Ses lèvres rejoignent les miennes. Incrédule, je garde les yeux grands ouverts, sur mes gardes, au cas où. Mais Stella, elle, a fermé ses paupières. Elle me donne l'impression d'apprécier le moment, de s'offrir sincèrement. Son baiser fait de moi son prisonnier. Et c'est un détonateur. Ce baiser provoque une explosion, là, au centre de mon corps, au creux de mon ventre. Le commencement de quelque chose, le début d'une expansion, celle de mon univers. Son baiser déclenche mon big bang intérieur.

Je quitte mes baskets pour des Dr. Martens douze trous. Je quitte mes tee-shirts basiques, publicitaires, pour des tee-shirts à l'effigie de groupes qui me sont totalement inconnus : Pandemonium, Holy Death, Dark Salvation, Nagasaki. Du métal. C'est ce que Stella écoute. Donc, c'est ce que j'écoute dorénavant. Je prétends aimer tout ce qu'elle aime. Stella n'en revient pas. Elle dit : « C'est dingue ! On est tellement pareils ! » Moi, j'acquiesce, je joue la surprise devant tant de (faux) points communs et je la laisse me maquiller, les yeux, la bouche, en lui expliquant que j'en ai toujours rêvé, qu'elle me donne le courage d'oser. Autour de mon cou des colliers fleurissent. Je deviens son reflet.

Je sèche les cours pour la rejoindre. Absences, insolences, notes en chute libre. À la maison, les portes claquent. Mes parents m'engueulent avant de s'engueuler. Ce qui ne m'empêche pas de faire le mur. C'est nouveau et grisant. On ne me reconnaît plus. C'est leur grande phrase à tous. Personne ne me reconnaît plus. Mais c'est seulement parce qu'ils ne me connaissaient pas. En réalité, je suis précisément ce qu'ils détestent : un type malléable, un disque dur réinitialisable à volonté. Un jeune homme en pâte à modeler. Mon caractère, c'est de ne pas en avoir et ça me réussit plutôt bien. Stella Le Carré, convoitée par tous, conquise par moi seul, a fait de moi un mâle dominant. Même maquillé. Grâce à elle, je me suis solidifié. Je suis devenu visible. Dorénavant, j'existe. Les garçons m'envient et les filles me convoitent. Passer après Stella Le Carré serait pour elles une sorte de consécration. Alors, à son bras, dans les couloirs du lycée, je parade, je flaire avec satisfaction le feu d'artifice chimique que notre couple déclenche dans les corps pubères autour de nous : sueur, testostérone, phéromones, mouille. Et pour me prouver que je suis devenu un rebelle, j'accepte tous les défis que Stella me lance. Cette fille adore me tester. Et ces tests vont *crescendo* dans leur dangerosité. Je bois jusqu'à sombrer. Je fume n'importe quoi, jusqu'à me ruiner les poumons. Je marche sur le toit des immeubles, au bord du vide. Je me jette dans la circulation avec pour objectif de traverser deux voies, quatre voies, parfois six, et je le fais sans même prier pour en réchapper. Vivre, c'est s'abîmer.

Je m'en convaincs : je n'ai plus peur de rien.

Sauf de la perdre. Et à chacun de mes exploits réussis, j'ai droit à ma récompense : elle qui me dévore des yeux avant de me dévorer les lèvres.

PIÈCE N° 4

28 décembre 2003,
118, Rosemary Street, New London, CT.

Je démonte la fenêtre à guillotine. Je monte sur le cadre en bois. J'éprouve le froid du dehors. Le vent tourbillonne et danse autour de moi comme une présence un peu loufoque disposée à m'aider, à me pousser s'il le faut. La pluie se transforme en neige. Je sens des flocons se poser sur mes joues, mon front. Des sensations évanescentes de brûlures glacées. Je baisse les yeux vers la grille et ses piques. Je prends conscience du vide, de la distance qui me sépare du sol. Un vertige me traverse. Pour le stopper, je relève la tête et fixe les lumières du quartier. Tout est calme, paisible. Sauf mon cœur qui tape dans ma poitrine. J'inspire profondément. L'air glacé emplit mes poumons. Mes yeux se posent sur le cadran de ma montre et la sonnerie se déclenche. À croire qu'inconsciemment ma tête a compté, décompté toutes les secondes qui me séparaient de ce moment. Je ferme les yeux. Je décolle un pied, lentement. Ma peau devient une passoire. Elle se couvre d'une sueur glacée venue du plus profond de mon être. J'avance un pied dans le vide. J'essaie de me pencher, de laisser mon corps basculer. Je sens mon autre talon se décoller.

Je sens que je pivote, que mes pieds ne touchent plus le cadre de la fenêtre, que je tombe… et mon corps s'écrase… sur la moquette de la chambre.

Qu'est-ce que j'ai fait ?

Mon Dieu, mais qu'est-ce que j'ai fait !

Je me relève et me retrouve nez à nez avec mon reflet dans la vitre posée sur le sol. Le teint de ma peau est brutalement devenu cendreux, mes lèvres atrocement violettes. Je ressemble à un cadavre. Un cadavre vivant. La sonnerie stridente de ma montre continue de siffler, de me huer. Vite ! Effacer mon image, faire taire le vide qui appelle.

Je replace la fenêtre.

Je ne l'ai pas fait ! Mon Dieu, je ne l'ai pas fait !

Ma tension chute. Une chute vertigineuse.

Et elle ? Elle... est-ce qu'elle l'a fait ?

Je retombe sur la moquette, mains et genoux à terre, le corps secoué de spasmes violents.

Et si elle, elle l'a fait ? Et si elle, elle l'a vraiment fait...

PIÈCE N° 5

6 janvier 2004,
St Mary's Cemetery, New London, CT.

Elle a les mains jointes sous son menton, le corps engoncé dans ses habits de deuil. Ms Le Carré implore que je la délivre d'une question obsédante. Pourquoi ? Stella n'a laissé aucun message derrière elle. Son suicide reste pour les autres un geste inexpliqué. Agonisante de tristesse – « Si tu sais quelque chose, je t'en supplie mon garçon, dis-le nous… » –, Ms Le Carré attend une réponse et il me semble la lui devoir. Comme à tous ceux qui pleurent la mort de Stella. Garder le silence, taire ma lâcheté, ce serait les trahir tous, après l'avoir trahie elle. Je balbutie :

— Ms Le Carré, il faut que je vous dise…

Une voix m'empêche de continuer.

— Et la laisser se faire tabasser, jour après jour, sans broncher, ça vous suffit pas comme explication ?

Nous nous tournons vers celle qui vient de trahir le secret le mieux partagé de New London. La fille aux cheveux roux. La fille des toilettes. Je m'en souviens…

C'est le bal de promo de fin d'année. Nous sommes quelques semaines avant ma rencontre avec Stella. Je n'ai jamais vu cette fille. C'est elle qui engage la conversation.

Très vite, elle parvient à me convaincre de la suivre jusque dans les toilettes du gymnase. Là, à peine entrée dans une cabine, elle me tourne le dos, un peu précipitamment, comme pour éviter de trop réfléchir, et genou sur le battant, la robe de bal relevée sur les reins, elle attend. Un mec normalement constitué saisirait l'opportunité. Un mec normalement constitué jouirait en elle sans se poser la moindre question. Moi, je m'en pose. Je gamberge. Trop. Qui est cette fille ? Pourquoi s'offre-t-elle à moi ? Moi qui ne suis rien, ni personne. Et puis, c'est vraiment ça que je veux ? Une inconnue dans des toilettes ? Ce sera ça ma première fois ? Et son prénom ? Quel est son prénom ? Son visage, je ne m'en souviens déjà plus ! Je ne sais même plus à quoi elle ressemble. Je pense à mes chaussettes Under Armour [1], celles que j'enfile sur mon sexe pour me masturber. Je vais jouir en elle comme on jouit dans une paire de chaussettes. C'est pitoyable. Je suis pitoyable. Je recule. Je fais sauter le verrou et je fuis sans lui donner la moindre explication. Je la laisse se rhabiller seule en lui donnant l'impression que j'ai fini par la juger, par la trouver méprisable. Méprisable au point que même un tocard de mon espèce refuse de la pénétrer. Je m'en veux et espère ne jamais la recroiser. C'est pourtant ce qui arrivera quelques semaines plus tard dans le parc immense qui fait face à la New London High School, une étendue verte qui se transforme progressivement sur sa partie ouest en cimetière, le cimetière où nous enterrons Stella. Elle aimait que nous nous rencontrions là-bas, au bord de Smith Lake, les tombes et l'idée de la mort à proximité.

---

1. Marque américaine de vêtements de sport.

Je quitte le sentier pour rejoindre l'étang et je l'aperçois en grande conversation. Plus je m'approche, plus j'ai l'impression que l'échange est vif. Plus la distance se réduit et plus je discerne le visage de son interlocutrice : la fille des toilettes. La voix de Stella est montée dans les aigus. Elle porte. C'est la voix d'une personne exténuée et en colère. « Ne me juge pas trop vite. Je fais ce que j'ai à faire, c'est tout. Un jour, peut-être, tu comprendras. » Mais la fille aux cheveux roux remarque ma présence. Aussitôt, elle décampe. Elle fuit à son tour. M'a-t-elle reconnu ? Stella, qui comprend qu'il se passe quelque chose dans son dos, se tourne vers moi et me découvre. Je sens son embarras derrière le large sourire qu'elle m'adresse. Je demande :

— Qu'est-ce que tu dois faire qu'elle ne comprend pas ?

Elle répond :

— M'éloigner d'elle. Cette fille est devenue beaucoup trop collante.

La voix de la fille aux cheveux roux se brise d'émotion :

— Si elle est morte, c'est à cause de vous…

Et la gamine leur adresse un majeur bien dressé en guise de point final. Silence dans le cimetière. Murmures entre les invités. Je vois Adeline Le Carré pivoter vers John Tate, lentement. John Tate qui baisse les yeux et rentre ses poings dans les poches comme pour cacher les armes du crime. Merde, cette fille a raison. Ces deux-là ont une lourde part de responsabilité dans ce qui vient d'arriver. Si je parle, si je me livre en pâture, je leur offre une exonération, une diversion. Garder le silence, c'est les punir, les laisser là où ils méritent qu'on les laisse, au milieu de leur souffrance, de leur culpabilité. Si John Tate est capable d'un tel sentiment.

Une main se pose au milieu de mon dos. La main de mon père. Elle me pousse loin du couple infernal, loin du cimetière, vers notre voiture où, installée à l'arrière, ma mère attend déjà. Je ne peux pas m'en empêcher. Je jette un œil derrière moi. Aussitôt, le regard de Ms Le Carré me happe. C'est un appel au secours. L'horreur et la panique qui en émanent me submergent. J'entends son appel. Combien de temps Tate va-t-il garder ses poings dans les poches maintenant que Stella n'est plus, maintenant qu'il n'y a personne d'autre pour prendre les coups ? Ma portière se referme. Le bruit d'une autre claque à l'avant. Mon père s'installe au volant et démarre le moteur. Dans un des rétroviseurs extérieurs, je vois les parents de Stella rapetisser. Ms Le Carré me fait penser à un fantôme. Devant les grilles du cimetière, son visage délavé par le chagrin semble flotter au-dessus de la forme noire de ses vêtements. La voiture s'engage dans un virage. Adeline Le Carré et John Tate glissent hors du rétroviseur pour être remplacés par les rangées d'ormes et de pins qui bordent Jefferson Avenue depuis la nuit des temps.

Je me tiens nu devant la glace de la salle de bains. Derrière moi, un bruit de cascade domestique. La baignoire se remplit. Ce n'est pas le seul son que je perçois. J'entends des bruits jamais entendus jusque-là ; le travail de ma respiration, l'effort de mes poumons, les pulsations de mon cœur, la projection de mon sang glacé dans le circuit fermé de mes artères. Et pour la première fois, je sens aussi le poids de ma chair autour de mes os. Je pense à la putréfaction entamée de son corps. Le mien, insolemment intact, indécemment impuni, se reflète dans le miroir. Cette image me révulse. Les trahisons se succèdent. Je dois réparer ça. Je peux y remédier. J'ouvre un tiroir. J'hésite entre une paire de ciseaux et une lame de rasoir. Je saisis les ciseaux. Je ferme le robinet. Je me couche dans l'eau chaude. La masse liquide autour de moi m'évoque le poids de la terre qui recouvre dorénavant le corps de Stella. J'ai laissé le drame se produire. Sans mon obstination à croire que je sauterais, à m'en croire capable, Stella aurait été empêchée. Elle ne serait plus ma petite amie, elle me détesterait, aussi fort qu'elle m'a aimé, elle continuerait à mépriser le monde tel qu'il est, à dénoncer la vanité de nos existences, mais au moins elle y demeurerait encore. Je suis coupable de meurtre par lâcheté. La peine pressurise mon cerveau. Je fais glisser une lame sur l'intérieur de mon coude. La douleur cogne sous mon crâne, l'irrigue en un flux incessant. La douleur bloque mes pensées, occupe mon esprit. La chair s'écarte. Le sang abonde. C'est ce que je veux, ce que je mérite. Ne plus être occupé que par la douleur. N'être plus que souffrance et peine. Pour l'éternité.

Quinze ans plus tard.

PIÈCE N° 6

28 décembre 2018,
99, Elm Street, Newton, MA.

Je tends mon bras et tape sur l'alarme du radio-réveil avec force. À côté de moi, une touffe de cheveux noirs s'échappe des couvertures. La voix éteinte de Gabrielle me parvient.

— Vas-y, mon chéri. Je m'occupe d'Oscar.

Debout sur l'échelle escamotable, je passe la tête à travers la trappe du grenier. La lumière n'est pas encore stabilisée, mais déjà mon regard a trouvé le coffre au fond de la pièce. C'est une malle en bois, haute et large, ceinturée par deux renforts en teck. Je grimpe les derniers échelons. J'avance jusqu'au meuble et m'agenouille devant. Ma gorge gratte. Une boule d'angoisse s'est coincée dans mon œsophage. Je tousse, doucement, pour ne pas effrayer les souvenirs qui dorment à l'intérieur du coffre. Tous les ans, je redoute et attends ce moment. Les objets qu'il contient m'ont été donnés par Ms Le Carré au premier anniversaire de la mort de Stella. J'ouvre le coffre et balade le faisceau de ma lampe de poche sur des albums de musique, Pandemonium, Devil's Crown, des tee-shirts aux imprimés délavés. Je regrette de ne pas posséder le sweat-shirt marqué du logo des Rolling Stones. Ce n'était pas son genre de musique, les Stones, mais cette langue indisciplinée, ça, ça lui parlait. J'ai cependant récupéré le cadeau que je lui avais offert, le collier en argent, la tête de dragon. J'attrape un petit carnet. Dedans il y a des coupures de presse : quelques articles à propos de sa mort. Celle qui pensait devenir le centre d'intérêt de New London n'aura eu droit qu'à quelques lignes dans la rubrique « Faits divers ». Que les pauvres se suicident, ça n'étonne plus personne. J'attrape un paquet d'enveloppes. Des lettres écrites par Stella. Sur l'une d'elles, au stylo-bille à encre noire, elle a dessiné une rose d'où jaillit un cobra prêt à mordre. Je déplie un premier courrier. Des courriers qu'elle ne signait jamais et qu'elle me donnait de la main à la main. « Quand il me cogne, c'est à toi que je pense. Et mon corps devient aussi dur qu'une planche de bois ou aussi mou qu'un édredon. Grâce à toi, je n'ai plus mal. En tout cas, plus sur le moment. » J'en déplie un deuxième. « J'ai rêvé de toi cette nuit. Dans mon rêve, tu sifflais, tu chantais, aussi mal que dans la vraie vie. » Je souris. Un dernier. « Tu me répètes que tu vas devenir médecin, que tu vas bien gagner ta vie, que tu me sortiras de là. Mais ça me fait peur, Niels, parce que je ne peux pas m'empêcher de m'accrocher à ça. Ma vie, je n'en ferai rien sans toi. » J'entends des petits pieds nus claquer sur le parquet en bois. Les pas de mon fils. Oscar, six ans, s'est positionné sous la trappe, au pied de l'échelle. Tête levée, cou cassé, il me réclame. La cérémonie du souvenir a assez duré. Je redépose les unes sur les autres au fond du coffre ces alluvions de souvenirs. Je murmure :

— À l'année prochaine, Stella…

Les lumières des néons se mettent à trembler. Mes yeux bondissent vers les cylindres lumineux. Ils vibrent, palpitent. Je referme le coffre. Je sens mon anxiété grimper. L'ampoule de ma lampe torche se met elle aussi à grésiller. Je frappe la lampe contre ma paume et surveille les néons qui crépitent autour de moi. Ils se transforment en stroboscopes. Je me mets en mouvement. Je me dirige vers la sortie, aveuglé par les flashs provenant du plafond. Ma lampe torche s'éteint brusquement. J'entends un long grincement. À peine le temps de trouver d'où il provient et c'est un coup de semonce. Le panneau de bois qui scelle l'entrée du grenier vient de retomber lourdement sur son cadre. Les néons s'éteignent. Je plonge dans le noir.

On l'a poussé… Quelqu'un a poussé le battant…

J'entends un feulement apeuré. Ce feulement, c'est ma respiration.

Merde, ça y est… C'est en train de se produire.

Oscar, elle va s'en prendre à Oscar…

J'avance à tâtons vers la voix paniquée de mon fils. J'ai l'impression que la température du grenier s'est effondrée, que le noir autour de moi s'épaissit, que je ne pourrai bientôt plus avancer, que je vais finir pétrifié, emmuré dans cette obscurité. Je crie :

— Tout va bien, Oscar… Ne t'inquiète pas ! Va voir maman !

Et je pense :

Ne le touche pas… Par pitié, ne lui fais pas de mal…

Mon sang frappe mes tempes à une cadence infernale.

Bordel de merde, Niels, quand vas-tu finir par te le rentrer dans le crâne ? Tu es médecin. Un médecin, ça ne croit pas aux fantômes ! Quand le cœur s'arrête, tout s'arrête ! Concentre-toi plutôt sur Oscar. Suis sa voix.

Mon pied percute un obstacle. Je perds l'équilibre. Je bascule vers l'avant. Je m'écrase sur le sol. Ma lampe torche m'échappe. Je l'entends rouler sur le sol.

C'était elle ? L'obstacle, est-ce que c'était-elle ?

Ne reste pas là, avance... Oscar ! Je n'entends plus Oscar !

Je me relève précipitamment. J'avance en faisant de larges mouvements de bras en ciseaux. Je fouette le vide, prêt à réagir, prêt à me battre, prêt à…

La trappe s'ouvre. L'éclairage extérieur se répand dans le grenier. Au même instant, les néons se rallument et ma lampe torche avec. La tête de Gabrielle apparaît.

— Ça va, Niels ? Qu'est-ce qui t'arrive ?

— Rien. Rien du tout. Je… Je me suis cassé la figure.

Et j'explose de rire, sans m'y attendre, brusquement, convulsivement. Un rire effrayant pour elle et gênant pour moi. Un rire que je ne peux plus arrêter.

Quinze ans que je vis comme engourdi, ligoté à cette étrange éventualité : celle de son retour. Quinze ans que cette menace me poursuit. Elle est cette part de tristesse dans mes sourires. Elle est ce voile gris qui ternit mon regard. Elle est la raison de mon agitation dans le sommeil. Quinze ans que je ne suis ni tout à fait vivant, ni tout à fait mort.

PIÈCE N° 7

28 décembre 2018,
Massachusetts General Hospital (MGH),
Boston, MA.

Il y a une heure à peine Mr Hammer, soixante-douze ans, allait parfaitement bien. Je veux dire, aussi bien que son état le lui permettait. Et puis, inexplicablement, tout a viré au cauchemar. Impossible d'en comprendre les raisons. Une soudaine détérioration. Je ne suis pas de sa famille, il n'est pas mon ami, seulement parfois, vous ne savez pas pourquoi, certains patients comptent plus que d'autres. Un lien affectif s'établit entre vous et le malade. Une connexion qui se met en place sans que vous puissiez l'expliquer, sans que personne y travaille. Malgré cela, je ne parviens pas à me connecter au vieil homme. Penché au-dessus de lui, je cherche à capter son regard, à entrer en contact, mais ses yeux passent sur moi sans même me voir. Ses côtes se soulèvent exagérément. Elles tirent sur la peau fripée de son torse, de son cou. Mr Hammer siffle comme une vieille bouilloire cabossée oubliée sur le feu. Pourtant, je vois son visage jusque-là crispé se détendre. Ses lèvres s'étirent, ses joues se plissent. On dirait deux rideaux en train de s'ouvrir sur un spectacle inattendu : celui de son sourire. Un sourire énigmatique. Ses yeux s'écarquillent. Il fixe le vide. Des larmes perlent aux coins de ses yeux, glissent sur l'écorce tendre de sa peau – « Mon amour, ma chérie, mon frère ! Vous êtes là ! Vous êtes là ! » – et viennent mourir dans le trou béant que forme sa bouche grande ouverte et édentée.

— Pauvre vieux, me lance Porter, il est complètement parti.

Porter, c'est le boss ici, le chef de service. Bavard, chaleureux, il est le contraire de ce que je suis devenu. Pourtant, Porter veut faire de moi son successeur. Lui, il ne prête aucune attention à ce genre d'hallucinations. Elles sont monnaie courante ici en soins intensifs. Moi, je ne montre rien, mais ces crises me terrorisent. Elles confirmeraient la possibilité d'un retour de Stella.

Y a-t-il un geste auquel nous aurions dû penser ? Une décision différente qu'il aurait fallu prendre ? Nous n'avons pas sauvé Mr Hammer et je suis dévasté. Si je suis devenu médecin, c'est pour remporter des victoires, pour sauver des vies, pas pour compter les morts. Je n'ai pas sauvé Stella, alors je veux sauver tous les autres. C'est mon devoir, ma pénitence.

— Ça va aller ?

De l'autre côté du bureau, jambes croisées, mains jointes sur un genou, Gabrielle me surveille. Gabrielle n'est pas seulement ma compagne, la mère de mon enfant, elle est aussi une des nombreux psys que compte le MGH. Ses journées, Gabrielle les passe de service en service, à l'écoute des malades, de leurs proches et des soignants. C'est comme ça que nous nous sommes rencontrés. Il émane de Ms Baker une classe infinie, une grande intelligence, une autorité rassurante. Cartésienne, sans une once de fantaisie, d'imaginaire, elle se tient ancrée au sol et ça me rassure. Si j'ai repris forme humaine, c'est grâce à elle. Gabrielle est mon Dr Frankenstein. Mais, si le monstre du docteur était un cadavre contenant une énergie de vie, moi, je ne suis qu'une pauvre créature vivante habitée par le souvenir d'une morte.

— Je te parle, Niels. Tu m'entends ?

Je ne quitte pas des yeux le dossier médical de Mr Hammer. Je me repasse le fil des événements. Je ne fermerai cette chemise cartonnée que lorsque j'aurai la certitude de n'avoir rien raté, d'avoir été médicalement parfait. C'est ça que Porter voit en moi. Ma discipline, mon exigence. Le reste, mon mutisme, la distance que j'installe entre mes patients et moi, tout ça lui importe peu. Je sais ce que mes collègues me reprochent : une espèce de froideur constante, le fait par exemple que je ne promette jamais rien aux familles, que je ne me plie pas au petit rituel du « Tout va bien se passer, je vous le promets ». Je refuse de me compromettre. Les gens s'accrochent aux promesses comme à des parachutes perforés. Mon job, ce n'est pas d'en distribuer, c'est de rester concentré, sans rien lâcher, de me battre jusqu'au bout pour qu'à la fin ce soit la vie qui gagne.

Gabrielle se lève et contourne le bureau. Elle passe les bras autour de mon cou. Sa joue se pose sur la mienne. Elle dit :

— Ça fera quinze ans ce soir, Niels. Et tu allais avoir quinze ans lorsque c'est arrivé. Prépare-toi. Il y a des anniversaires plus difficiles que d'autres.

Il suffit de nous détailler pour savoir qui va terminer son service et qui va le débuter. Anna a la peau fraîche, le regard vif. La blancheur de sa blouse parfaitement repassée tranche avec celle de Youssef, tachée, grise et boutonnée en décalé. Il mange une banane sans avoir l'air de l'apprécier. Il la mâche avec peine, le regard vide, épuisé. Gillian, quant à elle, griffonne les pages d'un carnet posé sur ses jambes. Elle sent la sueur et rêve d'une douche. Tricha jette sans cesse des coups d'œil à son téléphone portable. Elle est en pleine *love story*. Elle nous le répète avec la même conviction que les fois précédentes : « Ce mec, c'est le bon ! » Et puis il y a Sophia, concentrée sur son sachet de thé, qu'elle trempe et détrempe. Un moyen comme un autre de ne pas participer à la conversation. Moi, je me fais tout petit. Je ne suis jamais vraiment à l'aise quand il s'agit de prendre la parole. Je préfère le silence. Parler, c'est se trahir, inévitablement. Les mots sont comme des produits fabriqués à la chaîne, du prêt-à-porter pour nos émotions. Alors qu'elles restent éminemment uniques, spécifiques, singulières, particulières à chacun, à chacune.

Assis sur la chaise la plus confortable de la pièce, dans sa blouse blanche aux poches pleines de stylos, Porter est impérial. Il est le seul à ne pas être traversé par des tics nerveux : joue qu'on mastique depuis l'intérieur de la bouche, pointe de chaussure qui s'agite de droite à gauche.

— J'ai mené ma petite enquête. D'autres avant moi ont surpris Ms Alvarez en train de pratiquer ces… je ne sais pas comment appeler ça… ces supercheries.

Son regard fait le tour de la pièce. Amanda Lucia Pia Alvarez est donc le sujet de cette réunion improvisée et ça a l'air de mettre à cran pas mal de monde.

Amanda Lucia Pia Alvarez. Une sorte de Marilyn Monroe de carnaval, un petit bout de femme vieillissant et en surpoids. Persuadée que le vert menthe se marie à la perfection à la blondeur paille de ses cheveux décolorés, au bleu piscine municipale de ses lentilles de contact, Ms Alvarez en étale à grosses pelletées sur ses paupières tombantes. Ses lèvres, tordues, crevassées, pareilles à deux routes de campagne, sont constamment enduites de couleurs extravagantes. Sur une de ses joues gravite un grain de beauté, ou plutôt une mouche, aux contours approximatifs. On croirait un maquillage exécuté par un clown parkinsonien. Beaucoup se moquent d'elle. Pas seulement à cause de son allure : chemise moutarde, jupe framboise, bas de laine orange, baskets aubergine… Non. Notre Marilyn Monroe plus pop art qu'hollywoodienne ne se contente pas de nettoyer du sol au plafond les parties communes de l'hôpital. Ms Alvarez aurait des dons de guérisseuse : neutralisation des brûlures, des eczémas, des zonas, diminution de la douleur. Et tout ça par simple imposition des mains. Une façon supplémentaire de se faire remarquer. Ms Alvarez n'a pas l'air d'aimer la discrétion.

Une main se lève. Celle d'Anna.

— On se parle franchement, docteur Porter ?

— Évidemment, renchérit le concerné.

— OK… Vous venez de qualifier ce qu'Amanda apporte à nos malades de « supercherie » sans même avoir entendu ce que nous avions à en dire. Dans ces conditions, je ne vois pas ce que cette réunion pourrait changer.

Gillian arrive à la rescousse.

— Docteur, si vous saviez le bien qu'elle leur fait. Vous dites toujours que la seule chose qui compte, c'est le bien-être de nos patients. Eh bien, avec Amanda, ils vont mieux. Beaucoup mieux. Le type de la 115 par exemple, il veut la voir tous les jours. Avec elle, il souffre moins.

— Gillian parle de la 115, reprend Anna. Mais il y a aussi la 156, la 142. Grâce à elle, on a baissé les doses d'antalgiques, les antidouleurs, les corticoïdes. Ce n'est pas rien.

— Et moi, je peux vous parler de la 146. La dame ne veut plus la voir. (L'objection provient de Youssef.) Elle dit que Ms Alvarez est folle à lier, mal élevée, égocentrique, que c'est du charlatanisme.

— Pareil pour la 102, s'en mêle Tricha sans lâcher du regard son portable. Désolée, les filles, mais là, avec cette patiente, y a clairement aucun bénéfice.

— Ça ne fonctionne pas sur tout le monde, fait valoir Anna. C'est comme la chimio, ça ne sauve pas tous les patients, c'est pas pour autant qu'on l'arrête.

Sur son siège, Youssef s'est brusquement redressé, le visage tendu.

— Ça y est, on y arrive, tout doucement.

Dans ses mains, il ne reste de sa banane que la pelure.

— Si tu veux, Anna, on peut aussi opérer sous hypnose, poursuit Youssef. On peut utiliser la magie noire, pratiquer le vaudou, des incantations… C'est ça que vous voulez ?

Youssef s'emporte. Il secoue sa peau de banane dans tous les sens. Porter lève la main en signe de cessez-le-feu. Soupirs irrités autour de lui. La salle de repos a pris des allures de ring : un lieu de combat entre « agnostiques » et « croyants ». Visiblement, Ms Alvarez a son fan-club avec les risques que cela peut comporter : perte d'objectivité, endoctrinement, délire de persécution. La réputation de notre service et surtout son bon fonctionnement pourraient vite se dégrader.

— Ce que j'ai vu, s'interroge Porter, se passait sur un gamin dans le coma. Chambre 136… Le jeune accidenté de la route dont Niels s'occupe.

— Jonathan, je précise. Il s'appelle Jonathan.

— Oui, eh bien, qu'est-ce qu'elle faisait exactement avec lui ? Qu'est-ce qu'elle pouvait bien trafiquer sur un patient léthargique ?

— Elle parle avec les morts.

L'annonce de Youssef est suivie d'un silence pendant lequel notre collègue vise la poubelle la plus proche pour y jeter sa pelure.

— Du moins, c'est ce qu'on m'a dit, ajoute-t-il. Qu'elle utilisait nos patients pour recevoir ou passer des messages.

Youssef lance. Panier. Youssef est doublement satisfait.

— Rassurez-moi, demande Porter à l'assistance, nous sommes bien au XXIe siècle, au MGH de Boston, dans le troisième plus grand hôpital du pays ? Non, parce que j'ai de sérieux doutes, là…

Je note que depuis un moment les regards d'Anna, de Tricha, de Gillian, se déplacent, discrètement, rapidement, vers Sophia. Personne ne veut l'accabler, ni la dénoncer, mais ces coups d'œil répétés vers elle suffisent à confirmer qu'elle est, d'une façon ou d'une autre, liée à ces séances paranormales. Sophia sent l'attention se déplacer sur elle. Elle décroche son regard de sa tasse de thé. Son visage se tourne vers nous. Sa voix cassée s'élève dans la pièce.

— Si vous m'enlevez ça… je ne sais pas ce que je deviendrai… Elle me manque tellement…

Été 2015. Un balcon s'effondre. La fille aînée de Sophia, Eden Shepard, meurt sur le coup. Son amie Mélanie Hebert, « rescapée » de la tragédie, végète depuis trois ans dans notre service. Trois années passées dans un coma de type 3.

Il ne reste plus que Porter, Sophia et moi. En tant que futur chef de service, je suis là en observateur. C'est le genre d'imbroglio que je devrais être capable de démêler. Sauf qu'il ne se passe rien. Porter reste prostré sur sa chaise, immobile. Il se gratte le front, embarrassé. Il doit être en train de choisir, de peser chacun de ses mots. Au bout de longues minutes, Porter se décide :

— Sophia, vous êtes une bonne infirmière. Il n'y a pas de doute. Je sais que vous ferez toujours passer la sécurité de nos patients avant le reste. N'est-ce pas, Sophia ?

Sophia acquiesce, lentement.

— Avez-vous mis la vie de nos patients en danger, Sophia ? Ms Alvarez s'est-elle permis des choses dangereuses avec eux ?

— Absolument pas, docteur. Perdre un être cher, je sais ce que ça représente. Je ne jouerai jamais avec la vie des gens. Vérifiez par vous-même.

Sophia sort de sa poche son téléphone portable et lance une vidéo. On y voit Mélanie Hebert, allongée sur son lit d'hôpital, paisiblement inerte, répondre aux questions de Ms Alvarez et à celles de sa mère, transie de bonheur.

— Cette voix, chuchote Sophia, ce n'est pas celle de Mélanie, c'est celle de mon Eden.

Porter fronce le nez, approche son visage de l'écran. Sophia nous l'assure, c'est le même timbre de voix, le même vocabulaire, le même phrasé espiègle, le même rire, les mêmes expressions qu'utilisait « son » Eden. Sur la vidéo, elles sont en train de se rappeler des souvenirs, des moments en commun qu'elles seules peuvent connaître.

— Vous voyez, les instruments, ils ne bougent pas. Aucune altération, aucune modification de son état physique.

La séquence est troublante, touchante et sinistre à la fois. Elle fait la joie de Sophia, l'incompréhension de Porter (Mélanie n'est pas supposée pouvoir parler dans son état) et ma terreur. Porter repousse le téléphone.

— Sophia, est-ce que Ms Alvarez vous demande de l'argent pour ça, pour ces entretiens ?

— Non.

— Est-ce qu'elle vous pousse à rencontrer des gens comme vous, en recherche de contacts avec des disparus ?

— Pas du tout.

— Est-ce qu'elle vous parle de rejoindre une communauté ?

— Vous faites fausse route, docteur. Amanda n'est pas un gourou. Ni une illuminée. Je vous assure. C'est une femme bien. Elle a simplement hérité d'un don. Un don qui se transforme en punition, en malédiction quand elle… quand elle rencontre des gens comme vous.

Porter a pris sa décision : Ms Alvarez est virée et Sophia blâmée par une mise en garde. Histoire d'en faire des exemples. Je lui signifie mon désaccord. Ça l'intéresse. Il est prêt à écouter. Merde, moi qui déteste prendre la parole. Je me lance. Mélanie ne reviendra pas. Lui et moi, nous le savons. Pourtant, nous laissons sa famille lui rendre visite. Nous la laissons espérer. Espérer ce qui n'arrivera pas. C'est le cas de nombreuses familles dans ce service. Des corps sont maintenus en vie pour que les vivants gardent espoir. Alors, pourquoi ne pas avoir, à l'égard de Sophia, de Ms Alvarez, la même bienveillance ? Ces échanges aident Sophia à tenir bon, à survivre. Et tant pis s'ils sont irréels. Ms Alvarez ne fait que rendre supportable l'insupportable. Pourquoi les blâmer ? Parce qu'elles ont trouvé une façon de supporter la peine ?

Je ne le convaincs pas. Je ne change pas sa décision. Je me dis que, pour le persuader, je pourrais relever une de mes manches, lui montrer une de mes nombreuses scarifications, peut-être la plus ancienne, celle placée à l'intérieur de mon coude. Je pourrais lui dire que face à la mort, chacun trouve sa parade, son antidote. Que j'ai eu mes scarifications. Qu'il laisse à Sophia ses conversations. Que ça lui passera. Comme ça m'a passé. Je pourrais prendre ce risque, mais je ne le prends pas. Je n'ai jamais eu de penchant suicidaire. Je veux dire, jamais véritablement.

PIÈCE N° 8

28 décembre 2018,
99, Elm Street, Newton, MA.

Chaque soir, c'est le même cérémonial. Gabi avale deux Stilnox® avant d'étaler ses cheveux noirs sur l'oreiller, de lisser soigneusement ses couvertures autour d'elle et de se dérober à la réalité. Moi, chaque soir, je cherche le sommeil, inlassablement, longuement. Une quête souvent perdue d'avance. Particulièrement un 28 décembre.

J'observe mon radio-réveil. Bientôt, l'heure fatidique. L'heure anniversaire. L'heure mortifère. L'heure à laquelle Stella a sauté dans l'inconnu. L'heure où j'ai failli. Gabrielle m'a demandé si je souhaitais qu'elle reste éveillée, histoire de m'aider à franchir la vingt-deuxième heure de cette journée singulière. Je l'ai rassurée. Elle peut dormir tranquille : je devrais être capable de gérer…

Je me suis trompé. L'heure approche et ça se complique. Les souvenirs refont surface. Mon corps se rappelle chacune des sensations qui l'ont traversé. Je me revois dans ma chambre d'enfant, attendant de me jeter dans le vide. Je me revois tomber sur la moquette, paniquer en répétant son prénom. Je revois le mouchoir blanc posé sur son visage faute d'avoir pu le reconstituer. Je revois la poulie qui tourne trop vite et le cercueil qui plonge trop rapidement dans la fraîcheur sombre de la terre. Je transpire, je m'agite. Sous le chapiteau osseux de mon crâne, les souvenirs font leur tour de piste. C'est un cirque, un bordel sans nom. Je décide d'interrompre la représentation. J'avale à mon tour un cachet de Stilnox®. Appelez-moi Monsieur Déloyal, le bien-nommé.

Un son strident déchire le silence de la nuit. La sonnerie du réveil s'est enclenchée. Je me redresse en hurlant. Dans un réflexe de défense, je frappe mon radio-réveil. La sonnerie s'arrête. J'allume ma lampe de chevet. Mon cœur fait des bonds. À côté de moi, Gabi se tord lentement. Elle s'approche, se colle à moi. Elle marmonne sans ouvrir les yeux.

— Tu fais quoi ? Il est quelle heure ?

Dix heures, Gabi. L'heure anniversaire.

— Tu peux éteindre ? S'il te plaît…

J'éteins. Je remonte les draps jusque sur mes épaules. Mon cœur peine à revenir à la normale. Je ne comprends pas. Mon réveil vient de sonner l'heure de sa mort. Je transpire. J'ai chaud. J'observe autour de moi. Je cherche du regard. L'obscurité est occupée par sa présence. Par l'idée de sa présence. Son éventuelle présence.

PIÈCE N° 9

29 décembre 2018,
99, Elm Street, Newton, MA.

Je pousse le rideau de douche. J'ai l'impression d'être resté bloqué émotionnellement dans l'angoisse de ce moment où l'alarme a retenti. J'enjambe la baignoire. Je tends le bras pour attraper ma serviette de bain. De mon coude à mon épaule, des traces de mes scarifications. Des traces anciennes. J'en ai d'autres. Le long des côtes, sur les hanches, le ventre. Je les aime ces traces. Elles sont indélébiles. Comme ma faute. Gabrielle les aime aussi. De toute façon, elle aime tout ce qui chez moi repousse les autres ; ma froideur, mon mutisme, mon besoin de solitude, ce caractère tourmenté. Je suis son « cas d'école », un mystère qu'elle aime sonder et chevaucher.

Invariablement, je reste allongé sur le dos, le corps inerte, tandis que Gabrielle, assise sur moi, se touche, se caresse, et sautille sur mon sexe dur. Je n'ai pas l'autorisation de la toucher, de bouger, ni même de gémir ou de parler. Gabrielle déteste qu'on la touche. Sous elle, je fais le mort. Et c'est parfait. Depuis Stella, c'est la seule façon pour moi de concevoir un acte sexuel. Il doit être sans effusion, sans plaisir. Question de respect. Ses raisons, je ne les connais pas : besoin de contrôle ? La faute à quelques types dégueulasses qu'elle aura croisés ? Une négation de la sexualité ? Tendances morbides ? À vrai dire, peu importe. Je ne pose aucune question. Pour ne pas qu'elle en pose en retour. Ce qui compte, c'est que nos névroses soient en parfaite symbiose.

Souvent, Gabrielle effleure mes cicatrices du bout des doigts avec de la gourmandise dans la voix. Elle s'étonne de savoir que je n'ai jamais vu le moindre psy, que mes parents ne se sont jamais rendu compte de rien. Que je n'ai jamais ressenti le besoin d'être aidé.

Je m'ouvrais la peau comme on fume une cigarette, comme on boit un verre d'alcool fort, d'une traite. La douleur, c'était mon calmant, mon tranquillisant, mon anxiolytique, ma meilleure alliée. Les crises n'apparaissaient pas forcément à l'anniversaire de sa mort. Je ne savais jamais vraiment quand ça allait me prendre. Quand ça arrivait, je tranchais direct dans le vif du sujet. Moi. Et ma culpabilité. Mais grâce à Gabrielle, ce besoin de scarification s'est amenuisé, jusqu'à disparaître et faire partie du passé. J'espère seulement que Gabrielle ne l'ébruitera jamais, même si l'on devait un jour se fâcher, se séparer, que cela restera notre secret. Encore un. Obligé. Un médecin qui s'est scarifié, ce n'est pas exactement le genre de comportements qui rassure.

Le corps séché, je me tourne vers le miroir de la salle de bains et brusquement j'entends un cri. Un cri court, tourmenté, une sorte de croassement effaré. C'est moi ! C'est ma voix ! Ou plutôt la traduction sonore de ma terreur. Je dois me tenir au mur. Sur le miroir couvert de buée, du bout des doigts, quelqu'un a tracé un message. Un message qui m'est clairement destiné.

« TU AS PROMIS »

On frappe à la porte. La voix de Gabi traverse la cloison.

— Niels ? Qu'est-ce qui se passe encore ?

Assis sur le bord de la baignoire, le corps secoué de convulsions, je ne peux pas décrocher mon regard du message.

— Niels ?

La poignée de porte roule vers la gauche, lentement. Je saute vers le message. D'un geste sec et véloce, j'efface la suite de mots.

— Ça va, Gabi, ne t'inquiète pas ! Me suis juste cogné…

J'ai parlé fort, presque beuglé. Je dois trouver le moyen de faire dériver ses pensées vers autre chose. J'essaie un truc :

— Loren est arrivée ?

La poignée se fige. Ça traduit son hésitation. Elle répond :

— Elle est là, oui. Elle s'occupe d'Oscar.

La poignée revient à sa position initiale.

— Niels, faut que j'y aille. Je vais être en retard. À tout à l'heure.

Le cliquetis rapide de ses talons aiguilles sur le sol. Gabi s'éloigne. Je fixe ce qui reste du message. Seuls les pieds de certaines lettres sont encore apparents. L'ensemble reste pourtant terrifiant. Mon estomac se tord. Je me jette vers le lavabo. Un café plus épais qu'à l'origine s'écoule hors de ma bouche, claque sur la porcelaine blanche. J'ouvre le robinet d'eau pour disperser la substance revenue de mes entrailles. J'essuie ma bouche en posant un dernier regard vers le message à moitié effacé et puis, terrifié, je sors de la pièce.

— Os frontal, temporal, occipital, sphénoïde, ethmoïde…

Faire barrage. Occuper mon esprit. Je récite à voix haute pour faire diversion.

— Humérus, radius, cubitus, scaphoïde, lunatum, triquetrum…

Je dois ressembler à un vieux bonhomme qui n'a plus sa tête.

— Pisiforme, trapèze, trapézoïde, capitatum, hamatum…

Ça ne suffit pas. Les idées terrifiantes ont le pouvoir de l'eau. Elles s'infiltrent partout, à travers le moindre espace, le moindre interstice, aussi minime soit-il.

Stella est de retour.

— La ferme ! je m'engueule. Récite !

Je me donne des ordres.

Son odeur, je crois avoir senti son odeur. De la terre humide, saumâtre.

— Calcanéum, talus, cuboïde, naviculaire, cunéiformes, latéral, intermédiaire, médial…

Elle est là… Elle…

— LA FERME ! LA FERME, BORDEL !

Je me hurle dessus pour faire taire cette voix qui joue les Cassandre dans ma tête.

La baby-sitter, Oscar, est-ce qu'ils m'ont entendu ?

Un bruit de verre brisé. Un deuxième. Les crépitements cristallins se succèdent. Ils proviennent du couloir. Peut-être du hall. Je sors de la chambre. Le son d'un verre qui éclate. Encore un. J'avance vers l'escalier. Au-dessus des marches s'alignent des photos de famille accrochées selon une organisation faussement anarchique. J'inspecte les cadres de bois et le verre qui protège les clichés. Oscar et moi, enlacés. Un impact, pile sur le visage d'Oscar. Gabi, posant à Neptune Beach, Floride. Notre seul et unique voyage. Un voyage durant lequel je me suis senti si mal d'être si bien. Le visage de Gabi est rendu invisible par un coup porté contre le verre. Moi, à la remise de mon diplôme. Aucun impact. Gabi, resplendissante, au mariage de son frère. Son visage est masqué par de larges fissures en étoile. Oscar, âgé de trois jours, dans les bras de Gabi. Leurs visages sont abîmés, défigurés, par deux éclats. Oscar et ses grands-parents. Trois visages, trois impacts. Propres, nets, précis.

Elle les tuera tous, un par un.

J'ai l'impression d'être à l'intérieur d'un ascenseur dont le câble de maintien vient de lâcher.

Jusqu'à ce que je la rejoigne.

Oscar, où est Oscar ?

Je gravis les escaliers, quatre à quatre. Je déboule dans la chambre de mon fils. Dans un geste synchrone, Loren et Oscar lèvent leur tête vers moi. Ils sont assis sur le sol, face à face, le bout de leur index posé sur le pied d'un verre retourné. Autour de ce verre, des bouts de papier forment un cercle. Sur chaque papier, une lettre de l'alphabet.

Insipide. Loren n'a pas la moindre idée de qui elle est, de qui elle pourrait être, de ce qu'elle voudrait être. Elle semble sans passion et passe son temps à souffler, à tirer sur les manches de ses pulls deux fois trop grands pour elle. Lorsqu'elle parle, Loren tord ses jambes, ses genoux, comme si elle était atteinte d'une cystite chronique. Dans sa chevelure blonde on trouve des crayons de papier. Ils servent à tenir ses chignons toujours approximatifs. Ses qualités : habiter à une centaine de mètres de chez nous, aimer les enfants et s'en occuper parfaitement. Peut-être parce que Loren est proche d'eux, intellectuellement. Je l'interroge :

— Une « activité » comme une autre ? Loren, Oscar a six ans. On ne joue pas au spiritisme avec un gamin de six ans !

— Je jouais pas, Mr Edwards. C'est pour Oscar que j'ai fait ça. Je me suis dit que s'il tchattait avec eux, ça le rassurerait.

— Eux ? Qui eux ?

— Ben, les morts. Oscar n'arrête pas de poser des questions sur ça en ce moment. La mort, la mort, tout le temps… Vous allez me virer ?

J'ai envie de hurler. Son aplomb se nourrit de sa stupidité. Sa moue boudeuse me donne des envies de meurtre. La terreur transforme mon cerveau en champ de mines. Chaque mot prononcé par Loren est un pas posé sur un détonateur. Il faut que je me calme. Du bout de son index, Loren gratte le bois sombre de la table.

— Me virez pas, s'il vous plaît. Je recommencerai plus. Promis ! Promis, craché, juré !

— Ne jure pas Loren, je déteste ça.

— Pardon, Mr Edwards, désolée.

Elle tire sur ses manches. Elle se dandine.

— Vous savez, Oscar, il est comme un petit frère pour moi. Je serais tellement triste de plus le voir…

Des promesses à la pelle et l'affect utilisé en arme absolue. Loren est un parfait condensé de l'époque. J'abandonne.

— Disparais ! Oscar t'attend !

Loren reste plantée devant moi à se demander ce que ça veut dire :

— Je suis pas virée ?

— Je ne sais pas, Loren. On verra.

Les épaules et les traits de son visage s'affaissent. Loren finit par s'éloigner, lentement, en traînant les pieds. C'est laid un adolescent qui se déplace. J'hésite entre l'hippopotame, la tortue ou le…

Merde !

Une idée me vrille la tête.

Et si…

— Loren ?

Elle se tourne vers moi en posant un bout de manche sur sa bouche. Elle se met à souffler dedans. Je demande :

— C'était la première fois ?

— Qu'est-ce qui était la première fois, Mr Edwards ?

Loren, bon sang, arrête, si encore c'était malin.

— Ces « tchats » avec les défunts…

— Avec quoi ?

— Les morts, Loren. Les morts.

J'aimerais entrer dans sa tête. Lire ses pensées. Si elle

en a. *Depuis combien de temps, fillette, tu t'amuses à appeler les morts depuis chez moi, depuis ma maison ?*

Et si c'était toi qui avais réveillé Stella ?

Si tu avais permis son retour ?

Elle bafouille :

— Je recommencerai plus, Mr Edwards.

— Dis-moi la vérité. Combien ?

— J'sais pas. Cinq. Six… (Son visage se tord en une longue grimace.) Peut-être dix. Peut-être plus…

PIÈCE N° 10

29 décembre 2018,
MGH, Boston, MA.

Je plane, comme en lévitation, à côté de mes pompes. Peu importe ce que je fais, sur quoi je travaille, qui me parle, je ne parviens pas à me concentrer. Évidemment, je suis épié par Porter, par les membres de l'équipe. Tous se demandent ce qui m'arrive. On ne m'a jamais vu dans un tel état. J'ai les capacités de réaction d'un demeuré sous acide. Le stress me fait transpirer comme un coureur de marathon. Mon visage est couvert d'une pellicule luisante qui me donne un aspect « poupée de cire ». Les sons, les voix sont assourdis par ma panique intérieure. Je n'arrive pas à chasser la vision de ce message sur le miroir, le bruit des plaques de verre qui se fissurent.

Elle ne m'a pas pardonné. Elle n'a pas oublié.

Porter me demande :

— Ça ira mieux demain, n'est-ce pas ?

J'acquiesce, en ne pensant qu'à une chose, remplacer au plus vite les verres brisés, avant que Gabi rentre, avant qu'elle s'en aperçoive et qu'elle se mette à poser des questions. *Comment expliquer un truc pareil ?*

J'entre dans le hall de la maison, les bras chargés de plaques de verre prédécoupées. J'entends un rire. Le rire de mon fils. L'entendre me soulage. Toute la journée, de sales idées m'ont traversé l'esprit. Des pensées terribles. À nouveau son rire, plus aigu cette fois. Il me rappelle son premier cri.

La sage-femme le dépose dans mes bras et je fonds en larmes. Autour, tout le monde croit à des larmes d'émotion. Après tout, je rencontre mon fils pour la première fois. Mais ce n'est pas ça. Non. Aucun bonheur ne m'a envahi. Je pleure parce que je suis incapable de formuler le moindre serment, la moindre promesse, le moindre engagement paternel, celui que tout enfant est en droit d'attendre. Je suis un père incapable de jurer à son fils un amour éternel, un soin de tous les instants. Impossible de jurer que je veillerai sur lui quoi qu'il arrive, que sa vie sera belle. Belle et tranquille. Je ne peux pas. Je suis terrifié à l'idée de le faire. Je comprends à cet instant précis qu'une part de mon humanité s'est dissoute, que ma vie a été amputée d'un temps important : le futur, que Stella m'a privé d'une faculté unique à l'espèce humaine : l'expression d'une promesse. Face à ce petit bonhomme, je comprends que Stella m'a extradé d'un territoire essentiel : l'espoir. Et si mon fils pleure, c'est à cause de moi. Il le sait, il le sent : quelque chose ne tourne pas rond chez ce type. Et c'est pour rencontrer un mec pareil qu'on l'a jeté hors du paradis ? Hors du ventre de sa mère ? La sage-femme me tend une paire de ciseaux. Je coupe le cordon ombilical, un tube élastique, blanchâtre, gluant, qui me fait penser à la dépouille d'un serpent.

Je n'ai pas désiré Oscar. Rapport à Stella, à ce que ça pouvait déclencher… pour Gabi et pour notre enfant. Mais Oscar est arrivé. « Tombé du ciel ! » m'a dit Gabrielle. Aucune entourloupe, pas d'oubli prémédité, il serait né selon elle des 0,3 % de faillibilité de toute pilule contraceptive. C'est ce qu'elle m'a juré. Et vous savez ce que je pense des promesses.

PIÈCE N° 11

29 décembre 2018,
99, Elm Street, Newton, MA.

Un jour, on pose une table au milieu du salon. On l'entoure de chaises. La famille s'y assoit et sans le savoir chacun de ses membres a choisi sa place pour l'éternité. Personne n'aura plus l'idée d'en changer. Pourquoi ? Si on a survécu une première fois à cet endroit, alors une croyance ancienne, archaïque, quasi animale, nous laisse penser que rien de mauvais ne s'y produira jamais. Cette conviction inconsciente est un des mécanismes parmi d'autres qui nous permettent de trouver un peu de répit face à l'idée de la mort, de notre propre mort. C'est en lisant ça, à onze ans, que Gabrielle a décidé de s'intéresser aux forces obscures, invisibles. C'est ce qu'elle m'a expliqué lors de notre première rencontre.

Immédiatement, dès notre première séance, j'identifie le problème : je plais à ma psy, c'est flagrant, et elle, elle a de quoi me plaire, potentiellement. Trop dangereux, trop risqué. Rapport à Stella. Mais même après que je l'ai éloignée, Gabrielle revient vers moi. Nos chemins se croisent, se recroisent. Pas par hasard.

Elle s'accroche. Elle me parle, elle me captive, elle me capture. J'ai peur pour elle. Alors, je veille continuellement à conserver une distance raisonnable entre nous. Intimement, émotionnellement. Pour la protéger, je me force à l'aimer sobrement. La passion, le bonheur, ce sont des sentiments qui me sont interdits. Je me dis que ma froideur, cette distance, ça finira bien par la faire fuir. Que le problème se résoudra de lui-même. Mais Gabi ne se plaint pas. Ça lui convient. Quand elle me demande en mariage, je réponds simplement : « Désolé. Ce n'est pas pour moi ce genre de trucs. » Depuis Stella, je fuis tout ce qui ressemble de près ou de loin à une promesse. Elles sont les germes de nos trahisons à venir. Les efforts qu'elle fait pour cacher sa peine travaillent son visage. Elle dit : « OK, comme tu voudras » et ne me demande aucune explication. Je ne peux, de toute façon, pas lui en donner. Il faudrait pour ça que je lui révèle mon secret. Si Gabrielle sait pour Stella Le Carré, pour notre relation et sa fin tragique, elle ne sait pas pour ma promesse non tenue. Je n'ai jamais avoué ma faute. À personne. Les gens se ficheront bien d'apprendre que j'ai cru pouvoir sauter. Croire n'a jamais acquitté personne.

Nous sommes autour de la table. Gabrielle est face à moi. Oscar, lui, est placé à sa gauche et donc à ma droite. *Ad vitam aeternam*. Il se balance sur sa chaise en attendant que l'on veuille bien répondre à sa question : « Où qu'on va quand on meurt ? » En d'autres termes : y a-t-il une vie après la mort ? Gabrielle tente une réponse :

— Personne ne sait, Oscar. Des gens pensent qu'on va au ciel, dans les nuages. Ils appellent ça le paradis.

D'autres pensent qu'on revient sur terre pour vivre une autre vie sous la forme d'un autre être humain ou d'un animal.

— Un animal ? Même une fourmi ?

— Oui, mon chéri. Même une fourmi. Pour ces choses-là, les gens ont une imagination incroyable.

Gabrielle laisse passer un silence, le temps pour Oscar de digérer tout ça, puis elle ajoute :

— Moi, je pense qu'on ne va nulle part. Je pense qu'on meurt et c'est tout. On disparaît comme le lapin dans le chapeau du magicien. Les spectateurs applaudissent, le spectacle se termine et fini, adieu le lapin. On ne le reverra plus jamais. Et ce n'est pas si grave. Parce qu'il a eu la chance de monter sur scène, le lapin. Et qu'il a passé un bon moment. Il a donné du bonheur aux gens. Et les gens lui ont donné du bonheur aussi. C'est ça qui compte. Mais tu sais, je peux me tromper. C'est juste mon opinion. Un jour, tu te feras la tienne.

Oscar a l'air troublé.

— Mais maman, si on disparaît, qui a bougé le verre ?

Très bonne question, Oscar. Gabi tente alors une pirouette :

— Peut-être qu'il y a un truc.

Les yeux de notre fils se mettent à pétiller. Sa mère a l'air de vouloir lui dévoiler un secret de magicien.

— Quand on veut croire en quelque chose, parfois, tu sais, on peut provoquer ce quelque chose sans même s'en apercevoir, juste pour se donner raison. Peut-être que Loren et toi, vous avez poussé le verre, un peu, un tout petit peu, avec le bout de vos doigts, juste assez pour qu'il avance et pas assez pour que vous vous en rendiez compte…

On lit de la déception sur le visage d'Oscar.

— Mais tu peux te tromper, c'est ça que tu as dit ?

Gabrielle acquiesce sans en avoir envie. Alors les yeux d'Oscar s'agrandissent, son visage s'illumine.

— Désolé, mais tu te trompes, maman, parce que moi, tu sais avec qui j'ai parlé ? Avec Walt Disney ! Et tu sais ce qu'il a dit ? Il a dit : « Je chie sur Pixar. Et sur Dreamworks aussi. »

Gabi étouffe un petit rire malvenu.

— Oscar, on ne parle pas comme ça !

— C'est pas moi, c'est Walt Disney. On a parlé avec Hitler aussi.

Le sourire de Gabrielle s'évanouit.

— C'est qui Hitler, maman ? Il a l'air gentil.

Son visage se décompose. Ça excite la curiosité d'Oscar.

— Quoi ? C'est qui Hitler ?

— OSCAR !

J'ai crié si fort qu'ils ont sursauté. Sur mon front, mon menton, je sens les muscles de mon visage vibrer, palpiter.

— Je ne veux plus jamais que tu joues à ce jeu, Oscar, c'est compris ? Plus jamais ! C'est dangereux.

Oscar se tourne vers Gabrielle, l'air de lui demander si cet homme, à table, est bien son père. Moi-même, j'ai du mal à me reconnaître.

— Pardon, papa. Je recommencerai plus. Promis.

— Je me fiche de tes promesses, Oscar. Rappelle-toi de ne plus le faire, c'est tout.

Je jette ma serviette. Je me lève. Mon corps cogne contre la table et provoque le tintement des couverts. Oscar baisse la tête. Ses mains se croisent sur ses jambes.

Il lutte pour ne pas pleurer. Je veux lui dire quelque chose pour me rattraper, mais rien ne vient. Je quitte la pièce. Gabrielle pose une main sur la joue d'Oscar.

— Papa a raison, mon chéri. Tu ne dois plus jouer à ça, compris ? C'est tout sauf un jeu.

Du bout de son index, elle soulève le petit menton.

— Compris ?

Oscar acquiesce. Elle embrasse son front. C'était un baiser qui pardonne. Alors, puisqu'on lui pardonne, il n'hésite pas.

— Maman… C'est qui Hitler ?

PIÈCE N° 12

29 décembre 2018,
99, Elm Street, Newton, MA.

La nuit s'est installée. Les rideaux sont tirés. Seules nos lampes de chevet éclairent la pièce. J'ai ressorti le babyphone. J'ai gavé le ventre des talkies de piles électriques et je les ai installés ; un sur la table de nuit d'Oscar, l'autre à mon chevet. Je veux entendre ce qui se passe dans sa chambre. Je veux rester sur mes gardes, concentré sur sa respiration. Son souffle régulier empêche que je me perde dans le chaos de mon obsession : Stella.

Gabi se glisse sous les draps.

— T'inquiète pas, Niels. Il a compris. Et Loren aussi, je pense.

Elle soulève mon bras pour se coller à moi. Elle le dépose avec douceur derrière son cou, le long de ses épaules.

— Qu'est-ce qu'on décide alors ? On la vire ?

Elle pouffe de rire. Elle joue avec mes doigts.

— Oscar nous en voudrait à mort si on faisait ça.

Je voudrais qu'elle retourne à sa place, à la droite du lit, qu'elle cesse ses effusions de tendresse.

— J'ai prévenu sa mère. Elle doit savoir à quoi sa fille

s'amuse. En réalité, elle n'était pas très étonnée. Loren fait n'importe quoi en ce moment. Ils ne la reconnaissent plus. Elle s'enferme dans sa chambre. Elle refuse de manger avec eux. Elle fait la tronche tout le temps.

Je n'écoute pas vraiment. Stella doit être là, à nous observer.

Gabi, par pitié, avale ton Stilnox® et cesse ces mièvreries amoureuses.

— Du coup, Agatha Marny m'a demandé l'adresse d'un psy. Elle fait bien. La gamine a l'air d'en avoir sacrément besoin. Hitler. Je te jure. Qu'est-ce qui lui est passé par la tête ?

Gabi se tourne vers moi, en plissant les yeux.

— Dis donc, je ne savais pas que tu y croyais !

— Quoi ?

— Le spiritisme, l'au-delà.

Gabi, si tu savais de quoi sont faites mes peurs.

Si tu savais ce qui se trame.

Je réponds en essayant d'être le plus convaincant possible.

— Je n'y crois pas. Pas du tout.

— Alors, pourquoi tu lui as dit que c'était dangereux ?

— J'ai dit ça, moi ?

Je suis le type qu'on surprend des biftons plein les poches et qui s'offusque qu'on puisse l'accuser de piquer dans la caisse.

— J'ai voulu lui faire peur, c'est tout.

— Peur ? Faudra qu'on discute un jour de tes techniques éducatives. Il s'est passé quoi au fait avec les cadres dans le couloir ? Loren m'a envoyé une photo. Elle flippait qu'on l'accuse.

— Je me suis cassé la figure. J'ai essayé de me rattraper à ce que je pouvais…

— Mince. Tu n'arrêtes pas en ce moment. Tu t'es fait mal ?

— Pas du tout. Tout va très bien… Ne me regarde pas comme ça. Ça va, je t'assure.

— Tu me le dirais si ça n'allait pas…

— Mais oui, bien sûr. Ne t'inquiète pas.

— OK. En tout cas, tu n'auras pas traîné pour t'en occuper cette fois. Bravo, mon chéri. Tu m'épates.

Elle rit, le regard vibrant d'amour.

Oh, mon Dieu… Pourquoi les ai-je laissés entrer dans ma vie ? Pourquoi m'être attaché à eux ? Pourquoi maintenant, Stella ?

Gabi embrasse une de mes joues. Je reconnais les frissons qui la parcourent. Je sais où ils vont nous mener.

Pas ça, Gabrielle. Pas ce soir.

Ses lèvres glissent vers les miennes.

Arrête, Gabi ! Faut pas jouer avec les nerfs d'une morte.

Un grincement de parquet.

Je sens l'extrémité de mes oreilles se tendre, ma respiration se bloquer. Surtout, ne pas la provoquer. Mais Gabi continue de m'embrasser. Goulûment. Impossible de tourner la tête, de surveiller ce qui se passe autour de nous. Stella doit fulminer de me voir si… si vivant ! Je repère une lente ondulation, celle d'un rideau de fenêtre. Son ourlet se soulève, se tord. Mes pupilles se dilatent.

C'est elle. Elle qui se déplace, qui tourne autour de nous.

La main de Gabi passe sous l'élastique de mon caleçon. La lampe de chevet se met à grésiller. Regard en coin, j'observe la lumière tremblotante à travers l'abat-jour. Je peux entendre le grésillement de l'ampoule. J'ai l'impression que le pied de la lampe frétille lui aussi, imperceptiblement. Les doigts de Gabi s'enfoncent dans mes poils pubiens, approchent de mon sexe. J'attrape son poignet pour le bloquer et l'ampoule éclate dans un bruit de détonation. Gabi lâche un cri et s'immobilise, les yeux ronds.

— T'as vu ça ?

Elle part dans un grand rire. Bien sûr, Gabi. Bien sûr que j'ai vu. Une preuve en plus de sa présence. Sa façon à elle de crier « Stop ! ». Mais les lèvres de Gabrielle reviennent vers les miennes. Sa main glisse à nouveau vers… Je serre un peu plus son poignet. Je lui fais mal. Elle se recule. Elle cherche à se dégager. Je réalise avec quelle force je l'enserre. Je lâche son poignet.

Ne m'en veux pas, Gabi, s'il te plaît.

C'est pour toi que je fais ça. Pour te protéger.

Gabrielle se masse la main, en grimaçant.

— Ne refais plus jamais ça…

Elle reprend sa place, à la droite du lit. Elle attrape son flacon de somnifères, dépose une pilule sur sa langue. Je la vois étaler ses cheveux sur son coussin, lisser ses draps autour d'elle, mais pas comme à son habitude. Ses gestes sont saccadés, imprégnés de colère et de déception. Déjà ses yeux papillonnent. Gabi part se réfugier aux pays des songes.

Je m'interdis de dormir. Assis dans le lit, je scrute l'obscurité et écoute la respiration d'Oscar. Un ronflement léger, adorable. Mais un autre vrombissement se lève, pareil à un vol de bourdon. Derrière les rideaux, je vois les vitres vibrer, osciller. Les reflets du dehors sur elles tremblotent. On les dirait soumises à des fréquences sonores très basses. Je repousse mes draps. Je m'approche des fenêtres, la gorge serrée. Au-dehors, l'intensité des éclairages publics varie, mais seulement autour de la maison. De l'autre côté de la rue, les lampadaires ne donnent aucun signe de dysfonctionnement. Et c'est un énorme fracas. Sans signe avant-coureur, dans un mouvement synchrone, toutes les fenêtres à guillotine de la pièce se sont ouvertes. Les parties basses ont glissé d'elles-mêmes vers le haut. J'ai plié les genoux, rentré la tête entre les épaules, comme pour éviter une salve de tirs. Le cœur battant, je fixe les fenêtres qui me font face. Un vent glacial s'engouffre dans la chambre. Le message est on ne peut plus clair. Stella m'invite à sauter, à respecter ma promesse. Coup d'œil sur Gabi. Assommée par ses sédatifs, elle n'a rien vu, rien entendu. Elle n'entend pas non plus l'apparition de coups sourds provenant de la pièce du dessus. Quelqu'un court dans le grenier. Le grenier où sont cadenassés les souvenirs de Stella.

L'échelle se déploie. Je l'arrime au sol. Je gravis les échelons et pousse le volet de bois d'un coup d'épaule. Mon regard pique droit sur la malle. Elle est grande ouverte. Les souvenirs de Stella ont été projetés sur le sol. Parmi eux, les coupures de presse relatant son suicide. Certaines sont illustrées, souvent par la même photo : un portrait d'elle en noir et blanc sur lequel elle porte mon cadeau, le collier en argent orné d'une tête de dragon. Je remarque aussi un autre cahier, à dessin celui-ci. Il date de la même époque. Dedans, j'avais l'habitude de recopier de longues listes de mots, un jargon médical que j'apprenais par cœur. Sur ses pages ouvertes s'étale un message écrit avec un feutre trop sec. Le troisième en quelques heures. En travers des feuilles se répètent invariablement trois mots simples et perturbants.

« JE T'ATTENDS »

La nuit est lente. Je monte la garde. Je passe de la chambre d'Oscar à celle de Gabi. Je somnole sur le canapé du salon, le talkie dans la main. Un bourdonnement me réveille. Sur la défensive, je me tourne vers les fenêtres. Elles ne tremblent pas. Le son provient de la table basse. Dessus, mon téléphone se déplace, mû par ses propres vibrations. Je l'attrape. « *Numéro inconnu* ». Je le porte à mon oreille. J'entends des sifflements, des craquements, un coup de cisaille électrique, suivi d'un souffle semblable à un vent astral. Derrière arrive une voix en écho. Je la reconnais immédiatement. Stella.

— Rejoins-moi, Niels. Rejoins-moi ou je les tuerai tous.

Je lâche le téléphone comme s'il venait de me mordre. J'ai crié. J'ai mugi. J'ai émis un son proche de celui d'un animal. Une bête piégée dans le couloir d'un abattoir.

Des bruits de casseroles pour m'attirer vers la cuisine. Je traverse l'entrée. J'ai presque envie de lui parler, de l'appeler. Mais prononcer son nom à haute voix demeure bizarrement pour moi une sorte de ligne jaune que je me refuse à dépasser. Les poêles accrochées au-dessus de l'îlot central se balancent encore doucement.

Des frissons d'angoisse, une colonie de fourmis, se répandent sur ma peau.

Elle est là...

Elle joue avec moi...

Il y a une odeur dans la pièce. J'approche de la gazinière. Les brûleurs, ouverts au maximum, déversent des litres de butane dans l'air de la maison. Stella veut faire sauter la baraque et nous avec ! Je me jette sur les molettes. Je ferme les brûleurs. J'ouvre les fenêtres. La colère me submerge. Je me retourne, prêt à hurler son nom, à la défier, mais Gabi se tient à l'entrée de la cuisine, les cheveux ébouriffés, les yeux gonflés de sommeil.

— Niels, qu'est-ce que tu fais ?

Elle approche en humant l'air. Elle se dirige vers la cuisinière. À peine le nez dessus, elle détourne le visage. On dirait que l'appareil vient de lui cracher à la figure. Aussitôt, elle ouvre la petite armoire sous l'évier, plonge la tête dedans. Au bout d'un instant, Gabrielle se redresse, essoufflée, désorientée. Elle vient de couper le gaz à son point d'arrivée. Pour se relever, elle prend appui sur un des tabourets alignés le long de l'îlot. Elle remarque les fenêtres ouvertes derrière moi.

— Mais qu'est-ce que tu fabriques, Niels ?

Que lui répondre ? D'abord, cela impliquerait de lui dire toute la vérité sur la disparition de Stella. Ensuite, il faudrait qu'elle croie aux fantômes.

Gabrielle boit son café à petites gorgées. Elle dit qu'elle n'a plus sommeil, qu'elle ne veut pas me laisser seul, qu'elle est là pour moi, pour me soutenir, m'épauler. Elle dit que le corps parle. Que nos corps sont plus bavards qu'on ne le pense. C'est ça son credo. Et pour elle, ça ne fait aucun doute : c'est moi qui ai ouvert les brûleurs dans une crise de somnambulisme.

— Comme au début de notre relation, ajoute-t-elle. Je t'avais retrouvé devant une fenêtre grande ouverte un soir, tu te souviens ? La trouille de ma vie. (Sa voix ralentit. Son regard devient une caresse.) C'est cet anniversaire ? Tu le gères mal ?

Je fais non de la tête.

— Pourtant… Tu tombes souvent en ce moment ; le grenier, la salle de bains, les escaliers, comme si tu avais des crises de panique qui te font perdre tes équilibres. Interne et externe. Je te l'ai dit, Niels. Ce n'est pas n'importe quel anniversaire que tu traverses. Le pouvoir des symboles. Quinze ans.

Elle vient s'asseoir face à moi.

— Tu dois accepter de ne jamais savoir, Niels. Ce suicide, c'est sa décision.

Chuuuut, Gabi. Par pitié, si elle t'entend.

— On est une équipe, Niels. On va traverser ça ensemble.

Gabrielle s'applique et m'offre un sourire. Mais je la connais trop bien. Sa bienveillance, cet air dégagé sont des masques posés sur ses inquiétudes. En réalité, Gabrielle ne me soutient pas. En réalité, Gabrielle me surveille.

PIÈCE N° 13

30 décembre 2018,
MGH, Boston, MA.

Je suis seul dans la salle de repos. Les minutes prennent leur temps, s'allongent. Je suis exténué. La fatigue et la lumière du jour brouillent les souvenirs de la nuit. Les événements qui l'ont traversée semblent faire maintenant partie d'un rêve. Je parviens à être moins définitif.

Et si Gabrielle avait raison ?

Et si c'était reparti comme avant ? Une rechute ?

Il n'y avait pas eu que des scarifications à la mort de Stella. J'avais constamment l'impression d'être suivi, d'être observé. Je m'arrêtais dans la rue, tétanisé, empêché par la sensation d'une présence. Je tournais la tête et je découvrais Stella, son regard planté sur moi. Un bus passait et le visage de l'autre côté de la rue redevenait celui d'une autre. Sans parler de mes nuits, hantées par des cauchemars récurrents dans lesquels Stella m'attrapait par le cou et me tirait vers une fenêtre ouverte pour me pousser de ses mains dans le vide.

Quand Gabrielle est entrée dans ma vie, ça a été terrible.

Une déferlante d'angoisse.

J'avais beau sortir de mes cauchemars, je continuais à entendre la voix de Stella. Parfois aux hallucinations auditives s'ajoutait la sensation d'une personne invisible allongée près de moi. J'étais perdu, en désordre. Le cerveau est un sacré farceur à l'humour dégueulasse. Mais Gabrielle a tenu bon. Elle m'a aidé. Elle m'a expliqué la puissance destructrice de la culpabilité. Et tout s'en est allé. Presque tout. La peur et la culpabilité sont restées.

Il faudrait que je rentre chez moi, que je retrouve mes deux points de repère, mon abscisse et mon ordonnée, Gabrielle et Oscar. Je veux toucher la réalité de leur existence. J'ai si peur pour eux… Et si c'était ça, hanter quelqu'un ? Pas besoin de fantôme ou de présence maléfique, juste une idée, une pensée, qui se poursuit sans cesse, qui envahit, pour se rendre maîtresse de l'esprit, afin de l'altérer, de l'abîmer, de le disloquer, l'amener à la rupture. Faire de la conscience d'un individu une ruine.

Je dois me reprendre. Aucun journal télévisé au monde, aucun titre de presse ne se sont jamais ouverts sur une histoire d'être humain frappé, attaqué ou même assassiné par un revenant. Aujourd'hui, on filme tout, on capture tout.

Ça se saurait si ce genre de trucs arrivait, non ?

Alors, qu'est-ce qui se passe ? Qu'est-ce qui m'arrive ?

Tout ça ne serait que dans ma tête ? Encore une fois ?

En appui sur le lavabo, je scrute dans le miroir mon visage ravagé par l'incertitude. Je passe mes mains mouillées sur mon front, mes joues. Les douleurs fantômes de mes anciennes coupures se manifestent de plus en plus fréquemment. J'ai des envies furieuses de souffrance contre lesquelles je lutte. Ne pas céder.

J'avale quelques gorgées d'eau pour me réhydrater. L'angoisse assèche ma gorge. Je pense à la centaine de médicaments qui m'entourent, à ces armoires pleines à craquer de substances qui pourraient tout arranger. Stella serait satisfaite.

Une de mes poches se met à vibrer. J'attrape mon téléphone. Au bout de la ligne, la voix de Gabi, paniquée.

— Niels ! Viens, vite. Il y a eu un incendie.

Dès mes premiers pas dans la maison, une odeur de plastique grillé me prend la gorge. Je retrouve Loren, Gabi et Oscar affairés à jeter dans de grands sacs-poubelle les jouets fondus, les peluches carbonisées, les marionnettes brûlées, les poupées aux visages noircis et ramollis. Le feu a pris dans la salle de jeux, la pièce située entre notre chambre et celle d'Oscar. Loren me désigne l'endroit d'où le feu s'est propagé. Les murs semblent avoir été léchés par de longues langues charbonneuses. Il reste sur le sol un amas de jouets consumés. Une poubelle dans chaque main, Gabi disparaît dans le couloir en répétant qu'elle ne comprend pas. Aucun branchement électrique à proximité, aucune source de chaleur qui pourrait expliquer ce départ de feu. Mon cœur décroche de son rythme normal. Il s'affole. Je m'affole. Cet incendie, ça n'a pas lieu dans ma tête. Cet incendie, c'est une mise en garde. Une nouvelle manifestation de son impatience. Est-ce qu'elle espionne ma réaction ? Est-ce qu'elle se régale de ma panique ? Trois chocs. Trois collisions sourdes à la suite, et un cri provenant du couloir.

Allongée sur le divan, Gabi se tient les côtes. De temps à autre, son visage se contracte. La douleur joue avec elle. Gabi a dégringolé le long des marches avant de finir sur le ventre.

— Je t'emmène faire des radios, Gabi. Ne discute pas.

— Ça va, Niels. Je t'assure. Je suis bonne pour quelques hématomes, c'est tout. Loren, je voudrais que tu montes Oscar dans sa chambre.

Loren s'exécute. À la manière dont Gabi s'est adressée à elle, la façon dont elle les suit du regard, je comprends qu'elle a voulu les éloigner.

— Niels. Tu sais l'importance que j'accorde à l'écoute du corps, à la thérapie par le corps. Être sensible à ce qu'il nous dit. Eh bien, dans l'escalier, quand j'ai dégringolé, j'ai eu la sensation de…

Elle s'arrête. Elle reprend une goulée d'air.

— Oui, je ne peux pas le dire autrement… Avant de tomber, juste avant, j'ai pensé : *Il y a des mains dans mon dos.*

Une rivière en crue se soulève dans ma tête. Penser à une écluse, à sa résistance face à la violence du débit.

— Cette sensation, elle n'arrive pas de nulle part.

Ce n'était pas une sensation, Gabi.

C'étaient ses mains, ses mains de fantôme !

— Je crois que je me suis mise à porter le deuil, moi aussi. Cette fille n'a jamais vraiment quitté ta vie, Niels. Et je l'ai laissée s'immiscer dans la nôtre. Elle nous empêche de… Je veux dire, son souvenir… Il nous empêche d'être libres. On devrait à nouveau travailler là-dessus, ensemble, pour que ça s'arrête. Tu ne crois pas ?

Gabi me sourit tendrement. Elle pose sa main sur mon visage. Elle le caresse.

— Je voudrais que tu te sépares de ce coffre. Ce petit cérémonial, à chaque anniversaire, ça a assez duré. Est-ce que tu serais d'accord ?

Gabi, coffre ou pas, il est trop tard.

— Je te laisse y réfléchir, Niels.

Ses mains continuent de caresser mon front, mes joues, mes « vallées des larmes », comme pour enregistrer la forme de mon visage, ses reliefs. À croire que Gabi pressent ma fin.

Mon téléphone se remet à sonner.

Autre début d'incendie. Dans ma vie professionnelle celui-là. C'est Porter au bout du fil.

— Où êtes-vous, Edwards ? On a besoin de vous ici…

J'ai merdé. Je suis parti sans prévenir. J'ai paniqué. J'ai quitté le navire sans même réfléchir. Porter m'ordonne de prendre quelques jours de congé, de ne revenir que lorsque « mon » problème sera résolu. Il faut éviter que je devienne celui du service.

PIÈCE N° 14

30 décembre 2018,
99, Elm Street, Newton, MA.

Je suis face au miroir de la salle de bains. Je me saisis d'un couteau. Je le presse contre ma gorge. Du sang perle sous la lame. Mes mains, mon corps se mettent à trembler. *Allez, Niels, un coup sec sur la droite et ce sera fini. Ils sont en danger. Ne joue pas avec leur vie. Stella est de retour. N'écoute pas Gabrielle. Tu ne délires pas. Elle ne sait pas tout. Il n'y a pas de doutes à avoir. Allez, Niels, pour une fois dans ta vie, un geste de courage. OK, tu vas en baver, le temps de te vider, ce ne sera pas très agréable, mais ça ne durera que quelques secondes, peut-être quelques minutes, et ensuite ce sera fini, terminé, ils seront sains et saufs.* Je m'imagine allongé dans une mare de sang, le corps tordu, plié dans une flaque visqueuse et noire. *C'est comme ça qu'ils te trouveront demain, en se réveillant. Et cette image qu'ils garderont de toi. Elle effacera toutes les autres.* Les larmes montent. *Tu seras pour toujours et à jamais le type vautré dans son sang qui les a abandonnés sans aucune explication. Ça, sois-en sûr, ils ne s'en remettront jamais.* Je lâche le couteau. J'éclate en sanglots.

Je suis dans le grenier, agenouillé devant la malle. D'une main, je touche la sainte relique. Je murmure :

— Stella, laisse-moi un jour, peut-être deux, juste le temps d'organiser mon départ. Ils ne sont coupables de rien. Épargne-les. Par pitié.

Ça y est. Je lui parle et à haute voix. J'ai touché le point de non-retour.

PIÈCE N° 15

31 décembre 2018,
99, Elm Street, Newton, MA.

Minuit. La clameur a jailli en même temps que les aiguilles se sont réunies. Les gens applaudissent, jettent des cotillons. Les accolades se succèdent. Gabi a invité une trentaine de personnes. Sans me prévenir. Principalement ses amis. Moi, de toute façon, je n'en ai pas. En revanche, j'ai une famille. Elle, elle n'en a plus. À part un frère parti vivre sur la côte Ouest. Un ours bourru et solitaire qui, depuis son divorce, en veut à la terre entière. Ce soir, comme tous les ans, c'est une fête dans la fête. Je suis né un 31 décembre, peu avant minuit. Mes parents me prennent dans leurs bras. Les Marty et leur fille, Loren, me serrent la main. Renversante de beauté, Gabi veut m'enlacer, m'embrasser. Je détourne le visage. Je blesse Gabi pour ne pas blesser Stella. Je ne veux pas abuser de sa patience : je ne peux pas lui demander un peu de temps en plus et lui imposer nos effusions de tendresse. Gabi se recule, chancelante. Elle se réfugie dans la cuisine, aussitôt rejointe par plusieurs de ses amis. Ceux qui restent me dévisagent, offusqués. J'ai même droit à quelques regards haineux. Beaucoup d'entre eux ne m'ont jamais aimé.

Je me dirige vers le buffet. Ma mère vient se coller à moi.

— Y a de l'eau dans le gaz ou quoi ? Niels, bon sang, elle est géniale cette fille. Rattrape le coup. Si ce n'est pas elle, ce ne sera personne. Avec le caractère que tu as !

J'attrape une bouteille de vin. Autour de nous les éclairages électriques varient. La chaîne hi-fi a ses moments de faiblesse. Sa puissance sonore s'essouffle, revient à la normale, s'essouffle encore. C'est comme ça depuis le début de la soirée. Cela semble ne déranger personne. J'envie leur innocence. Ils ne savent pas qu'il s'agit de petits coucous sournois qu'elle m'adresse. Des signes de sa présence. Des signes d'elle. Je descends une rasade de saint-émilion et me ressers un verre. Ce n'est pas dans mes habitudes, boire autant et si vite. On me dévisage aussi pour ça. Mais je suis à cran. Je ne trouve pas de solution. Et pourtant, de toutes mes forces, je refuse de céder, je refuse de les perdre, de perdre Gabi, Oscar. Autant que j'avais refusé de perdre Stella. Obstinément. Pour quel résultat… J'avais merdé, salement. Et aujourd'hui, ce n'est pas bien mieux. Alors quoi, qu'est-ce que ça veut dire ? Que c'est ça mon *fatum* ? Merder à répétition, échouer en boucle ?

Les lumières s'éteignent. Mon cœur tressaille dans ma poitrine. C'est elle, elle va jaillir de l'obscurité pour… Mon gâteau d'anniversaire apparaît, porté par une Gabi défaite. Elle a pleuré, c'est certain. Malaise. Ambiance lourde. Quelques-uns se mettent à chanter *Happy Birthday* sans enthousiasme. Ils le font pour elle, pour la soutenir, pour faire en sorte que cette soirée ne soit pas entièrement un fiasco. Les autres suivent sans conviction. Le chant d'anniversaire s'arrête. Les regards sont sur moi. Je dois souffler les bougies plantées sur le gâteau. La lumière des flammes crée autour de moi une sorte de filtre orangé. Je prends une large inspiration. Des reflets mordorés attirent mon attention. Ce sont les flammes des bougies qui se reflètent sur… une tête de dragon en argent. Stella le porte à son cou. Elle me fixe, de ses grands yeux mordorés, irisés, depuis le fond de la pièce. Derrière les convives, son visage flotte sur l'obscurité et se fissure d'un grand sourire glacé. Un cri d'horreur m'échappe. Je me recule. Je percute un fauteuil et bascule vers l'arrière. Mes pieds s'élèvent dans les airs, cognent le plateau porté par Gabi. Le plat lui échappe et tourne sur lui-même. Je m'écrase sur le sol et le gâteau avec. Le tapis s'enflamme. On jette sur lui des carafes d'eau. Les lumières se rallument. Au fond de la pièce, à l'endroit même où se tenait Stella, je découvre Loren, visage stupéfait, bouche grande ouverte.

On a réduit le niveau sonore de la musique. On entend le tintement des verres, le chuchotement des conversations éparses. Personne ne danse. Réunis par petits groupes, les gens grignotent et les persiflages, les spéculations vont bon train. Pas très loin de moi, mon père et ma mère s'entretiennent avec Gabrielle. J'ai l'impression qu'ils sont en train de se confondre en excuses. Gabrielle, quant à elle, fixe le sol. Je la connais. Elle ne les écoute pas. Elle se fiche de ce qu'ils lui racontent. Une main tire sur ma chemise. Oscar se tient face à moi. Il me tend ce que je devine être son cadeau : une feuille de papier qu'il a pris soin de plier. Je sens qu'il voudrait me réconforter, me dire des mots qui réparent, des mots qui effacent, des mots qui doivent exister mais qu'il ne connaît pas. Pas encore. Je secoue la tête pour ne pas fondre en larmes.

— Merci, Oscar. C'est gentil d'avoir pris le temps.

Je déplie son cadeau. Il m'observe, fou de trac. C'est un dessin. Oscar l'a titré : *Ma famille*. Sur la feuille, nos corps sont des formes géométriques et nos mains ressemblent à des fleurs. Je lis les prénoms inscrits au-dessus de chacun : *Papa, Maman, Oscar, Loren... Stella*. J'essaie de ne pas flancher, de ne pas laisser l'ouragan d'effroi balayer le peu de raison qui me reste. Penser à un terrain vague. De l'espace. Du vide. Je balbutie :

— Oscar… Qui est Stella ?

Au nom de Stella, Gabi décroche de sa conversation et approche, intriguée. Elle se positionne derrière moi pour examiner le dessin. Oscar répond, gêné :

— C'est le fantôme dans ma chambre.

Sa réponse fait glousser les invités. Oscar pivote vers eux sans comprendre ce qui les amuse. Quelqu'un lui demande avec un sourire attendri :

— Il y a un fantôme dans ta chambre ?

Oscar ne répond pas. Il s'approche de moi et me murmure à l'oreille :

— Je sais pourquoi tu as crié tout à l'heure.

Mon cœur explose de terreur, mais aussi d'amour. Je lâche la feuille. Je l'empoigne pour le prendre dans mes bras. Je le sens qui tremble. La peur se sert de son corps comme d'un instrument de musique. Son torse est une caisse de résonance. J'entends les pulsations accélérées de son cœur, sa respiration sifflante. Il reprend en chuchotant dans mon oreille.

— Tous les soirs, elle est assise au bord de la fenêtre.

Elle dit qu'à cause de toi, elle va me faire du mal. Elle dit que je vais devenir un fantôme. Je veux pas devenir un fantôme, papa.

Pardon, Oscar. Pardon. Je ne suis qu'un sale égoïste, un pauvre type sans courage. Ce dessin est une fin de non-recevoir. Par l'intermédiaire d'Oscar, Stella m'adresse un dernier message : pas de temps supplémentaire. Ceci est au contraire une sommation, nette et franche.

Gabi passe ses mains entre lui et moi. Elle nous sépare.

— Oscar. Écoute maman. Les fantômes n'existent pas.

Il tourne son visage vers moi. Il a l'air de me dire : « Ça existe, papa. On le sait, nous deux, hein ? » Mais Gabi saisit son menton. Elle le force à détourner son regard du mien.

— C'est une invention, assène-t-elle. Ça sert juste à se faire peur.

Ne t'inquiète pas, Oscar, je vais te débarrasser, moi, de ce fantôme. Je vais le faire disparaître, même si pour ça, je dois disparaître à mon tour.

Oscar s'est assoupi. J'embrasse longuement son front. J'essaie d'enregistrer les émotions que je ressens à son contact. L'amour que je lui porte. J'essaie d'emporter avec moi un abrégé de lui. Je remonte les draps jusque sous son menton. Je caresse ses cheveux. Oscar a hérité de mes boucles épaisses. Je jette un regard vers la fenêtre où Stella se tient chaque soir. Je parle de nouveau à voix haute.

— Tu n'as plus de raison de t'en prendre à lui maintenant. Dans quelques minutes, je t'aurai rejointe.

Je retrouve Gabrielle dans la cuisine. Je veux l'embrasser, une dernière fois, mais elle me repousse, furieuse et humiliée. Sans dire un mot, elle reprend la tâche qu'elle s'est fixée, remplir le lave-vaisselle. Je la contemple un instant dans sa déception, dans sa tristesse altière avant de quitter la pièce.

— Je t'interdis de mêler Oscar à tout ça. Ce sont nos histoires. Tu m'entends, Niels ?

Je m'arrête sur le pas de la porte. Je ne me tourne pas vers elle. J'ai des larmes dans les yeux.

— Pourquoi lui avoir parlé de Stella ? Tu veux qu'elle survive, c'est ça, qu'elle survive coûte que coûte, encore et encore.

Je ne la vois pas, mais au son de sa voix je sens son abattement. Il est total.

— Tes yeux, Niels. Ils se sont révulsés. Tu allais souffler les bougies quand tes yeux sont partis sous tes paupières. On l'a tous vu. Tu as besoin d'aide, Niels. Tu rechutes.

— Ne t'inquiète pas, Gabi. Je vais bien.

Comment pourrais-je aller bien à quelques minutes de ma mort. Elle s'agace :

— Niels. J'ai cru qu'on y était parvenus, que j'avais réussi à t'aider… mais pas du tout. J'ai l'impression que tu es redevenu le Niels de nos débuts. Celui qui me fuyait comme la peste. Ce type totalement à la ramasse, dévoré par ses angoisses, ses terreurs nocturnes. La seule différence, c'est qu'aujourd'hui, tu me fais peur… Tu me fais vraiment peur…

— Je suis désolé, Gabi. J'aurais voulu être autrement.

Je m'éloigne sans rien ajouter, pourtant, je voudrais

lui préciser quelque chose, lui dire de ne pas s'inquiéter, parce qu'à part moi, ce soir, personne ne va devenir un fantôme.

Gabi sort de la salle de bains et se réfugie dans la chambre d'amis. Elle m'évite, elle s'isole. C'est parfait. Je rejoins la salle d'eau et pousse le verrou. Et si Gabrielle parvenait à forcer la porte demain matin ? Et si ce n'étaient pas les secours qui me découvraient ? Mais je ne peux plus reculer. Stella est ici. Sa menace est presque palpable. Elle aura mon suicide. Elle y sera parvenue. Aucune échappatoire. J'approche de l'armoire murale blanche, plaquée de miroirs, sur laquelle s'est inscrit le premier message de Stella. Je contemple un court instant mon visage. Il a continué sa longue et abominable transformation. Je n'ai plus de regard. Ma tête est trouée de deux cavités noires. J'ouvre une porte de l'armoire et sors une lame de rasoir. Je m'installe dans la baignoire. Je retrousse les manches. Ne pas réfléchir. Ne pas écouter le flot de ses pensées. Foncer. Je trace une ligne verticale le long de mon poignet. Mon artère radiale verse des larmes carmin. Je perçois la sensation de l'écoulement. C'est doucereux, chaud, presque un chatouillis. Des images stroboscopiques explosent dans ma tête : mon fils, Gabrielle, mes parents. Bouffées d'amour. Aussi fortes qu'il y a quinze ans. Seuls l'amour et les fantômes sont éternels. Une dernière image s'impose : Stella s'approchant de moi, à quatre pattes. Notre premier baiser. Le baiser de la mort. Je me désagrège.

PIÈCE N° 16

1er janvier 2019,
MGH, Boston, MA.

Deux rideaux mal tirés laissent passer la lumière du jour. Face à moi une horloge murale indique 6:18 am. Je me redresse difficilement. Je manque de force. J'ai l'impression qu'on a posé un chapeau de plusieurs tonnes sur ma tête. Je remarque le bandage qui gaine mon poignet. Je découvre Oscar étendu à mes pieds. Un drap s'est enroulé autour de lui façon lierre. Et, tout près de mon lit, dans un fauteuil qui me paraît immédiatement très inconfortable, Gabi me dévisage, les traits tirés, tout en massant son cou douloureux.

— Désolée, Niels. Je n'ai pas pu te laisser partir. J'ai senti qu'il se passait quelque chose. Je l'ai ressenti si fort…

J'ouvre ma main pour l'inviter à y poser la sienne. Ce qu'elle fait. Sa peau a la douceur du satin.

— Tu as voulu la rejoindre, n'est-ce pas ? Tu l'aimes encore ? Ce ne serait pas grave, tu sais. Je veux juste savoir, Niels. Est-ce que c'est pour ça que tu ne m'as jamais dit « Je t'aime » ?

Non, Gabi. Tout ce que j'ai fait, même ce qui te faisait mal, c'était pour te protéger.

Je crève d'envie de lui dire la vérité, de me vider enfin de cette mélasse noire, de ce passé séquestré en moi. Je rêve de me saigner à blanc, de me livrer à elle, afin qu'elle comprenne : mon suicide en sacrifice humain pour les protéger de la colère d'une morte. Mais vu mes antécédents, Gabrielle me ferait interner, directement.

Donc, je ne lui donne bien malgré moi aucun éclaircissement, pas même une hypothèse sur laquelle bâtir un début d'explication. Je tiens cruellement à l'écart de moi celle qui, des années durant, s'est tenue à mes côtés sans jamais faillir.

Sa main quitte la mienne. Elle se lève et se penche sur Oscar pour l'emporter dans ses bras. Elle quitte la chambre sans ajouter un mot. C'est de bonne guerre. Œil pour œil, silence pour silence. Tout recommencer, il va me falloir tout recommencer.

Je me réveille dans un sursaut. Amanda Lucia Pia Alvarez se tient face à moi. Je me redresse dans un mouvement de panique comme s'il s'agissait d'une apparition.

— Je suis venue te remercier, *Médico*. Pour Eden et sa mère. Porter nous a raconté. Il endosse toute la responsabilité de cette décision. S'il arrive malheur à Sophia, c'est lui que je tiendrai pour responsable. Elle va mal, *Médico*. Elle n'a plus le goût à rien. Tu imagines. Elle a perdu sa fille une seconde fois.

— Ms Alvarez, je ne sais pas si vous avez le droit d'être…

— Je suis aussi venue te dire de ne plus avoir peur, *Médico*.

Elle pointe du doigt le bandage autour de mon poignet.

— Ça fait des semaines que je les vois autour de toi, ces traces lumineuses. Elles brillent comme de la braise. C'est le signe d'une âme jeune, *Médico*. D'une âme en colère.

Merde. Merde ! Et si cette femme pouvait m'aider ? Et si Bozo le clown [1] avait des dons ? Après tout, puisqu'elle dit « parler » avec les morts, alors peut-être qu'elle saurait parler à Stella, calmer Stella, peut-être même qu'elle sait, elle, comment se libérer de la présence d'un revenant. Moi, je peux parfaitement, s'il le faut, réciter deux ou trois *Notre-Père*, quatre ou cinq *Je vous salue Marie*. Je suis même prêt à me balader au clair de lune, à poil, badigeonné de sang de crapaud. Peu importe ce qu'elle me demandera, pourvu que je sois libéré de Stella, pourvu que ma famille reste en vie.

— Tu sais de qui il s'agit, *Médico* ? C'est l'âme d'un parent ? Celle d'un ami ?

— Il s'agit d'une... d'une fille que j'ai follement aimée...

— L'amour, *Médico*. La plus belle et la plus terrible des aventures terrestres.

Elle sort d'une de ses poches un paquet de Wrigley's Big Red. Elle m'en propose. Je décline. Elle en engouffre quatre à la suite. Je l'examine. Ses joues s'arrondissent, se gonflent. Je perçois l'effort important de sa mâchoire pour les compacter, les agglutiner, les mélanger. Leur arôme est si fort que je sens d'ici leur parfum synthétique.

1. Personnage de clown américain créé par Alan W. Livingston.

— Et qu'est-ce qui s'est passé avec cette fille ?

— Nous avons… J'ai…

Je m'arrête. Qu'est-ce que je fais ? Est-ce que je vais vraiment le lui dire, lâcher le secret de ma vie, là, comme ça ? Ce secret que je n'ai jamais été capable d'énoncer face à qui que ce soit. Je mesure le pouvoir qu'aurait cette femme sur moi, sur mon existence, si…

— Quoi qu'il se soit passé, *Médico*, cette fille te détestait de son vivant et, sois-en sûr, elle continue de te détester dans sa mort. Mais avec un peu d'aide, mon aide, tu peux t'en sortir, *Médico*.

C'est fini. La possibilité d'une échappatoire s'envole. Cette femme essaie de me manipuler, c'est évident. Que Stella éprouve pour moi de la rancœur, certainement : après quinze années à attendre, à espérer que je tienne ma promesse, qui n'en aurait pas, mais éprouver de la haine, pour moi, et de son vivant !

Stella était tout pour moi et j'étais tout pour elle.

Un type avec des tendances suicidaires, c'est comme une mère endeuillée, c'est une occasion en or. La détresse rend faible, malléable. Je ne serais pas étonné qu'elle finisse par me demander un peu d'argent, beaucoup d'argent même, pour être sauvé. Sophia n'a pas dit toute la vérité sur Amanda Lucia Pia Alvarez.

— Je vais vous demander de sortir, Ms Alvarez.

Les mouvements de sa mâchoire s'arrêtent. Sa bouche se fige, créant sur son visage une balafre orange, la couleur de son rouge à lèvres. Je crois l'avoir vexée, mais il s'agit d'autre chose. Son front se plisse, sa bouche dégouline sur son menton. Ms Alvarez se liquéfie. Elle recule.

— *Santa Maria !* Elle est là. Elle approche ! *Ooooh Dios*. Si tu pouvais voir ça, *Médico*.

J'ai compris. Ms Alvarez est en train d'abattre sa dernière carte : ses talents d'actrice.

Ou alors, il se passe vraiment quelque chose ?

Quelque chose que tu ne peux pas voir parce que tu n'es pas comme elle, tu n'as pas le don qu'elle possède...

Elle peut te sauver, Niels ! Elle le peut !

Ça y est. Le piège se referme. Il a beau être simple, facilement identifiable, il est surtout terriblement efficace. Un outil d'asservissement. On appelle ça l'Espoir. Il vient tout de suite après que le doute a été écarté.

Surtout, continuer à douter.

— *Ostras*[1] *!* Derrière toi, *Médico* !

— Ms Alvarez, ça suffit. Ça ne m'impressionne pas !

C'est pourtant le contraire qui se produit. Je jette un œil là où son regard s'est fixé, c'est-à-dire sur le vide.

— Par tous les saints... Son visage... Il est brûlé, calciné... Elle est revenue des enfers. Elle a dû pactiser avec le mal pour ça...

— Arrêtez, Amanda !

J'attrape le cordon qui pendouille sur le côté de mon lit. Je presse vigoureusement plusieurs fois le signal d'appel.

— *Oooooh Dios*. Je le sens si fort. Elle s'amuse avec toi, elle... Oh, tu peux approcher, *Espíritu*[2], tu peux me dévorer de tes yeux, je ne me tairai pas ! Tu ne me fais pas peur !

Une infirmière se rue dans la chambre. Elle découvre la présence dorénavant indésirable de l'ancienne femme

---

1. Merde ! Purée !

2. Esprit !

de ménage. Elle quitte la pièce en courant en sens inverse.

— Sa mort, *Médico* ! Il y a quelque chose qui ne va pas autour de sa mort ! Je ressens de… de la violence. Des menaces. De la trahison. Je ressens tellement de trahison. Est-ce que c'est toi ? Est-ce que c'est elle ?

Qu'est-ce qu'elle vient de dire ?

Est-ce que j'ai entendu ce que j'ai entendu ?

L'infirmière est de retour, mais elle n'est plus seule. Elle a ramené avec elle deux types de la sécurité. Ils encadrent Ms Alvarez. Ils la poussent hors de la chambre. Elle se débat.

— Je t'en prie, *Médico*, je ne sais pas ce qu'elle veut de toi, mais ne le lui donne pas. Méfie-toi d'elle ! Méfie-toi !

La porte de ma chambre se referme. Je l'entends hurler dans le couloir.

— Retourne sur sa tombe, *Médico*. Va sur sa tombe !

J'en reste bouche bée, sonné.

PIÈCES N° 17 À 45

Transcriptions révisées à fin de publication

STELLA
ou
Le mensonge

PIÈCE N° 17

2 janvier 2019,
99, Elm Street, Newton, MA.

Direction New London, à cent six miles [1] de Boston. Gabrielle est au travail. Loren s'occupe d'Oscar. Je peux effectuer un aller-retour dans la journée. Je veux retourner sur sa tombe, comme l'a suggéré Amanda Lucia Pia Alvarez. Besoin d'en avoir le cœur net. Et tant pis si je prends le risque de mettre Stella en boule. Lâche un jour, lâche toujours.

Je quitte Boston et sa population dense pour la campagne. De nouvelles couleurs m'entourent. Elles me rappellent les tonalités d'un camée. Des corps de fermes posés sur le grenat profond des terres labourées, retournées, se découpent sur un ciel de givre d'un blanc lumineux, presque éblouissant. À l'arrière, sur la ligne d'horizon, des nuages salis de gris à leur base comme des carènes de navires semblent s'échouer sur les collines plates et paresseuses des frontières du Rhode Island et du Connecticut. La radio est allumée, pourtant je ne l'écoute pas. Depuis le début du voyage, je ressasse les heures qui viennent de s'écouler.

---

1. Cent soixante et onze kilomètres.

Avant que je quitte l'hôpital, un type des RH au costume austère et à la voix grave m'annonce qu'il me faudra du temps, beaucoup de temps, avant que je ne réintègre le poste que j'ai occupé. Logique. Avant ça, il leur faudra déterminer si je ne suis plus un danger pour moi ni pour personne. On me questionne sur mes scarifications. Elles ne sont pas passées inaperçues. On m'annonce l'obligation d'un suivi psychiatrique, d'une prise en charge thérapeutique et médicamenteuse. On me donne une liste d'antidépresseurs, de calmants, d'anxiolytiques à ingurgiter matin, midi et soir. Du lourd, du costaud. Le type m'a prévenu, le processus sera long.

Mon premier dîner en famille se passe dans le plus grand calme. Les seules voix humaines qui résonnent dans la maison sont celles du téléviseur et d'Oscar riant aux bêtises d'un héros de dessin animé. Je gobe mes premiers cachets sous le contrôle de Gabrielle. Mes parents me téléphonent. Je réponds sagement à leurs questions. Je m'efforce de paraître en pleine forme. Gabi reste tout au long de la soirée solide, protectrice et émouvante. Je m'interroge sur son mystère. Comment fait-elle pour se comporter de façon toujours si impeccable, avec une si grande classe ? Pas un mot de travers. Aucune allusion. Aucune pique. Aucune fausse note. Je suis admiratif.

Ce n'était qu'une question de temps. Oscar endormi, Gabrielle me demande de la suivre dans le grenier. Elle me tend une masse.

— Tu veux t'en sortir, Niels ? Alors, détruis-le…

Elle parle du coffre en bois.

Les coups s'abattent. Les premiers sont les plus pénibles. Je perce l'épaisseur du coffre. J'entends les disques vinyles être pulvérisés, les livres s'éventrer, les colliers exploser. Je vois sous mes yeux se briser les souvenirs de Stella. De mon ventre décolle un tourbillon d'émotions. Je m'aperçois que j'augmente le rythme des impacts. Que je frappe comme si une menace s'était levée devant moi. C'est comme si… comme si je cognais, je tabassais, j'assassinais… Mais quoi exactement ? Ou peut-être… qui ?

Au bout d'une vingtaine de minutes, le coffre et son contenu ne sont plus qu'un amas de débris. Il y a de la satisfaction dans les yeux de Gabi. Et de la peine aussi. Je sens qu'elle m'observe comme un être défectueux. Ce que je suis. Un être défectueux et égaré dans sa propre vie. Tout comme je le serai certainement dans ma mort.

Ma pression sanguine chute subitement. En appui sur deux rives, le Gold Star Bridge m'apparaît. Je ralentis. Je coupe la radio. Je dépasse l'endroit exact où Stella et moi avons été séparés. L'endroit où je l'ai vue vivante pour la dernière fois. Ma mâchoire se contracte nerveusement. Je me mords les lèvres jusqu'au sang. Un goût de fer se répand dans ma bouche. Le même goût qu'il y a quinze ans.

La tombe de Stella n'est pas à l'abandon. Elle semble même régulièrement nettoyée. J'ai un bouquet de fleurs dans les mains. Même si ça m'a toujours paru étrange de faire ça. À croire qu'on prend les morts pour des convalescents. Je me demande brusquement ce que je suis venu faire là. Ah oui… L'Espoir…

— *Holy cow !* Un revenant !

Je me retourne. La fille aux cheveux roux n'a pas perdu son regard tranchant. Les mêmes flammèches indomptables auréolent son visage taché de son. Je note son ventre arrondi.

— Tes lunettes ? Elles sont passés où ?

Je hausse les épaules.

— Les merveilles de la chirurgie laser.

Elle s'avance vers moi et me reprend, presque sur le ton du reproche.

— Les merveilles du pognon plutôt, n'est-ce pas, docteur Edwards ?

Elle empoigne le bouquet que je tiens dans les mains. Elle le respire, puis elle rejoint la pierre tombale. Elle embrasse le bout de ses doigts qu'elle vient presser contre la stèle au-dessus de l'épitaphe *« Partie trop tôt »*. Sa façon à elle de saluer Stella. La fille aux cheveux roux fait comme elle veut ici. C'est chez elle. Elle plie les genoux et entreprend de ruiner mon bouquet. Elle le décompose, l'éparpille dans les différents vases au pied de la stèle.

— Un bouquet, quinze ans après. Stella doit être vachement contente.

— On l'a couverte de fleurs, mes parents et moi.

— Au début, ouais, au début.

— Trois ans. Trois années. Après, j'ai dû partir.

— Évidemment. Les études. C'est si commode de vivre loin de ce qui est pesant. Moi, qu'il pleuve, qu'il neige, qu'il vente, je suis là. Toujours. Je m'occupe d'elle.

Je pourrais répondre qu'on n'a pas besoin de se rendre sur la tombe d'un disparu pour penser à lui, l'honorer, le faire perdurer, mais je ne veux pas lui donner l'impression de dévaloriser son engagement. Je le trouve très beau.

Elle sort d'une de ses poches un sachet plastique pour nettoyer le gazon au vert éteint des résidus de fleurs fanées.

— Tu sais qui je suis au moins ?

En plus d'un silence, c'est une cargaison d'images anciennes qui passe entre nous.

— Clarissa Phelps. J'ai appris votre nom le jour de l'enterrement. Stella ne m'a parlé de vous qu'une seule fois, très brièvement.

— Vous ? se marre-t-elle. On a failli baiser ensemble quand même.

Elle reprend son nettoyage. Elle renifle.

— Elle t'appelait son Roméo, tu le sais ?

— Je sais.

— J'ai toujours pensé que ça ne t'allait pas ce surnom. L'histoire m'a donné raison. J'ai jamais lu le bouquin, mais Roméo et Juliette, à la fin, ils meurent ensemble, non ?

Tremblements intérieurs. Clarissa a le sens de la petite phrase assassine. Est-ce qu'elle sait ? Ou bien s'en tient-elle aux faits ? Parce que, oui, dans les faits, nous ne sommes pas morts ensemble. Le doute que je ressens teinte son sourire d'une coloration étrange, énigmatique.

— T'es devenu beau en tout cas. Je veux dire, maintenant, c'est évident, tout le monde peut le voir. Mais à l'époque, à part moi, y avait personne pour te trouver quoi que ce soit. Des fois, j'essaie d'imaginer à quoi elle aurait pu ressembler, Stella, si elle était restée en vie.

Elle renifle encore, passe le dos de sa main sous son nez.

— Qu'est-ce qui t'amène ici ? T'as quand même pas fait tout ce chemin rien que pour lui apporter des fleurs, si ? Merde… C'est tes parents ? Qu'est-ce qui s'est passé ? Ils vont bien ?

— Ils vont très bien. Je voulais juste, je ne sais pas, avoir un tête-à-tête avec Stella. J'en ai éprouvé le besoin.

— Oooh ! OK ! Désolée.

Clarissa se lève, embarrassée. Elle embrasse à nouveau la stèle du bout des doigts. Elle me dépasse, s'éloigne. Je la retiens.

— Clarissa… Désolé pour ce que… ce que tu sais.

Elle se tourne vers moi, sourcils froncés. Toujours le même regard acéré.

— Baaah… Ça va… T'as juste refusé de me sauter. Y a pas mort de femme.

Son regard a perdu de sa morgue. Elle secoue la tête tout en souriant timidement.

— Tu te rends compte ? T'es le premier bonhomme qui me présente des excuses. Pas un salopard avant toi pour le faire. Faut croire que faire des gosses et se barrer, ça les empêche pas de dormir.

Elle frotte son ventre arrondi.

— T'as des enfants, toi ?

— Un fils. Il s'appelle Oscar.

— C'est bien. C'est important les enfants. Moi, j'en ai cinq. Cinq mômes. Cinq pères différents. Je te rassure, je les ai pas fabriqués dans des toilettes. Pas tous.

Elle rit, un peu tristement.

— T'es marié ?

— Je vis avec quelqu'un.

— Chacun fait comme il veut. Vous vous aimez ?

Je ne réponds pas. Elle se racle la gorge.

— Oublie, je suis débile avec mes questions… T'es là pour longtemps ?

— La journée.

— 62, Griswold Court. Si tu as un peu de temps. On fera connaissance. En tout bien tout honneur. Rassure-toi. On parlera de Stella, hein ? Elle sera contente.

Clarissa reprend sa marche. Sans se retourner, elle me lance :

— Tu sais, y en a une que tu devrais aller voir. C'est Ms Le Carré. Vous auriez des choses à vous dire, tous les deux. Des tas de choses, j'en suis sûre.

Je l'observe s'éloigner pendant quelques secondes, étonné de cette proposition. Je me tourne vers la tombe et lis le nom gravé dans la pierre. Stella Le Carré. 1988-2003. Quelques corbeaux croassent au loin. Je suis seul dans ce vaste cimetière. Mais qu'est-ce que je fais ici ? Qu'est-ce qui m'a pris ? L'Espoir, vraiment ?

PIÈCE N° 18

2 janvier 2019,
52, Crystal Avenue, New London, CT.

Cela va bientôt faire une dizaine de minutes que j'observe les barres d'immeuble de Crystal Avenue depuis ma voiture. C'est un ensemble de blocs rectangulaires en béton, hauts d'une dizaine d'étages et dont les façades sont décorées d'un camaïeu de tons beiges et de lignes blanches. En réalité, j'observe une fenêtre en particulier. Elle est située au 9e étage. La chambre de Stella. Dans mon dos, au bout du parking, on peut apercevoir les tapis de goudron du Gold Star Bridge qui rejoignent la terre ferme. Devant moi, des enfants passent en jouant à se poursuivre. Une femme de ménage nettoie les abords de l'endroit : une petite brune pleine d'énergie aux mains gantées de latex qui siffle, qui chantonne, un seau d'eau dans une main, une serpillière dans l'autre. La vie ne semble pas avoir beaucoup changé par ici. L'endroit est toujours aussi paisible, et pourtant il me donne des frissons. Je comprends le calvaire de Ms Le Carré. Chaque jour, depuis quinze ans, cette femme entre et sort de son immeuble en passant et repassant à travers le souvenir du corps brisé de son enfant. Je descends de mon véhicule et marche tout droit vers l'entrée.

John Tate ouvre la porte. Ou plus précisément, il se tient à elle. Tate ne se contente toujours pas de mettre des glaçons dans son thé. Le type a vieilli, il s'est amaigri, il semble même avoir rapetissé. Il me reconnaît. Les muscles de son visage se contractent. Ses yeux se plissent. Il me claque la porte au nez. J'attends, en espérant que Tate soit pris de remords. Autant espérer un coup de téléphone d'Elvis Presley. Je sonne à nouveau. La porte s'ouvre en grand. Tate a le poing levé. Il se croit menaçant alors qu'il tient à peine debout.

— Je n'ai plus quatorze ans, Mr Tate. Je pourrais riposter cette fois.

Le poing se baisse, lentement.

— Qu'est-ce que tu veux ?

— Je voudrais parler à Ms Le Carré.

Il a l'air surpris.

— Eh ben, figure-toi que j'aimerais bien lui parler, moi aussi, à « Missus » Le Carré.

Ce salaud a mis le mot « Missus » entre guillemets, en faisant des signes avec ses doigts, comme s'il trouvait grotesque d'accoler un titre à sa compagne, de lui signifier un peu de respect.

— Si tu la vois, dis-lui de se ramener vite fait, j'ai bientôt plus rien à me mettre.

Je m'éloigne du bâtiment pour rejoindre ma voiture. Je trimballe avec moi un grand, un large sourire. Finalement, Ms Le Carré est parvenue à échapper à ce trou du cul. L'idée me met du baume au cœur. Même si je suis déçu. J'aurais voulu bavarder avec elle, lui raconter Stella, Stella et moi, et peut-être même lui avouer ma faute, les yeux dans les yeux. C'est comme si les événements de ces derniers jours m'y préparaient. Peut-être m'aurait-elle pardonné. Des cris stridents. Le groupe d'enfants qui continuent de se courser me percute. Ils doivent avoir entre dix et treize ans. Personne ne s'excuse. Ils courent aveuglément, excités par ces rayons de soleil en plein hiver. Ils jouent à se refiler une maladie qui les transforme en grand méchant loup. Une tape et l'on passe de proie à chasseur. Une tape et fini les cris apeurés, on hurle à la lune et l'on souffre de la rage. Une des gamines tente d'en toucher une autre et s'accroche à son blouson. Elle s'y agrippe si fort que l'autre en perd sa veste. Mon estomac se contracte. Devant moi, le logo des Rolling Stones vient d'apparaître, ces lèvres et cette langue sensuelle dessinées par John Pasche. C'est une réplique exacte du sweat-shirt de Stella : manches longues resserrées sur les poignets, patchs en cuir pour masquer les coudes élimés… Beaucoup trop exacte.

— Eh, petite ! Eh ! dis-moi, il vient d'où ce sweat-shirt ?

— Ben, c'est ma mère qui me l'a donné !

La gamine m'a répondu en haussant les épaules. Elle reprend son blouson dans les mains de l'autre fillette et elle s'éloigne, méfiante. Son amie, plus téméraire, ne bouge pas. Elle me précise à voix basse :

— Faut pas lui dire, m'sieur, mais c'est les fringues d'une morte.

Le choc aurait peut-être été moins violent si j'avais été assis.

— Emma ! Qu'est-ce que je t'ai dit !

Une veste léopard associée à une minijupe fuchsia

fonce sur moi pour venir se placer devant la petite. Une louve ne protégerait pas mieux ses petits.

— J'peux vous aider ?

Le ton est agressif, la voix éraillée. J'imagine la quantité de cigarettes qu'il faut consumer pour raboter à ce point des cordes vocales.

— Je ne sais pas, peut-être... J'ai connu une fille ici. Il y a longtemps. Elle s'appelait Stella Le Carré. Elle portait le même sweat-shirt que...

— C'est à elle. Enfin, c'était à elle. Ça pose problème ?

— Non. C'est juste que... Comment avez-vous fait pour... ?

— J'suis pas une voleuse, si c'est ce que vous insinuez. C'est sa mère qui nous l'a donné.

Devant mon air ahuri, mon interlocutrice croit devoir se défendre.

— Je vous assure. Elle voulait s'en débarrasser, alors moi j'ai tout pris. Ça...

Elle désigne sa veste léopard.

— Ça...

Sa jupe fuchsia.

— Et ça aussi...

Elle me montre ses chaussures à talons.

— Tout ce que vous portez est à Stella ?

— Était ! Elle est morte la gamine ! Vous le savez ça au moins qu'elle est morte ?

— Oui, oui, bien sûr, mais...

— Quoi ? Ça faisait un paquet de fringues. Et les meubles étaient en bon état.

— Les meubles ?

— Elle voulait vider la chambre. J'allais pas laisser

passer une occasion pareille. Les temps sont durs, vous savez.

Ça ne colle pas. Ms Le Carré avait transformé la chambre de Stella en un sanctuaire, un musée. Elle n'a pas pu vouloir se séparer des affaires de sa fille. Et ces vêtements, ça n'a pas de sens, ils ne peuvent pas avoir appartenu à Stella. Elle était fan de Death Metal. On la prenait même parfois pour une sataniste. Impossible qu'elle ait porté un jour cette jupe, ces talons hauts… La quinquagénaire peroxydée lève le menton pour mieux m'écraser de son regard.

— Ça me dérange pas, vous savez, qu'elle soit morte. C'est juste des fringues. J'suis pas superstitieuse.

La table est en formica. Autour de nous, trois enfants hyperactifs galopent, hurlent et se balancent à la figure les objets qu'ils trouvent à portée de main. Avachi sur un canapé moribond, un quatrième enfant, le plus âgé – il doit avoir une dizaine d'années –, garde les yeux rivés sur l'écran de télévision, hypnotisé par un talk-show d'une rare violence. Mères et filles apprennent qu'elles couchent avec le même homme ; un beau-père, un beau-fils, un amant, et devant les caméras ces femmes s'étripent sans retenue.

— Bordel de merde !

Clarissa s'énerve contre sa cafetière électrique. Le bouton ON/OFF ne répond plus. Pour la faire fonctionner ou pour l'éteindre, Clarissa est obligée de brancher ou de débrancher l'appareil et, à chaque fois, la prise murale lui reste entre les mains. La maison tombe en ruine depuis le départ de son dernier petit ami. Le type s'est tiré, sans prévenir.

— Une vraie débandade… C'est bien la seule fois où il a débandé !

Clarissa se met à rire à gorge déployée. Sa mère aussi. Elle est à quelques mètres de nous, dans un siège en similicuir, un plaid en laine posé sur ses jambes. La vieille Phelps tricote et écoute. Clarissa pose le pot de café entre nous. Elle pousse le sucrier vers moi.

— Ça fait quinze ans. Tu te rends compte. C'est passé à une vitesse. Je pense à elle tous les jours.

— Je pense à elle aussi, Clarissa. Tous les soirs dès que dix heures approchent.

— Dix heures ? Pourquoi tu penses à elle à dix heures ?

— Parce que c'est l'heure où elle est morte.

Le cliquetis des aiguilles à tricoter s'arrête. Ms Phelps s'étonne.

— Elle est pas morte à dix heures, la gamine. Elle est morte à deux heures du matin.

— Non, non, non, vous vous trompez. Il était dix heures lorsqu'elle a sauté. Je le sais parce que… parce que j'ai de bonnes raisons de le savoir.

Face à moi, je vois Clarissa ouvrir la bouche, mais sa respiration se coupe et c'est un soupir qui remplace ce qu'elle s'apprêtait à dire. Elle vient littéralement de ravaler ses mots pour les remplacer par d'autres.

— Ma mère a raison, Niels.

Elle parle avec douceur comme si elle avait conscience de m'annoncer quelque chose de perturbant.

— C'est mon père qui est intervenu ce soir-là. Il bossait pour le 911[1] à l'époque.

---

1. Numéro d'urgence aux États-Unis.

— Paix à son âme, intervient Ms Phelps en reprenant son ouvrage.

— C'est grâce à lui qu'on sait, me précise Clarissa. Elle a sauté de sa fenêtre à deux heures du matin.

Les cris des enfants continuent de se mêler à ceux des femmes payées à jouer les hystériques sous l'œil des caméras. C'est un bordel sonore sans nom. Pourtant, je n'entends plus rien du vacarme qui m'entoure. Je n'entends plus que ma voix intérieure. Stella serait morte quatre heures plus tard. C'est pire que ce que je croyais. J'aurais pu la sauver, sans le moindre doute. Un appel téléphonique aurait pu éviter sa mort. Mais que s'est-il passé ? Stella aurait-elle hésité, elle aussi ? Mon incertitude au téléphone l'aurait-elle contaminée ? Ou bien, peut-être qu'un événement extérieur a retardé son geste. Son beau-père, encore lui ?

— Niels, ça va ?

Les sons de la maison me reviennent dans les oreilles à la façon d'une marée montant au galop. C'est presque douloureux. Combien de temps suis-je resté isolé dans mes pensées ?

— Encore un peu de café ?

J'acquiesce et tends ma tasse. Clarissa la remplit sans me quitter des yeux. Son regard est parti en forage. Elle tente d'identifier la nature du gisement d'émotions que cette nouvelle a percé en moi. À mon tour de créer la surprise.

— Adeline Le Carré a quitté John Tate.

Les deux femmes se figent. Après l'étonnement, c'est la satisfaction qui éclaire le visage de Ms Phelps.

— C'est pas trop tôt, jubile la vieille dame.

Clarissa, quant à elle, s'est crispée. Il y a subitement

de la tension en elle. Un coup d'œil vers sa mère et elle me demande à voix basse :

— T'es allée la voir ?

J'adapte le niveau de ma voix à la sienne.

— J'ai suivi ton conseil.

— Vous avez discuté ?

— C'est Tate qui m'a ouvert. Elle est partie sans rien lui dire. Mais avant ça, elle s'est débarrassée des vêtements de Stella. Et de ses meubles aussi.

Je crois bien que Clarissa a pâli.

— C'est exactement ce que je me suis dit, Clarissa. Comment c'est possible ? Cette chambre, elle en avait fait un mausolée.

Ms Phelps se tourne vers nous, embêtée de ne plus si bien nous entendre, curieuse de savoir ce qui se passe. Clarissa se lève. Elle tourne sur elle-même en tâtonnant les poches de son jean.

— Je... J'ai envie d'une clope... Tu m'accompagnes, Niels ?

À la façon dont elle appuie du regard sa demande, je comprends que je dois la suivre.

Au bout de plusieurs tentatives, Clarissa parvient à allumer sa cigarette.

— Tate ne sait pas où elle est, vraiment ?

— C'est ce qu'il dit.

— Merde. J'espère qu'elle n'a pas fait de conneries.

Clarissa tire une longue bouffée de nicotine tout en me scrutant. Elle me jauge. Elle hésite.

— Stella tenait un journal intime. Sa mère vient de le retrouver.

La phrase a sifflé dans mes oreilles comme un obus

lâché en plein ciel. Elle est la promesse d'une énorme explosion, d'une terrible déflagration.

— Stella ne m'a jamais parlé de ce journal.

— Je ne savais pas non plus, Niels. Et pourtant, elle en tenait bien un. Et elle y racontait tout. De la date de ses règles à ses états d'âme. Elle l'a caché avec du gros scotch à l'arrière d'une de ses penderies. Il a fini par se décrocher. Ms Le Carré l'a retrouvé en faisant le ménage. Le problème, c'est qu'elle l'a lu.

Clarissa aspire la fumée de sa cigarette comme si sa vie en dépendait. Elle poursuit :

— Ça a rendu sa mère complètement dingue.

— Dingue ? Pourquoi, qu'est-ce qu'il y a dedans ? Comment tu sais tout ça ?

— Ms Le Carré est venue me voir pour vérifier si tout était vrai.

— Tout ? Tout quoi ?

Elle ne me répond pas. Sa cigarette collée aux lèvres, Clarissa examine mon visage affolé. Je la sens soudainement agacée. Elle marmonne :

— T'inquiète pas, va. Je le garderai pour moi ton petit secret.

Le cœur me monte au bord des lèvres. Elle sait. Clarissa sait pour ma promesse non tenue.

— Ça va. Des secrets, on en a tous. Moi. Toi. Stella. Surtout Stella. Si tu savais. Sa mère m'a lu des passages. J'en revenais pas. J'étais loin, très loin de la connaître. À des années-lumière même.

Je crois que je vais vomir. Le sol me semble être devenu mou.

— Je te dis pas, sa mère, elle pleurait, elle tremblait, elle était en état de choc. Elle n'arrivait pas à croire ce qu'elle lisait.

— Mais qu'est-ce qu'il y avait dans ce journal, Clarissa ?

— Vaut mieux pas que tu saches, Niels. Laisse tomber. Ça te foutrait en l'air. Allez viens, on rentre, j'ai froid.

— Clarissa. Tu ne peux pas me laisser comme ça…

— Niels. Je t'assure. Oublie. Ça vaut mieux. Ce que tu as fait, par rapport au reste, c'est zéro, *peanuts*. Du pipi de chat. Ça sent fort, mais c'est rien de grave. T'es pas le salaud de l'histoire.

— Quoi ? Quelle histoire ? Clarissa !

— Écoute, Niels. Stella, c'était mon amie. Ma meilleure amie. Alors, c'est pas parce qu'elle est morte que je vais tout balancer. Crois-moi, laisse le passé où il est et tout le monde s'en portera mieux. Toi le premier.

PIÈCE N° 19

2 janvier 2019,
Interstate 95, direction Boston.

Victory Highway, station-service Gulf. Gobelet cartonné à la main, j'avale un café noir en contemplant le ciel d'une beauté morbide. Le soleil rouge sang se dissout dans une atmosphère d'or en fusion. Pourquoi s'être séparée des affaires de Stella ? D'où sort cette garde-robe ? Pour quelle raison Stella a-t-elle décalé son suicide de quatre heures ? Et quel est ce secret dont je pourrais, selon Clarissa, ne pas me remettre ?

Une seule chose est certaine, grâce à ce foutu journal, dorénavant, Clarissa et Ms Le Carré savent pour ma promesse non tenue et bientôt le monde entier saura…

Mes scarifications me lancent. Ouvrir mes chairs autant que les secrets de Stella. La forte fréquentation des toilettes m'empêche d'assouvir mon appétit de douleur.

Alerte SMS.

J'attrape mon téléphone. La surprise est telle que je laisse échapper mon gobelet. Il éclate à mes pieds. Le liquide noirâtre se répand sur le sol.

Je sais tout. Rencontrons-nous.
Hôtel Morrissey, Morrissey Boulevard
Chambre 322 – Adeline Le Carré

Qui a menti ? Qui l'a prévenue ? John Tate ? Clarissa ? Ms Phelps ? Finalement, une rencontre aura bien lieu et je ne sais plus vraiment si je dois m'en réjouir.

PIÈCE N° 20

2 janvier 2019,
Hôtel Morrissey, Neponset, Boston, MA.

L'hôtel Morrissey peine à tenir debout. À de multiples endroits, de larges traces d'humidité brunissent une façade fatiguée, craquelée. Je me gare sur le parking qui entoure l'hôtel. À l'intérieur, pas de réceptionniste. Peu importe, le numéro de chambre m'a été indiqué. Troisième étage. Les portes de l'ascenseur s'ouvrent sur un couloir étroit dont la lumière d'un jaune verdâtre souille une moquette à bout de souffle. Chambre 322. Je toque. J'attends. Au bout du couloir, une porte de service s'ouvre en grinçant. Une fille apparaît : mini-jupe, talons aiguilles, perfecto. Elle m'envoie un sourire aguicheur et s'adosse au mur. Elle entame un air en sifflotant. Un air que je ne connais pas. Je toque à nouveau. La fille s'arrête de siffler. Un silence s'installe. Dans ce silence, je peux entendre le son des autres chambres, des conversations, la bande-son d'un film, des gargarismes provenant des tuyaux de chauffage, des sons étouffés par l'épaisseur des murs. Je colle mon oreille à la porte. Pas un bruit à l'intérieur.

Les minutes s'égrènent. Une demi-heure vient de passer. J'attends maintenant dans mon véhicule. De cette façon, placé face à l'entrée de l'hôtel, impossible de manquer son arrivée. J'hésite à envoyer un message. Je ne veux pas la brusquer. C'est le moins que je puisse faire. Ms Le Carré aura attendu quinze ans avant d'obtenir une explication sur les raisons exactes de la mort de sa fille. Je peux bien attendre quelques minutes supplémentaires. On toque au carreau. La fille au perfecto me fait sursauter. Elle a le nez collé à la vitre. Elle doit avoir vingt-cinq ans à peine. Je l'ignore et me concentre sur mon téléphone. Elle toque encore. J'entrouvre la fenêtre.

— Tu viens ? Vite fait.

— Désolé, ça ne m'intéresse pas.

Je remonte la vitre, mais elle pousse sur sa voix pour que je l'entende.

— Tout ce que tu voudras, n'importe quoi, je te le fais.

La phrase est parfaite. En écho avec mes tourments. J'attrape mon sac à dos à la recherche d'un calmant. Mon corps joue les dictateurs. Il ordonne à ma raison de le suivre. Je compte sur ce cachet pour faire taire ce besoin viscéral de punitions. Elles seraient amplement méritées.

5:42 pm. Je bascule mon téléphone en mode avion.
5:54 pm. Appel du Boston Police Department.
5:57 pm. Appel de Gabrielle.
6:02 pm. Appel de mes parents.
6:04 pm. Second appel du BPD.
6:09 pm. Second appel de Gabrielle.
Tous sont redirigés vers ma messagerie vocale.

Un dernier coup de talons aiguilles juste entre les omoplates et je lève la main. C'est assez. J'ai osé le lui demander. Des coups, des beignes, une tannée. Aucun contact charnel. Aucune pénétration. J'ai pensé qu'avec une fille comme elle, je pouvais tenter, qu'elle avait dû en voir d'autres avant moi. Sa réaction semble me contredire. Bras croisés, moue épouvantée, elle recule et demande :

— Ça va ? C'est des talons aiguilles quand même…

Je me relève difficilement. Elle n'y est pas allée de main morte. J'en ai eu pour mon argent. Je m'époussette. Mes pensées se remettent en ordre. Je sors du bosquet à l'intérieur duquel nous nous étions cachés. Je me précipite vers ma voiture, pris de nausée.

PIÈCE N° 21

2 janvier 2019,
99, Elm Street, Newton, MA.

Un attroupement. Un amas de gyrophares devant la maison. *Mon Dieu ! Stella !*

Mon revirement. Elle ne l'a pas supporté.

Je les ai condamnés !

Je m'éjecte de la voiture. Je cours vers la maison. Mes jambes sont devenues liquides. Un mur d'officiers, képis noirs, gilets jaunes, armes à la ceinture, me bloque le passage. Je tente de les convaincre de me laisser passer, mais mon discours est incompréhensible. Ce qui sort de ma bouche n'est qu'une diarrhée verbale, quand la peur vous fait déféquer mou.

Je les veux sains et saufs !

Le mur d'officiers s'ouvre.

— Docteur Edwards ? Capitaine détective Wilfried Bosco, Boston PD.

Je ne sens pas la main que je serre.

— Rassurez-vous, docteur, votre famille va bien. Quant à votre baby-sitter, elle a été poignardée mais, fort heureusement pour elle, aucun organe vital n'a été touché. Elle est hors de danger. On l'a conduite à l'hôpital.

Un ouragan dans ma tête. J'ai envie de rire, de pleurer, de tomber à genoux devant le flic, de demander pardon. Je deviens dingue. Tenir bon. Surtout tenir bon. Et rester digne.

— Si vous voulez bien me suivre, docteur Edwards.

Je place mes pas dans ceux du policier et me mets, sans même le vouloir, à étudier sa démarche. C'est comme si j'avais affaire à une nouvelle espèce animale. Tout chez lui me stupéfie. Le type ne ressemble pas à l'idée qu'on se fait d'un flic. Mince, filiforme, plus grand que moi d'au moins deux têtes, le capitaine détective Wilfried Bosco fend l'air comme une voile de bateau. Son corps glisse sur le sol de façon rectiligne sans que ses bras autour de lui bougent. À l'instar de ses cheveux intensément noirs, entièrement gominés, séparés en deux blocs par une ligne blanche le long du crâne. Seule note de couleur vive, une écharpe rouge qui se découpe sur le beige monotone de son imper. Elle rappelle les couleurs de ses chaussettes, visibles entre le revers de son jean et ses grosses baskets.

— Qui a fait ça, capitaine ?

Pour l'instant, lui et son équipe se perdent en conjectures. Ils ont seulement écarté l'hypothèse d'un cambriolage : aucune trace d'effraction et rien qui ait été dérobé.

— Vous connaissez bien votre baby-sitter ? Je veux dire, elle serait du genre à ouvrir votre porte à un inconnu sans se méfier ?

Loren est capable de se lancer dans une séance de spiritisme en compagnie d'un gamin de six ans, capitaine, alors vous savez, ouvrir à un parfait étranger...

Ça, c'est ce que je pense, mais à voix haute je dis :

— Je n'en sais rien, capitaine. Parfois, les gens peuvent vous surprendre.

— À qui le dites-vous.

Par les fenêtres, j'aperçois dans notre maison des individus en combinaison blanche qui procèdent à différents relevés. Certains prennent des photos, d'autres placent des balises numérotées. Le flic m'apprend que le couteau qui a frappé Loren a été abandonné sur le sol. Un couteau qui ne provient pas de nos tiroirs. Un signe d'amateurisme, selon les policiers.

Ils perdent leur temps. Ils ne trouveront rien. Aucune empreinte. Aucune trace. Un fantôme ne laisse pas de marques derrière lui. Stella a poignardé Loren parce que je suis encore et toujours vivant.

— Votre femme et votre fils sont là-bas, dans l'ambulance. Un médecin s'occupe du petit. Il n'a rien, je veux dire physiquement, mais cette histoire va laisser des traces chez lui. Même si, *a priori*, il n'a pas assisté à la scène.

Ses pupilles sont d'un noir aussi intense que celui d'un bétyle. C'est un regard qui vous tient à bonne distance sans pour autant vous mépriser. Il se rend compte de mon émotion.

— Désolé, docteur. Ça fait un paquet d'informations à avaler, j'en suis conscient, mais on essaie de vous joindre depuis un moment, sans succès.

Mon téléphone… Depuis la prostituée, je l'ai laissé en mode avion. Je tente de masquer mon malaise. Wilfried Bosco, lui, se gratte l'oreille.

— L'agresseur de la petite Marny a pris le temps d'inscrire un message sur le sol. Il l'a écrit avec le sang de la gamine. « Tu as promis ». Ce message vous évoque quelque chose ?

Je titube en mon for intérieur. À l'extérieur, j'essaie de ne pas flancher. Je marche tant bien que mal jusqu'au banc de bois installé devant la maison. De sa hauteur, le flic m'étudie et sort de sa poche un petit carnet, un Moleskine, dont il fait claquer l'élastique.

— Votre compagne nous a donné son opinion sur tout ça. Je voudrais entendre la vôtre.

Gabrielle ? Merde, qu'a-t-elle bien pu dire ?

Après ce qui s'est passé entre nous...

Concentre toi, Niels. Essaie.

J'inspire longuement, j'essaie de stopper ce tremblement de jambe. Sans y parvenir. Résumons : Gabrielle ne connaît pas mon secret, ma promesse non tenue, elle ne sait rien du journal intime découvert par Ms Le Carré, je ne lui ai rien dit des manifestations de Stella, j'ai gardé secrète l'apparition du message sur le miroir. Rien ne peut lui permettre de lier cette phrase à l'homme qui partage sa vie. Je dois me calmer. Ils ne sont pas là pour moi. Ils sont là pour Loren. Personne n'est venu m'arrêter. Le cauchemar que je redoute n'est pas en train de se réaliser. Ma faute originelle est encore et toujours un secret. Même si ce n'est peut-être qu'une question de temps. Il suffirait que Ms Le Carré ou Clarissa le décident. J'examine le visage du policier comme si j'espérais y lire la bonne réponse. Mais il n'y a rien à y lire, à part un peu d'impatience. Je me lance. J'expulse un peu d'air comme un funambule sur le point de s'avancer sur une corde au-dessus du vide.

— Aucune idée, capitaine.

— C'est fâcheux, répond l'officier. Ça ne nous aide pas beaucoup. Votre compagne nous a déclaré la même chose.

Mes muscles se relâchent un peu, et je soupire, rassuré. Je le regrette immédiatement. Le flic l'a remarqué. Il en prend note. Rien ne lui échappe. Son cerveau est en ébullition. Ses yeux montent et descendent le long de mon corps. Il me scanne. Une ampoule rouge, un warning clignotant s'est allumé dans sa tête de détective et un texte du genre «Le médecin, sa femme et leurs secrets inavouables» défile sur le fil d'actualité de sa rétine. Un bon *teaser* pour une affaire qui pourrait se révéler croustillante. Ça ouvre en grand son appétit de flic.

PIÈCE N° 22

2 janvier 2019,
99, Elm Street, Newton, MA.

Oscar n'a rien vu et, finalement, c'est peut-être pire. Son imagination d'enfant, fertile et méandreuse, tente de remplir l'espace vide entre Loren, debout, jouant, riant avec lui, et Loren, baignant dans son sang. Et comment savoir avec quelles images Oscar colmate ce saut dans le temps… Allongé entre Gabi et moi, mon fils grimace dans son sommeil, secoué de soubresauts. Sous ses paupières, ses yeux roulent et s'agitent. Le visage posé sur son bras replié, Gabi veille sur lui. Elle le protège d'un regard doux et nébuleux. Malgré les tensions de ces derniers jours, ce soir, impossible de nous séparer. Nous ressentons le besoin d'être unis. Nous sommes une famille.

— Où étais-tu, Niels ? J'ai essayé de te joindre des dizaines de fois.

J'étais en train de me taper une pute, Gabi.

Ou plutôt, j'étais en train de me faire taper par une pute.

Sa question et mon malaise ouvrent une brèche. Tous ces secrets, ces mensonges. Je suis à bout. Je capitule.

— Le message sur le sol, il est pour moi.

Gabi qui jouait du bout des doigts avec les cheveux bouclés d'Oscar se fige. Ses pupilles se mettent à vibrer. Elle est en alerte. Je ne sais pas ce qui me prend, c'est plus fort que moi.

— J'aurais dû mourir avec elle. Je n'ai pas tenu parole. Je n'ai pas sauté. J'ai trahi la promesse que je lui avais faite.

Le visage de Gabi quitte son oreiller. Elle se redresse et reste en appui sur un bras. Elle reformule pour être sûre de bien comprendre.

— Tu avais promis de… de sauter avec elle et… Mon Dieu, mais, Niels, pourquoi ne m'as-tu rien dit ?

— Stella a poignardé Loren. Tout est ma faute !

— Niels. Stella est morte. Morte et enterrée.

— Stella n'est pas morte, Gabi. Elle est de retour. Elle m'a juré de revenir si je ne la suivais pas.

— De revenir ?

— D'entre les morts. Et les signes se sont multipliés. Elle a mis le feu à la maison. Le soir de mon anniversaire, quand j'ai ruiné ton gâteau, elle m'est apparue… Et sa voix… Je l'ai entendue au téléphone. Elle a aussi…

— Calme-toi, Niels. Calme-toi. Respire profondément.

— Je l'ai laissée mourir, Gabi. Je n'ai prévenu personne. J'avais des heures devant moi pour le faire. (Je lui montre le bandage au poignet.) Si j'ai fait ça, c'est pour la rejoindre, pour vous débarrasser d'elle. Mais je ne suis toujours pas mort, alors elle s'en est prise à Loren. J'ai peur pour toi, Gabi, pour Oscar.

Gabrielle est maintenant assise sur notre lit. Elle semble pratiquement jubiler de la situation. Son cas d'école se révèle encore plus intéressant et plus barré qu'elle ne le pensait :

— Niels, ce que tu viens de dire, c'est crucial, fondamental ! Pendant quinze ans, ce secret t'a bouffé. Tu ne pouvais pas t'en sortir intact. Il t'a rongé. Les chutes à répétition de ces derniers jours, tes yeux qui se sont révulsés le soir de ton anniversaire, ce sont des symptômes très nets. On est passé à un autre niveau, Niels. Tu es atteint de black-out.

— Tu te trompes, Gabi. Elle est revenue, il faut me croire.

— Tu rêves éveillé, Niels. À défaut de respecter ta parole, tu respectes la sienne. Tu mets en scène le châtiment qu'elle t'a promis.

— Gabi. J'ai honte, j'ai tellement honte de moi.

— C'est de cette honte que tes black-out se nourrissent.

— Et ses mains dans ton dos, tu te rappelles ? Tu les as senties ?

— Une sensation, Niels, une impression ! Comme j'ai toujours eu l'impression que cette fille se tenait entre toi et moi. Stella a survécu dans chacun de tes renoncements. Dès que tu cesseras de te considérer comme fautif, tu verras, tout s'arrêtera.

— Et Oscar, il l'a dessinée. Il a même écrit son nom !

— Peut-être que tu lui as parlé d'elle pendant un de tes black-out. Peut-être qu'on lui a donné des indices, toi et moi, inconsciemment. Ou peut-être qu'il nous a entendus en discuter, tout simplement. Les gamins sont des éponges. Tout s'explique toujours de façon rationnelle, Niels.

— Si ce n'est pas Stella, alors qui a poignardé Loren ?

— Ça, c'est la police qui le dira. Ou Loren, dès qu'elle pourra parler. Tu as entendu sa mère. La gamine est en pleine crise. Va savoir ce qui se passe dans sa vie.

— « Tu as promis ». J'ai déjà vu ce message. Il m'est apparu sur un miroir. Comment tu expliques que je le retrouve une seconde fois, écrit sur le sol de notre cuisine ? Ce n'est pas un rêve éveillé, ça.

— Ce n'est pas parce que ce message a du sens pour toi qu'il dit ce que tu crois. Tu verras, Niels, quand Loren va parler, tout s'éclaircira.

— Imagine… Si Loren y était restée… Si elle…

— Chuuuuuut.

Gabrielle tend sa main vers moi. Son pouce vient caresser le contour délabré de mes yeux. Je me mets à chuchoter comme pour nous protéger d'oreilles indiscrètes :

— Stella tenait un journal intime. Ms Le Carré l'a découvert. Elle l'a lu. Elle sait pour ma promesse non tenue. Elle m'a contacté. Elle voulait me rencontrer cet après-midi, mais elle n'est pas venue.

La main de Gabi me quitte pour venir se blottir sous son menton. Elle reste silencieuse, immobile, le regard tourné en elle-même puis, au bout d'un moment, elle lâche :

— C'est elle. C'est elle qui a poignardé Loren. C'est évident. Cette femme a cherché pendant quinze ans à comprendre le geste de sa gamine et subitement, par accident, elle découvre le rôle que tu as joué… Il y a de quoi devenir folle et peut-être même t'en vouloir.

— Tu vois, je suis coupable.

— Tu avais quatorze ans. Vous étiez deux gamins dépressifs, totalement romantiques. Se suicider par amour, c'est le genre de conneries qu'on peut faire à quatorze ans.

— Chhhuuuut ! S'il te plaît, Stella va t'entendre !

— Stella ne peut pas nous entendre.

— Elle va te faire du mal si tu continues.

— C'est cette promesse qui te fait du mal. Elle est comme une tumeur qui te bouffe de l'intérieur. Ce genre de promesses, pour en guérir, il faut les trahir. Volontairement. La mère de Stella, c'est une piste solide.

— Mais pourquoi s'en prendre à Loren ? Pourquoi lui avoir fait du mal ? Alors qu'elle m'avait donné rendez-vous.

— Peut-être que c'est à Oscar qu'elle voulait s'en prendre. Pour te faire payer. Et Loren lui a sauvé la vie. Tout est possible. Il faut que tu ailles à la police. Tu dois tout leur raconter.

— Ils vont me foutre en taule, Gabi. J'ai laissé Stella mourir.

— Tu étais mineur. C'est trop loin maintenant. Pense à Loren. À ses parents. Tu dois dire ce que tu sais.

J'ai tant, tant envie de la croire. Si seulement ce n'était « que » ça. Des black-out, des hallucinations. Si seulement Gabrielle avait raison.

Le peu de nuit qui nous reste s'écoule lentement. Je somnole, épuisé d'émotions. Un pressentiment me tire de mon demi-sommeil. J'ouvre les yeux. Je retiens un cri. Une ombre se dresse devant moi, tout près. Ma main cherche à tâtons l'interrupteur. La lumière éclabousse le visage apeuré d'Oscar. Il est en pyjama, son nounours dans les bras. Il bredouille :

— Elle est revenue…

L'unique fenêtre de sa chambre est ouverte.

— Elle a dit que je devais la suivre sans vous réveiller. Après, elle a ouvert la fenêtre et elle a dit que je devais sauter, mais j'ai pas voulu, alors elle a crié et je suis venu te chercher.

— Tu as bien fait, Oscar, tu as très bien… OSCAR !

En une fraction de seconde, Oscar me lâche la main. Mon fils court vers la fenêtre, monte sur le coffre en bois placé sous l'oriel. Le sang me monte à la tête. Je m'élance derrière lui. Oscar se penche dans le vide. Dangereusement. Le souffle de la nuit gonfle ses cheveux, ses vêtements.

— OSCAR !

Je le saisis par le col, je le capture et l'emporte avec moi, loin du vide.

— Ne recommence plus jamais ça, Oscar, tu m'entends ?

Les commissures de ses lèvres s'affaissent vers le sol. Oscar se vexe, inconscient du risque qu'il a pris, de la panique qu'il a provoquée en moi.

— Je veux juste voir si elle a sauté, papa.

Les battements de mon cœur cognent dans mes oreilles. J'observe la fenêtre. Cette ouverture fait penser à la gueule d'un animal prêt à avaler tout ce qui passe à proximité. Je sens le regard d'Oscar sur moi. Il balance son visage de bas en haut, lentement, pour me dire : « T'aimerais bien aller voir, toi aussi, hein… » Je pose une main derrière sa tête, je presse son corps contre le mien, pour être certain que cette fois il ne m'échappe pas, et je me décide à approcher du vide. De là où je suis, je ne vois du dehors que la cime des arbres et le toit des maisons. J'avance un peu plus, en mode crabe, les pieds solidement ancrés dans le sol. J'aperçois maintenant les voitures garées le long du trottoir. Je pose un genou sur le coffre. Je m'appuie contre le rebord de la fenêtre. Graduellement, le sol se déroule sous mes yeux. Je discerne le chemin qui part du portail jusqu'à la maison. Apparaissent les premières marches du perron. Je me penche un peu plus et surplombe maintenant l'entrée de la maison. Oscar, lui aussi, scrute le sol à la recherche d'un corps sur la pelouse.

— NIELS !

Gabi fonce sur moi, sur nous. Elle m'arrache Oscar. Je réalise avec horreur ce qu'elle a pu imaginer en voyant son mari suicidaire et délirant posté devant une fenêtre béante, son fils dans les bras…

— Gabi, ce n'est pas du tout…

— Niels, recule.

Son petit plaqué contre son corps, Gabi sort de la pièce. Quelques secondes plus tard, j'entends le bruit sec d'une serrure qui tourne : la porte de notre chambre.

Les coups de marteau résonnent dans la chambre de mon fils. Je fixe en travers de la fenêtre des planches de bois pour qu'il ne soit plus possible de l'ouvrir. Je m'assois sur le bord du lit, le marteau dans les mains, le regard chevillé aux planches. Je ne sais plus quoi penser. Je suis perdu, anéanti, désemparé. Ces mouvements de balancier incessants m'épuisent. Black-out ou retour de Stella. Menaces réelles ou imaginaires.

Considérer que cette histoire « n'est pas qu'une histoire de fantômes », m'accrocher aux révélations autour de Stella, si elles en sont, ou abandonner, renoncer et me faire disparaître définitivement.

Aucun signe avant-coureur, pas même un frémissement annonciateur : je m'effondre en sanglots. Au-dehors, le jour se lève.

PIÈCE N° 23

3 janvier 2019,
99, Elm Street, Newton, MA.

Je passe devant notre chambre. Je découvre Gabrielle les bras chargés de vêtements. Elle exécute des va-et-vient entre notre armoire et une valise grande ouverte posée sur notre lit. Elle remarque ma présence dans l'encadrement de la porte. Elle s'arrête un instant.

— J'ai trouvé un petit studio sur Airbnb. Oscar vient avec moi.

Déchiffrer une langue ancienne, oubliée, m'aurait pris moins de temps.

— Je ne quitte pas le navire, Niels. Je veux simplement nous protéger. Et quand je dis « nous », je parle aussi de toi. Prends tes médicaments, rends-toi chez le psy, celui qu'on t'a ordonné de voir, raconte-lui ton histoire, sans rien omettre cette fois, c'est plus que nécessaire. Tu dois t'occuper de toi. Accepte d'être malade. Troubles dissociatifs, black-out, schizophrénie, je ne sais pas ce que c'est exactement, mais ça se soigne, Niels. Prouve-moi que tu veux te soigner. Sinon, nous deux, ça ne pourra pas continuer. Je te laisse deux jours. Pour raconter ce que tu sais à la police et démarrer tes séances. Deux jours. Pas un de plus. Et il me faudra des preuves. Je sais que tu détestes les promesses, mais… je ne t'abandonne pas, Niels. Crois-moi. Je ne t'abandonne pas.

PIÈCE N° 24

4 janvier 2019,
Boston Police Headquarters, Boston, MA.

Onze heures douze. C'est ce qu'indique une grosse horloge aux aiguilles chromées, chiffres noirs sur fond blanc, accrochée près d'une armoire en métal où des dizaines de dossiers s'alignent, impeccablement triés, titrés. Sur un bureau immaculé une orchidée déploie une succession de fleurs blanches. L'endroit ne cadre pas avec la typologie habituelle d'un bureau de police. L'endroit ressemble au capitaine détective Wilfried Bosco : un être singulier, atypique, raffiné. Il pose sa tasse de thé et me désigne la chaise qui lui fait face d'un geste délicat.

— Vous avez croisé les parents de Ms Marny ?

J'acquiesce. La rencontre a été fugace. Mon mouvement de tête pour les saluer est resté sans réponse. Ils nous en veulent à Gabi et moi. Ils nous tiennent pour responsables de ce qui est arrivé à Loren. Je ne peux pas le leur reprocher.

— Merci d'être venu si vite, docteur Edwards.

— Votre appel m'a devancé. Il fallait que je vous voie.

— Un instant, docteur. Vous permettez…

Il me désigne un dictaphone.

— Vous allez m'enregistrer ? C'est un interrogatoire ? Vous aviez dit n'avoir que quelques questions à me poser.

— C'est le principe d'un interrogatoire, docteur Edwards.

Wilfried Bosco m'adresse un regard piquant. Je comprends maintenant la présence de cet autre flic derrière moi, un moustachu d'une trentaine d'années, un bloc-notes entre les doigts, prêt à y noter la moindre incohérence qui émergerait de mes propos. Wilfried Bosco enclenche le système d'enregistrement.

— 4 janvier 2019. Onze heures treize. Capitaine détective Wilfried Bosco en présence du lieutenant détective Jack Griffin. Affaire Loren Marny. Audition du Dr Niels Edwards. Si vous pouviez vous présenter : nom, âge et profession.

Il attrape ses lunettes, en ouvre les branches et pose la monture à motif écaille sur son nez aquilin. J'ai le temps de noter la perfection du rasage. Ses mâchoires saillantes sont aussi lisses et luisantes qu'une pomme de supermarché. Moi, je ressemble à un grizzly qu'on a dérangé en pleine hibernation.

— Dr Niels Edwards. Trente ans. Médecin au service de réanimation du MGH.

— Parfait. Docteur Edwards, je vous écoute. Qu'aviez-vous à nous dire ?

Un silence. Impossible de démarrer la moindre phrase. J'ai enfoui mon secret si profondément qu'il me faudrait plus de temps pour parvenir à le déterrer face à de complets étrangers, qui plus est, face à des flics.

— Docteur Edwards ?

Le capitaine lance un regard préoccupé à son coéquipier.

— Est-ce que ça va ?

Mes paumes, mon front, mon dos deviennent moites. Comme je ne réponds pas, il enchaîne.

— Docteur Edwards, nous avons trouvé des empreintes digitales sur le couteau de cuisine.

Des empreintes ? Les fantômes laissent des empreintes maintenant ? Depuis quand ?

— Aucun *match* du côté de l'IAFIS [1]. Cette personne n'est pas dans notre base de données. En revanche, nous avons pu interroger Ms Marny. Quelle chance elle a eue, cette gamine.

Je sais, capitaine. Je sais. J'ai pris des nouvelles d'elle directement auprès du chirurgien qui l'a opérée. C'est presque un miracle de s'en être si bien sortie.

Le détective Wilfried Bosco pousse vers moi une feuille de papier. Je m'avance au bord de ma chaise.

— Ms Marny nous a aidés à dresser ce portrait-robot.

Même avec quinze ans de plus, je reconnais immédiatement Adeline Le Carré, la mère de Stella. Bosco pose son index sur le papier et tapote.

— C'est cette femme qui l'a attaquée.

De petites étoiles se mettent à danser devant mes yeux. Gabi avait donc entièrement raison. Une grosse baffe dans ma face de cinglé. L'hypothèse la plus rationnelle, la plus logique, la vengeance d'une mère blessée, se révèle être la bonne. Ce qui valide une autre théorie avancée par

---

1. Integrated Automated Fingerprint Identification System : le système intégré automatisé d'identification des empreintes digitales (du FBI).

Gabi : celle de mes black-out. Pourquoi ne pas avoir cru la femme qui m'a toujours préservé de moi-même ? C'est moi qui ai écrit « Tu as promis » sur la buée du miroir. En revenant à moi, j'ai découvert le message comme s'il avait été tracé par un autre. C'est moi qui ai ouvert les arrivées de gaz et dans le même temps les fenêtres de la cuisine. Pulsion de vie contre pulsion de mort, dirait Gabrielle. J'ai abîmé les cadres et conservé les crépitations de verre dans ma tête pour les faire ressurgir quelques minutes plus tard. Les variations des lumières au-dehors, toutes ces « manifestations », ce n'était que moi, moi et mon imaginaire. Je suis en descente, une affreuse descente. Même la phrase inscrite sur le sol de la cuisine devient brusquement d'une imparable logique. La formule est simple, courte, efficace. Qu'est-ce que Ms Le Carré aurait pu écrire d'autre ? *Niels Edwards, vous avez fait une promesse et ça va vous coûter cher. Signé : Ms Le Carré.* Quant au départ de feu, simple coïncidence. Si le mot existe, c'est que les coïncidences existent. Et pour ce qui concerne Amanda Lucia Pia Alvarez, un mot me vient à l'esprit, un seul : escroquerie. Mon cerveau se crashe sur la réalité de mes problèmes psy.

— Docteur Edwards ? Vous êtes sûr que ça va ?

Je cligne des yeux. La sensation d'étourdissement s'estompe. J'acquiesce sans dire un mot. Bosco échange avec son collègue des regards perplexes. Il reprend.

— Ce visage, il vous dit quelque chose ?

On dit qu'il faut nourrir les loups pour éviter qu'ils n'entrent dans le village.

— Adeline Le Carré. La mère d'une ancienne petite amie. C'était il y a longtemps.

Des gouttes de sueur perlent maintenant sur mon front.

Le genre de détail qui ne doit pas échapper au capitaine. Il ouvre une pochette cartonnée. À l'intérieur, un scellé et, dans ce scellé, une feuille de papier qui semble avoir été arrachée à un cahier. Ou peut-être un carnet. Le capitaine se lance à voix haute dans la lecture du document.

« J'écoute Niels Edwards se lamenter. Il va me foirer ma soirée. Il est mort de peur. L'alcool et le sexe, ça m'avait bien aidée à le convaincre, mais entretemps l'intello est redevenu clean. Il a promis, mais il flippe. Et c'est parce qu'il flippe que j'y pense. Sa peur me fait penser à lui faire peur. Une idée de génie. En une phrase, il est rentré à la niche. Je lui ai dit que s'il ne respectait pas sa parole, s'il ne sautait pas avec moi ce soir alors je reviendrais d'entre les morts pour lui pourrir la vie, la sienne et celle de tous ceux qu'il aime. Et ça a fonctionné. Je n'en revenais pas. Quel con ! Mais quel con, mon Journal. Avec ça, je l'ai cadenassé. Ce soir, Niels Edwards sautera par la fenêtre de sa chambre pour me suivre dans la mort, moi, son amour éternel. L'amour éternel dans la mort. »

Wilfried Bosco repose le document, retire ses lunettes et attend une réaction de ma part. Le type est au spectacle. Moi, je continue de transpirer. Ce qui se passe à l'intérieur de moi est d'une grande violence. Je suis le roi des cons. Gabi avait entièrement raison. Sur Stella. Sur notre relation. Nous n'étions que deux adolescents mélancoliques à l'imagination fertile. Stella m'aimait comme un chat aime une souris. Les mots qu'elle emploie le prouvent. J'ai bu ses paroles comme un *purple drank*[1],

1. Cocktail de médicaments à la codéine détournés pour un usage « récréatif ». À l'origine de nombreux décès par overdose.

abrasif, décérébrant. Stella ne voulait pas mourir seule. Et sa mort, qu'elle aura vécue seule, m'a fait partir en vrille. Stella n'est jamais revenue. Plus aucun doute. *Exit* les spectres et les ectoplasmes. Avec ce courrier, nous voici revenus entre vivants, entre gentils petits êtres humains. Amanda Lucia Pia Alvarez l'avait finement joué. Ce n'est jamais SEULEMENT qu'une histoire de fantôme. Le passé est avant tout peuplé d'êtres humains. Ou comment retomber sur ses pattes quoi qu'il arrive…

Wilfried Bosco ouvre son Moleskine. Il humecte le bout de ses doigts et tourne les pages à la recherche de la bonne.

— Ce n'est pas tout, docteur Edwards.

Ce type aime son métier, mais seulement pour ce qu'il a de plus distrayant : les péripéties, les rebondissements.

— *« IL n'a pas le droit d'être heureux. Je ne veux pas qu'IL puisse vivre en paix. IL l'a laissée mourir. »* D'après Ms Marny, ce sont les mots que cette femme aurait prononcés avant de la poignarder.

Bosco soulève ses lunettes et masse l'arête de son nez. Le regard du moustachu derrière moi me chauffe la nuque. La tasse de thé, ce doit être le signal pour le passage de relais. Il a suffi que Bosco l'attrape pour que le moustachu prenne la parole. La question qu'il pose est des plus abruptes.

— Vous avez réellement laissé votre petite amie se foutre en l'air ?

La pièce se met à tourner. Je tente une réponse. Ma voix se coince dans ma gorge.

— J'ai grimpé sur le rebord de la fenêtre. J'ai cru y arriver et puis… j'ai flanché. Ce moment me hante depuis quinze ans.

J'ai mal à la mâchoire, à force de serrer les dents. Je demande :

— Je vais être poursuivi ?

— À quel titre ? s'étonne le capitaine Bosco.

— La loi du bon Samaritain. Le devoir de protéger[1]. Mineur ou pas, j'aurais dû prévenir, l'en empêcher.

Le détective souffle sur son thé.

— Pourquoi avoir tenté de vous suicider, docteur Edwards ? Je ne parle pas d'il y a quinze ans, je parle d'il y a trois jours…

Surtout ne rien avouer de ce que j'ai cru. Le retour de Stella. Je ne veux pas qu'on m'enferme chez les dingues. Je tire sur les manches de mon blouson pour cacher ma blessure.

— Ces jours derniers ont été… comment vous dire… compliqués. Oui, c'est ça, capitaine… Compliqués.

Le regard de Bosco file droit vers son coéquipier.

— Développez, docteur Edwards.

— Rien d'important pour votre enquête, capitaine.

— Ça, c'est à moi d'en juger, docteur. Votre dossier médical parle de scarifications.

Ma tension artérielle joue les montagnes russes.

— C'est du passé. Tout est rentré dans l'ordre maintenant.

— Le passé a l'air particulièrement présent dans votre vie, docteur Edwards. Une autre question. Pourrions-nous savoir de quoi vous avez parlé, chambre 322, hôtel Morrissey, avec Adeline Le Carré ?

---

1. *Duty to rescue* : dans le droit français, on peut être accusé d'« omission de porter secours » ou de « non-assistance à personne en danger ».

Je deviendrais totalement fou si je ne l'étais pas déjà. Le capitaine enchaîne :

— Nous avons épluché le relevé téléphonique de Ms Le Carré. Nous savons qu'elle vous a fixé rendez-vous. Ms Marny nous a précisé lui avoir donné votre numéro sous la menace.

— Ms Le Carré n'est jamais venue. Je suis reparti sans la voir.

On dirait qu'une main invisible vient de tirer sur un fil placé à la commissure de sa bouche. Un coin de lèvres s'est tordu vers le haut. Il semble perplexe.

— Ms Le Carré n'est pas venue ?

— Non. Je l'ai attendue. Mais elle n'est pas venue.

— Développez. Où l'avez-vous attendue ? Dans sa chambre ? Vous y êtes entré ?

— Non, je n'avais pas les clés. Je l'ai attendue à l'extérieur, dans le couloir de l'hôtel, puis dans ma voiture.

Wilfried Bosco se met à mordiller une branche de lunettes.

— Docteur Edwards… Cet extrait de journal a été posté le 2 janvier. Le jour de votre rencontre avec Ms Le Carré. Depuis, cette femme est introuvable. C'est fâcheux.

Finalement, un loup même nourri continue d'avoir faim. Je réponds :

— Ça ne me paraît pas très étonnant. Ms Le Carré se sait recherchée par la police. Elle doit se cacher, non ?

— Avant la chambre d'hôtel vous vous étiez rendu à son domicile. Pourquoi ?

— Besoin de parler.

— Parler de quoi, docteur Edwards ? Développez…

— De Stella. De son suicide. De ma trahison. Je voulais demander pardon.

— Quinze ans après ?

— Peut-être l'anniversaire de sa mort. Je ne sais pas. J'en ai eu besoin en tout cas.

— Le problème, c'est que Ms Le Carré pensait vous trouver chez vous.

— Je ne sais pas. Certainement.

— Du coup, elle vous donne rendez-vous pour être certaine de ne pas vous louper.

— Je pense que c'était l'idée, oui.

— Et pourtant, elle n'est jamais venue.

— C'est ça. Elle n'est jamais venue.

L'inspecteur s'avance vers moi en croisant ses avant-bras sur le bureau.

— Docteur Edwards, j'ai une autre théorie. Ms Le Carré découvre ce qui me semble être un journal intime, commence-t-il en secouant le scellé contenant la page arrachée. Nous verrons. Elle réalise alors votre implication dans la mort de sa fille. Un serment amoureux que vous n'avez pas respecté. Ça la rend folle. Elle décide de vous faire la peau. Mais là, c'est fâcheux, alors qu'elle vient vers vous, vous, vous vous rendez chez elle. La vie est une garce. Votre absence lui fait perdre le contrôle. Elle s'en prend à votre baby-sitter. Elle laisse Loren Marny pour morte et, puisqu'elle n'a plus que quelques heures devant elle avant qu'on découvre le corps, qu'on la recherche, elle tente un coup, quitte ou double. Elle vous donne rendez-vous. Mais c'est plus facile de poignarder une adolescente qu'un trentenaire dans la force de l'âge. Ms Le Carré échoue à vous supprimer et, dans cette chambre d'hôtel, c'est vous qui l'assassinez. Peut-être par accident. Ou peut-être pour protéger votre carrière. Qui aurait encore voulu se faire soigner par vous après une révélation pareille ? Sauf que Ms Le Carré s'est préparée à toute éventualité. Avant de vous rejoindre, elle a pris soin de nous faire parvenir ce texte, pour que les conditions du décès de sa fille soient révélées, quoi qu'il arrive.

Parfait. C'est limpide. Je suis passé de témoin à suspect. Le cauchemar continue.

— Je ne suis pas un carriériste, capitaine. Ni un assassin. Si vous pensez que…

— Docteur Edwards, ce ne sont pas mes pensées qui sont importantes. Ce sont les vôtres. Et celles de toutes les personnes mêlées à cette affaire. Nos pensées provoquent nos émotions. Nos émotions provoquent nos réactions. Et ces réactions peuvent parfois nous pousser au-delà des limites, de nos limites, là où on n'aurait jamais imaginé se retrouver un jour… Les pensées des autres, c'est ça mon obsession, docteur Edwards. C'est la clé de toute enquête.

Bosco se laisse glisser au fond de son siège. Ses jambes se croisent, son poignet se casse et ses longs doigts se placent sous ses lèvres, parallèlement à ses yeux noirs, à ses sourcils impeccablement épilés. Bosco me sonde. Quel genre d'homme se tient face à lui ?

— Je n'ai tué personne, capitaine. Et puis, que je sache, avant d'accuser quelqu'un de meurtre, il faut d'abord avoir un corps, non ?

— Docteur Edwards…

C'est l'autre flic qui vient de parler. Sa voix est aussi tranchante qu'un couperet.

— Nous avons retrouvé le corps d'Adeline Le Carré. Et ça n'a pas l'air d'être un suicide.

Wilfried Bosco conclut.

— C'est fâcheux, non ?

Tenean Beach. À vol d'oiseau, trois cent cinquante mètres séparent cette plage de l'hôtel Morrissey. C'est au niveau des fonds vaseux de ce bras d'océan que le corps de Ms Le Carré a été repéré. Hypothèse envisagée : après avoir stagné à plusieurs mètres de fond et s'être gonflé de fréon, de benzène, de soufre, le corps s'est soulevé, détaché de son lit d'algues, est remonté à la surface et il a flotté pendant des heures contre les briques du canal. Un promeneur et son chien l'ont découvert. On sait qu'il faut approximativement deux jours pour que se déroule ce processus, accéléré dans ce cas particulier par la présence d'eau. Ce qui situe la date de la mort autour de ma visite dans l'hôtel. Le *timing* est vicieusement parfait.

On m'a lu mes droits, les droits Miranda[1], on m'a fouillé à la recherche d'une arme cachée, on a procédé à un inventaire de mes affaires personnelles et j'ai été « booké » : photos, collecte de mes empreintes. Ensuite, on m'a demandé si je désirais téléphoner à quelqu'un. J'ai répondu : « Gordon Mac Enzy. »

Aujourd'hui, tout bon médecin se doit d'avoir un cabinet d'avocats derrière lui. Depuis mon entrée au

1. Lors de toute arrestation, les droits du suspect, dont le droit au silence, doivent lui être présentés.

MGH, c'est le fils Mac Enzy, du cabinet Foster & Mac Enzy, le futur repreneur donc, qui est mon avocat attitré. Dieu merci, je n'ai encore jamais eu à utiliser ses services.

Dès qu'il m'aperçoit, Gordon ouvre ses bras comme pour m'enlacer mais il se contente fort heureusement de secouer ma main droite vigoureusement. Le type est une force de la nature, aussi baraqué qu'un footballeur américain. Sa tête de poupon est posée sur des épaules interminables. Grandes dents blanches, immenses yeux bleus, il n'est pas avare de sourires. Mais il sourit trop. Il a l'air d'avoir le trac. Gordon se racle souvent la gorge en posant son gros poing de bébé géant sur sa bouche. Mais je sens chez lui une énergie sincère. Quand il ouvre ses dossiers, il plonge dedans et les dévore avec délectation, comme s'il s'agissait de gaufres à la chantilly. Je le vois bien aimer les gaufres à la chantilly.

Gordon démarre par un résumé de la situation. On est là pour un bout de temps. Les flics sont en train de constituer un dossier, de le nourrir autant qu'ils le pourront, parce que c'est à la lecture de ce dossier que le procureur décidera de me poursuivre ou pas, et de quelle façon. Mais Gordon me l'assure : il a hâte d'en découdre. Dans quelques heures, il fera de moi un homme libre.

Les interrogatoires se succèdent sans répit. La présence d'une caméra est devenue obligatoire, c'est maintenant une affaire d'homicide. Les flics n'en démordent pas : j'ai assassiné Ms Le Carré et ils espèrent beaucoup des découvertes que fera la police scientifique chambre 322. Mais ils s'agacent. Ils en ont après l'attitude du capitaine Bosco. Le détective me parle avec courtoisie, il me ménage, quand les autres, persuadés de ma culpabilité, jouent les cow-boys. Bosco, lui, ne joue à rien. Les autres flics tentent de m'impressionner. Ils se mettent en scène. Ça renifle, ça crache, ça se touche l'entrejambe et ça fait mine (ou pas) d'avoir envie de me cogner. Bosco, lui, reste droit sur sa chaise, économe dans ses mouvements, dans ses expressions. Ce sont ses questions qui font le travail, pas ses postures. Imperturbable, il suit l'ordre de ses pensées inscrites sur son carnet.

— Nous avons trouvé du sang dans le coffre de votre voiture. Et un morceau de tissu taché d'hémoglobine. Les analyses l'ont confirmé : il s'agit du sang de Ms Le Carré. Vous avez une explication à nous donner ?

— C'est impossible.

Ma voix est éteinte, presque morte.

— Pourquoi ? s'étonne Jack Griffin. Vous pensiez l'avoir parfaitement nettoyée ?

— Je n'ai pas tué Adeline Le Carré.

Un flic entre précipitamment. Il distribue à ses collègues un paquet de feuilles.

— C'est confirmé. On a des traces de son ADN dans la chambre d'hôtel. Des cheveux, entre autres choses.

— Alors ? s'interroge Griffin. Vous n'y êtes toujours pas entré ?

— C'est la vérité.

Je m'essouffle. Je transpire.

— Je n'ai jamais vu Adeline Le Carré.

Les autres flics placardent sur leur tronche des

sourires réjouis. On dirait qu'ils se régalent de mon attitude, de mon obstination à nier l'évidence. Ça pourrait leur donner le droit de flirter avec les limites. Ce vers quoi Bosco semble refuser de se diriger. Dans ses yeux, des questions tournoient, se percutent. On croirait des perdreaux jetés dans une cage. Elles ne demandent qu'à être libérées, être lancées dans les airs.

— Docteur Edwards, vous êtes médecin. Un médecin est quelqu'un de précis, de méticuleux. Un médecin ne laisserait pas autant de petits cailloux blancs derrière lui. Sauf si vous vouliez qu'on vous retrouve rapidement. Sauf si vous vouliez payer pour la faute que vous avez commise. Ms Le Carré vous a approché ? Elle a voulu vous faire chanter ? C'est pour ça que vous avez essayé de vous suicider quelques jours plus tôt ?

Je m'apprête à répondre, mais mon avocat pose sa main sur mon bras.

— Capitaine, vous n'êtes pas loin de la vérité. Ce n'est pas mon client qui a semé ces petits cailloux, comme vous dites, mais celui ou celle qui lui en veut. Toutes ces traces soigneusement distillées ne vous mènent curieusement qu'à une personne, mon client, pour en faire le coupable idéal. Alors, au lieu de vous contenter de ramasser ces preuves toutes faites gentiment concoctées pour vous faciliter la tâche, pourquoi ne pas chercher à comprendre qui en veut à mon client et pourquoi ?

Les flics couvrent Bosco de leurs regards noirs. L'un d'eux sort de la pièce en claquant la porte. Mon avocat a attrapé la balle au bond et il vient de marquer un sacré point.

— Très bien, répond le capitaine Bosco légèrement

sous pression, dans ce cas, aidez-nous. Donnez-nous un os à ronger. Qui vous en veut ? Pourquoi ? Qui pourrait vous détester au point de tuer Adeline Le Carré et de vous faire passer pour son assassin ? Dans quel but ?

J'essaie de capitaliser sur la brèche ouverte par Gordon.

— Clarissa Phelps. Demandez-lui pour le journal. Vous avez raison, détective. Cette page provient du journal intime de Stella. Clarissa m'a dit qu'à sa lecture Ms Le Carré était devenue folle. Pas seulement par rapport à ma promesse. Il y avait d'autres choses dedans, des choses que je ne dois pas savoir parce que, c'est ce que Clarissa m'a dit, ça me foutrait en l'air. Je n'invente rien. Je ne suis pas le salaud de l'histoire. Interrogez-la. Vous verrez. Et n'oubliez pas John Tate. Il tabassait Stella. C'est un sanguin. Il a pu retrouver sa compagne et la tuer. Il a ensuite découvert le journal et il s'en est servi pour me faire porter le chapeau. Je ne sais pas… Faites votre boulot, vous êtes les enquêteurs. Moi je… je suis juste un type innocent.

Le capitaine détective Bosco quitte sa chaise et se dresse brusquement. Cela surprend tout le monde.

— Nous le ferons, docteur Edwards. Nous le ferons.

Il entame alors une promenade dans la pièce en mordillant les branches de ses lunettes.

— Parlons plutôt des images que nous avons, docteur Edwards : celles de votre arrivée à l'hôtel. Il est autour de dix-sept heures. À partir de là, on vous perd, pendant plus d'une heure, parce qu'il n'y a pas de caméras sur Conley Street, pas plus sur Tenean Street ou sur le parking de l'hôtel. Ni dans l'hôtel lui-même d'ailleurs. Ce qui n'est pas une surprise. L'endroit est au bord de la fermeture administrative. Et quand vous réapparaissez au même endroit sur Conley Street, il est presque dix-huit heures vingt. Trente minutes plus tard, nous nous rencontrons et vous découvrez (ou pas) qu'on a poignardé Loren Marny.

Mon avocat prend des notes. Wilfried Bosco prolonge sa mise au point.

— La question reste la même, docteur : que s'est-il passé dans cet hôtel ? Pourquoi avoir basculé votre téléphone portable sur le mode avion ?

Mon avocat se penche vers moi.

— Rappelez-vous, vous n'êtes pas obligé de répondre.

— Une heure et quatorze minutes, précise Griffin, c'est largement suffisant pour tuer une femme et transporter son corps jusqu'à la plage la plus proche.

Gordon a un regain d'énergie.

— Messieurs, allons, soyons sérieux. La chambre est située au troisième étage dans un hôtel plutôt fréquenté, certes pas par la meilleure des clientèles, mais très fréquenté. Vous imaginez mon client traverser les étages puis le parking avec un corps sans vie sur le dos sans être vu ?

— On interroge les clients du jour, assure Jack Griffin. On finira par trouver un témoin, ce n'est qu'une question de temps.

J'ai gardé une carte joker dans ma manche. Je crois que c'est le moment de l'utiliser. Je demande :

— Est-ce que vous pouvez me garantir une totale discrétion ?

— Woh ! On se calme !

On dirait qu'on vient de planter un clou dans le derrière de Gordon. Il se penche vers moi et baisse la voix.

— Personne ici ne peut vous garantir la moindre

confidentialité. Il suffit d'une taupe (coup d'œil discret vers les flics) et tout peut sortir dans la presse. Vous ne voulez pas qu'on en discute avant, tous les deux ?

J'entends la rumeur électrique du disque dur des ordinateurs, le souffle léger de la caméra, la respiration excitée de Jack Griffin. Six paires d'yeux sont suspendues à mes lèvres. Entre un moment de honte et ma vie en taule, le choix est fait.

— Je ne suis pas resté seul dans cet hôtel. J'ai eu un échange tarifé.

Haussement de sourcils, mains qui se posent sur l'arrière du crâne, hochements de tête, je viens d'offrir une tournée générale de surprise. Wilfried Bosco attrape son carnet et griffonne, un sourire sur les lèvres. Les rebondissements, il n'y a que ça qui l'amuse. Mon avocat se remonte les manches et continue de parler à voix basse.

— Vous vous êtes tapé une… une pute ?

Un flic parmi ceux qui gravitent dans la pièce se permet un commentaire.

— Je parie que c'est un mec…

Ça n'a pas l'air seulement pénible pour moi, ce genre de réflexions. Bosco se mord la langue pour ne pas réagir et Griffin jette sur son collègue un regard méprisant. J'ajoute simplement :

— Une femme. Elle ne m'a pas lâché de mon arrivée à mon départ. Elle pourra vous le confirmer.

Je me suis blotti contre le chauffage électrique de ma cellule, l'estomac lesté par une sensation de vide. Ce n'est pas la faim qui me taraude, mais l'angoisse. Gabi et Oscar me manquent. Épouvantablement. Que font-ils ? Dans quel coin de Boston ont-ils trouvé refuge ? Est-ce que je leur manque aussi ? Autant ? La tête me tourne. Je suffoque, je tremble. Attaque de panique. Je reconnais les symptômes qui m'assaillent. Je tente de me concentrer sur ma respiration pour la contrôler. Ma vision se tache de points noirs. Je vais tomber dans les pommes, ça ne fait aucun doute. Je me jette contre la porte, la frappe avec mes poings. J'appelle à l'aide. Me couper la peau pour couper l'herbe sous le pied de la peur. Je cherche autour de moi : un clou, une vis, n'importe quoi, pourvu qu'il y ait une extrémité contondante sur laquelle je puisse m'acharner.

C'est mon avocat qui me réveille en me secouant l'épaule. J'ai fini par m'endormir, épuisé d'émotions.

— Il y a du nouveau, m'annonce-t-il.

Les flics ont fait venir du monde pour clarifier certains points. À commencer par John Tate. Qui a pour lui un alibi en or. Le bon côté de l'alcoolisme quand il vous enferme dans des habitudes, des répétitions nécessaires.

Toutes les fins d'après-midi de sa vie, peu avant dix-huit heures, John Tate traverse le Gold Star Bridge pour rejoindre New London. Ensuite, invariablement, on le retrouve chez Mr G's pour dîner, situé en face de la station-service Citgo dans laquelle, chaque soir, à dix heures pétantes, sa femme démarre son service. C'est ça que John Tate aime faire après une bonne journée de boulot, s'installer sur le banc placé à l'extérieur du restaurant, juste à côté de la porte d'entrée, et, une bière à la main, sous les yeux de sa compagne, se mettre à dilapider dans l'alcool l'argent du foyer. C'est sa façon à lui de prendre son pied. John Tate pousse même le vice jusqu'à trinquer avec elle de loin. Elle qui se sait observée. Elle qui, par peur des coups, derrière la vitrine à sa caisse lui répond par des sourires dociles, des signes de tête obéissants. Exactement ce que John Tate exige d'elle.

Le 2 janvier dernier, donc, John Tate, comme à son habitude, était assis sur le banc à l'extérieur du restaurant. Mais ce soir-là, selon la dizaine de témoins, ce n'était plus Adeline Le Carré qui tentait de cacher un regard délabré, un air dévasté. Non. Ce soir-là, parce qu'il n'y avait plus personne de l'autre côté de la rue, c'était ce pauvre bougre de John Tate qui, voûté sur son banc, cherchait à cacher aux clients qui entraient, sortaient, son air accablé, bouleversé. Certains diront même l'avoir vu sangloter.

Depuis des jours déjà Ms Le Carré l'avait quitté.

Les flics ont ensuite auditionné Clarissa Phelps qui a juré ses grands dieux que, si elle n'avait pas fait mention du journal, c'est parce que ce carnet ne lui avait jamais semblé important. Si Ms Le Carré lui en avait fait la lecture, c'était uniquement pour témoigner de la façon dont Stella parlait d'elle, dans ce journal : comme d'une sœur. Clarissa l'a alors répété aux policiers, encore et encore, la main sur le cœur : pas de « secrets », aucun « mystère », Stella était, est et restera la fille la plus intègre, la plus honnête, la plus droite que New London ait jamais connue.

Ça aurait pu être le coup de grâce, le coup de poignard au milieu du dos, mais non. Contre toute attente, c'est Gabrielle qui l'aura porté. Lors de son audition, elle révèle aux enquêteurs mes terreurs nocturnes, ma croyance paranoïaque dans le retour de Stella. Elle parle de mes possibles black-out. Elle explique la raison de son départ, comment elle m'a retrouvé penché au-dessus du vide, mon fils dans les bras, quelques heures seulement après ma tentative de suicide. Son statut de psychiatre donne à ses propos une importance capitale, un poids indiscutable.

Le plus dur, c'est de savoir qu'elle était là, à quelques salles de moi, et qu'elle n'a pas demandé à me rencontrer, moi ou mon avocat, qu'elle n'a pas tenté par son intermédiaire de me faire passer un message. Le plus dur, c'est de savoir qu'elle m'a ignoré.

Les derniers appelés ont été les parents de Loren. Les Marny. Leurs emplois du temps respectifs ont été disséqués mais sans que les enquêteurs trouvent le moindre moment de flottement, le moindre instant de vacuité qui aurait permis au couple de supprimer dans une incroyable réactivité l'agresseur de leur enfant.

Résultat : la colonne « Défense » reste désespérément vide. Pas une seule information, pas le moindre élément qui vienne distiller un peu de doute sur ma culpabilité. Cheveux en vrac, Gordon Mac Enzy s'est inventé en quelques heures plusieurs tics nerveux. Rougeaud et transpirant, il étale devant lui les éléments du dossier sans savoir par quel bout les prendre, sans parvenir à les fracturer pour fragiliser l'accusation. Mac Enzy a beau me montrer ses grandes dents blanches parfaitement alignées, son sourire de compétition ne me rassure plus. Nus et désarmés, nous n'obtiendrons rien lors de la séance de *plea bargain*[1]. Ni mise en place d'une caution, ni de ROR[2]. Dans cet État, on ne laisse pas un tueur en liberté, même s'il ne l'est que de façon présumée. Je comprends que je ne rentrerai plus chez moi. Jamais. Mon avocat se plaint d'un mal de crâne. Je lui tends deux cachets d'Aleve®[3].

— Qui vous a donné ça ?

— Un flic. Il amenait quelqu'un dans la cellule d'à côté pendant ma crise de panique. C'est tout ce qu'il a trouvé à me donner. Je ne les ai pas pris.

— Une attaque de panique ? Vous n'avez pas accès à votre traitement ?

— Non. Les flics doivent préférer que je garde l'esprit clair.

— Mais c'est interdit ça. C'est une violation complète de vos droits. On vous a demandé si vous aviez des contre-indications médicales avant de vous donner ça ?

— Non, mais je sais que je n'y suis pas allergique.

— Ils auraient dû vous le demander. C'est extrêmement dangereux. Moi, vous me filez deux cachets comme ceux-là et je suis aux urgences dans la demi-heure. C'est moche à voir. Je gonfle de partout. Mais attendez… ça me donne une idée. Vos anxiolytiques, vos tranquillisants, faudrait vérifier mais… si l'un d'eux

1. Que l'on pourrait traduire par négociations entre accusé, juges et procureur.

2. *Release on own recognizance* : mise en liberté sur parole.

3. Aspirine du laboratoire Bayer.

était connu pour des effets secondaires du type paranoïa, agressivité, idées suicidaires, ça pourrait nous aider. Si on partait du principe qu'ils ont peut-être amplifié votre état névrotique sous-jacent. On obtiendrait une requalification des charges. Irresponsabilité pénale. On échapperait à la perpétuité. Vous vous en tireriez avec vingt ans, allez vingt-cinq, maximum.

Ça a l'air de réjouir Gordon.

— Je vais creuser, Edwards. On va trouver. Ne perdez pas espoir.

Gordon se met à tapoter sur le clavier de son ordinateur, à passer des coups de fil, à sortir de sa besace des bouquins qu'il entasse en pile. Nous ne nous parlons plus. Je l'observe s'agiter, se démener, mais lui et moi le savons : c'est sans espoir.

On est venu nous l'annoncer. C'est fait. En attendant de passer devant le procureur, je quitte le commissariat dans vingt-cinq minutes, direction le centre carcéral de Concord. Un des plus grands centres pénitentiaires du Massachusetts. Si j'y entre, j'y crève. C'est aussi simple qu'une addition à deux chiffres. Une fois que je serai installé derrière les barreaux, le système judiciaire passera à autre chose. La somme des éléments retenus contre moi est trop significative, trop conséquente, pour qu'on aille chercher plus loin. Plié, pesé. Je pourrirai en enfer et crèverai avant la date de ma sortie.

Gordon explique les détails de ce qui m'attend, la procédure à suivre lors d'une entrée dans un pénitencier. Il évite mon regard. Manifestement, Gordon a du mal à gérer l'échec. J'observe son café posé sur la table. Il en a ingurgité des litres depuis son arrivée. Avant même de l'avoir fait, je me déteste, mais je n'ai pas d'autre choix.

On me passe les menottes. Deux flics m'escortent. Mon avocat me suit, son sac et ses dossiers sous le bras. Pour me convaincre de rester calme et obéissant, Gordon m'envoie de temps en temps des clins d'œil complices du genre : « Ça va aller, tout va bien se passer. » Pour toi, Gordon, c'est certain, tout va bien se passer, tu rentres chez toi. Mais moi… Je traverse des couloirs, je longe des bureaux. Une porte s'ouvre. Je prends en pleine figure le chaos sonore du Boston Police Headquarters. Des sonneries de téléphone se mêlent aux grésillements des émetteurs radio, aux gémissements, aux braillements et protestations des usagers, des victimes et des coupables. Un avant-goût sonore de l'anarchie pénitentiaire qui m'attend. Je mise sur l'effet escompté, mais toujours rien.

On rejoint un garage à l'arrière du bâtiment. Trois gueules de soldats, mains sur leur ceinturon, m'y attendent. Derrière eux les portes arrière d'un fourgon noir sont déjà grandes ouvertes. Tout le monde se salue.

Une quinte de toux qui ne s'arrête plus.

Le bruit des dossiers qui claquent en percutant le sol.

J'entends un flic crier :

— Merde ! Il nous fait quoi, lui ?

Gordon s'écroule par étapes, un genou sur le sol, puis l'autre. Ça y est. Ça se produit. Ses paupières, ses joues, son visage gonflent à vue d'œil. Mac Enzy se tient la gorge. Elle double de volume, tandis que le diamètre de son œsophage se réduit. Sa respiration, sa voix sont devenues sifflantes. Les flics s'écartent comme si l'effet était contagieux. À moi de jouer.

— Les menottes, vite !

Seul un policier me porte un peu d'attention. Je tends les bras vers lui.

— Je suis médecin. Je sais quoi faire !

Son regard hésite. Où se fixer ? Sur mon visage, mes menottes, sur l'avocat tombé au sol ?

Je le supplie :

— C'est un œdème de Quincke ! Je sais ce qu'il faut faire ! Laissez-moi vous aider !

Le flic sort un téléphone pour appeler une ambulance.

— Pas le temps ! C'est maintenant ou jamais ! Il va crever si vous attendez !

L'information le percute enfin. Il envoie un signe de tête à un de ses collègues qui approche, les clés des menottes dans les mains. J'entends le clic d'ouverture, le son de ma liberté. Sur le sol, l'avocat se tord, gémit. Je leur crie :

— Faut de la cortisone. Ou de l'adrénaline. Vous avez ça quelque part ?

Les agents pénitentiaires répondent « non » d'un mouvement de tête coordonné. Je désigne deux policiers.

— Vous, cherchez dans l'immeuble ! Vous, foncez au Whittier Street Health Center. Ils en ont, c'est certain. Cortisone ou adrénaline. Allez !

Aussitôt, les deux flics se dispersent. Sur le sol, l'avocat continue de se contorsionner. On ne discerne plus ses yeux, dissimulés sous ses paupières devenues deux vessies molles, élastiques.

J'ai plongé deux pilules d'Aleve® dans le café de Gordon, discrètement, tout en détournant son attention le plus longtemps possible, assez longtemps pour que le produit se dissolve parfaitement. C'était la seule façon de créer les conditions d'un désordre, de m'offrir la possibilité d'une évasion.

Restent trois flics sur cinq. Plus mon avocat. Je retourne sa besace. Ses carnets s'écrasent sur le sol. Je suis à la recherche de ce stylo à bille dont il faisait claquer sans cesse le mécanisme, un tic parmi ceux qu'il s'était créés. Gordon halète, suffoque. Ce stylo fait partie de mon plan. Sans lui, je ne donne pas cher de sa peau. Je le retrouve, enfin, coincé entre les pages d'un bloc-notes. Je le désosse. Mine, ressort, cartouche d'encre. Je ne garde que le tube de plastique. Surtout, ne pas trembler. D'un coup sec, je plante le tube dans la trachée, à la base de la gorge, pour ouvrir une nouvelle voie respiratoire. Les flics derrière moi poussent une exclamation de dégoût. J'entends du mouvement. L'un d'eux tombe dans les pommes et s'effondre dans les bras de son collègue.

— Tenez-moi ça. (Je désigne le stylo et m'adresse au seul policier encore disponible.) Tenez ça, bon sang, c'est pas fini…

Le flic obéit. Il s'agenouille, attrape le stylo du bout des doigts en grimaçant. L'autre flic est en train de gifler son collègue évanoui sur le sol. Il tente de le ranimer. C'est le moment. J'inspire… et pousse sur mes jambes, de toutes mes forces.

J'entends les injures des policiers derrière moi. Un seul a encore la possibilité de me courser. Je me glisse entre le fourgon et le mur du garage. Je me retrouve à l'extérieur. Je vire à droite. Je longe le bâtiment. Je cours, droit devant, vers un parking à ciel ouvert. J'ai l'impression de voler, de ne pas toucher terre. Brusquement, je vire à gauche à quatre-vingt-dix degrés, en jetant un œil derrière moi. Comme prévu, un seul flic est à mes trousses, mais le salaud a une belle foulée. Il galope. Il semble avoir de l'entraînement, une bonne endurance. Je pique sur Tremont Street et ses quatre voies séparées entre elles par d'énormes blocs de béton. La rumeur de la circulation s'amplifie. Si je m'arrête, si je ralentis, le flic sera sur moi en un rien de temps. Devant, c'est un flot ininterrompu de véhicules, une barrière infranchissable. « Vivre, c'est s'abîmer. » La peur dilate tous les pores de ma peau. Je ne faiblis pas. Il me « suffit » de répéter ce mantra d'il y a quinze ans. À l'époque, je le faisais pour épater Stella. Aujourd'hui, je vais le faire pour moi. Je plonge dans le tourbillon automobile. Un récital de klaxons, un concert de crissements de gomme pneumatique s'élèvent. On dirait la musique chaotique d'un orchestre symphonique lorsque celui-ci se chauffe dans la fosse avant la représentation. Les voitures freinent, zigzaguent, tournoient, se percutent. Je traverse la rumeur des moteurs. Dans la cacophonie de ces trajectoires déviées, de ces tôles froissées, je discerne les vociférations du flic derrière moi. Au bord de la route, mains sur la tête, il hurle de rage. Moi, je suis encore vivant et sur le point d'atteindre le bloc de béton qui fait barrage après les deux premières voies. L'adrénaline irrigue l'ensemble de mon corps jusqu'à la plus fine de ses extrémités. Lorsque émerge sur ma gauche un poids lourd. Sa vitesse me paraît folle, vertigineuse. Le 32 tonnes va me percuter, m'emporter dans sa course. J'atteins le bloc de béton. Je m'y accroche. Je me colle à lui, au moment même où la masse du camion me lèche le dos. Je lâche un grognement horrifié. Il se noie dans la longue plainte émise par les freins du tracteur de la remorque. J'enjambe la masse de béton. Derrière moi la circulation tend à s'arrêter, à force d'accidents en cascade. Assez pour que le flic ose enfin se lancer, la gueule brisée par la colère. Pas de temps à perdre. Malgré le flux de véhicules qui jaillit en continu sur ma droite, je me jette en avant pour traverser les deux voies restantes. J'espère réitérer l'exploit.

PIÈCE N° 25

4 janvier 2019,
Hellenic Hill, Boston, MA.

Je marche sans but, glacé jusqu'aux os. La nuit tombe, la température avoisine zéro degré et je ne porte qu'un pull. J'ai rejoint la coulée verte de Boston, une suite de parcs, presque des forêts, agrémentés de points d'eau, réputés dangereux à la nuit tombée mais où le promeneur est complètement protégé des regards. Leverett Pound, Wards Pound, Jamaica Pound, Hellenic Hill. J'entends frémir les arbres autour de moi. Nous sommes au diapason. Sous les bourrasques du vent, les branches nues claquent les unes contre les autres. Le bruit que le bois émet évoque des squelettes qui dansent. À chaque sirène de police, même lointaine, je me jette dans le buisson le plus proche. Ce n'est qu'une question de temps. Ils finiront par me trouver, c'est certain. Ils sont nombreux à sillonner la ville. Ils savent comment pister un fugitif. Qu'est-ce que je sais, moi, de ce qu'il faut faire exactement quand on est en fuite ? Je n'ai aucune idée de la façon dont on déjoue les tactiques policières. Je n'ai pas leur expérience de la traque. De quelle manière me cacher ? Sans téléphone, sans argent, par où commencer ?

Étrange sensation que celle de devenir un prédateur. Je choisis ma victime. Une dame, fluette, âgée, à la sortie d'un 7-Eleven[1]. Je n'ai aucun courage, je ne cherche même pas à anoblir mon geste en me frottant à plus fort que moi, en relevant un défi. La rue est déserte. Elle doit avoir soixante-dix ans. J'en ai trente. Ce n'est pas fair-play, mais j'ai besoin d'un téléphone et la vieille dame en possède un. Est-ce qu'elle cherche un numéro ? Est-ce qu'elle tape un message ? En tout cas, ça lui prend un temps fou. Elle semble ne rien y comprendre. Autant l'en débarrasser.

L'appareil, un dinosaure, n'est protégé par aucun code et la batterie est à moitié pleine. Je me mets en quête du numéro de Clarissa. Une recherche sur le Net plus tard, j'appuie sur les dix chiffres liés à son nom. Les sonneries démarrent, s'additionnent. Au moment où je pense basculer sur sa messagerie, sa voix succède aux signaux sonores :

— Allô ?

— Clarissa, c'est Niels.

— Niels ? On t'a relâché ?

— Pourquoi avoir menti, Clarissa ? Qu'est-ce qu'il y a dans ce journal ?

— Fous-moi la paix, Niels Edwards.

— ATTENDS… Déteste-moi pour ce que j'ai fait à Stella, tu en as le droit, mais ne me fais pas payer pour Ms Le Carré. Je suis innocent.

---

1. Enseigne de supermarché de petite surface placée en ville et ouverte sept jours sur sept de sept heures à vingt-trois heures.

Un silence au bout de la ligne, suivi d'un soupir :

— Je veux sauver sa réputation. La tienne et la mienne sont déjà faites. Je veux la protéger. Ne me demande pas de la trahir, Niels…

— Alors ne la trahis pas, ne me dis pas tout, donne-moi juste un petit quelque chose. Un point de départ.

Son silence me fait penser à celui d'un pyromane. Depuis où faire partir le feu ? J'espère que ça n'a pas d'importance, que cette petite étincelle embrasera au final tous les foyers possibles. Que je suivrai à la trace les chemins de feu qu'elle aura involontairement tracés. En parlant vite, elle lâche :

— 138 Bokum Road, Old Saybrook, Connecticut. Tu demandes Gregory Brown.

La ligne craque et se coupe.

Je brise la porte vitrée arrière d'un magasin. Comme pour la vieille dame, je choisis un endroit sans risque, une boutique minuscule dans une rue mal éclairée. Sa vitrine est déprimante, presque poignante, bourrée de vêtements démodés, à vous rendre apathique rien qu'en les regardant. Un vieux magasin pour une clientèle de vieilles personnes. Je vole un pull, une écharpe, une veste épaisse, plutôt laide mais chaude, je double mes chaussettes. Me voilà paré. Direction le Connecticut, à la rencontre de Gregory Brown.

PIÈCE N° 26

Clarissa Phelps
Séance de psychographie

J'ai toujours été dingue de ce type. Stella le savait. Alors, quand je les ai vus ensemble, main dans la main, j'ai cru devenir folle. J'ai pas compris. Pourquoi elle me faisait ça, à moi, sa meilleure amie ? Après ce que je lui avais raconté ? Quand Ms Le Carré m'a lu les pages du journal, j'ai compris. J'ai eu honte de l'avoir détestée autant.

Moi, je lui trouvais un truc différent à ce Niels Edwards. Les copines se moquaient quand je disais ça. Pour elles, c'était comme trouver un vélo magnifique à cause de sa béquille. Quand je l'ai vu dans son costume de bal de fin d'année, j'ai craqué. Je l'ai chauffé à blanc, puis je l'ai traîné jusqu'aux toilettes. J'étais aux anges. Il allait être à moi, enfin ! Tu parles… Ce salaud m'a plantée, jupe relevée, genoux sur la lunette des chiottes. Me suis jamais sentie aussi sale, dégueulasse et moche, plus moche que d'habitude.

Me suis jamais trouvée belle. J'ai toujours cru devoir compenser. À ma façon. J'ai décidé qu'avec moi, les mecs dégusteraient. Dans le bon sens du terme.

Sexuellement. J'ai cru que ça les ferait rester. Combien de fois Stella et moi on s'est engueulées à cause de ça. Aujourd'hui, j'avoue, c'est elle qui avait raison. J'avais beau les choisir, j'avais beau décider qui, quand, comment, j'avais beau agir comme les mecs ont le droit d'agir, on me le faisait payer. Les filles comme les garçons. Surtout les garçons. Leur ego de mâle et leur esprit de compétition transformaient tout. Pouvaient pas s'empêcher de se pavaner. Dans leur version des faits, c'est moi qui perdais le contrôle et c'est eux qui me baisaient, eux qui me transformaient en objet. Pourtant, à poil, c'était le contraire qui se produisait. C'est moi qui tenais les rênes. Dessus, dessous, de face, de dos, et même en bouche, c'est moi qui les contrôlais. Ils ne maîtrisaient rien, évanouis qu'ils étaient dans leur plaisir. Mais ça, pour eux, impossible de l'admettre. Après avoir joui, ils revenaient à eux, et au lieu de me remercier, ils se mettaient à raconter des saloperies sur moi pour ne pas perdre la face. Ils me faisaient payer tout le plaisir que je leur avais donné.

Je croyais sincèrement que les temps avaient changé. Mes fesses ! Suis devenue la fille qu'on chope, celle qu'on baise et qu'on n'épouse pas. Alors, je me suis mise à faire des gosses, comme d'autres font des albums souvenirs. Les mecs pouvaient se barrer, grâce à mes mômes, ils étaient encore un peu avec moi. Le regard de Patrick dans celui de mon petit Denis. Le sourire de Vincent dans celui d'Allison…

Dans les bras de Stella, devant les copines, j'ai pleuré et j'ai raconté ma version des faits : comment

Niels Edwards m'avait forcée à le suivre dans les toilettes, comment, après m'avoir coincée dans une cabine, il m'avait obligée à lui faire des trucs écœurants. Je voulais lui faire payer mon humiliation. En lui collant une sale réputation. Histoire qu'aucune autre fille ne sorte avec lui. Sans le savoir, j'avais transformé Niels Edwards en cible. Fallait pas toucher à SA petite sœur. Fallait pas me faire du mal.

Ça n'a pas dû être très compliqué pour Stella de le séduire. Elle était dans le même lycée, elle le voyait tous les jours, et puis elle était belle. Abominablement belle. La beauté, c'est magique. Et cruel pour celles qui en manquent. Moi, Niels ne savait même pas que j'existais. Je l'apercevais de temps en temps, de loin, quand je retrouvais Stella devant son école. Nous n'étions pas dans le même établissement. C'est elle qui m'avait fait entrer à cette soirée, à la sauvette, par un vasistas ouvert à l'arrière du gymnase.

Quand j'ai raccroché le téléphone mural, juste après lui avoir donné le nom de Gregory Brown, j'ai senti du froid sous mes pieds. J'ai pataugé dans la flaque. Je savais d'où ça venait. C'était pas la première fois que ça arrivait. La maison tombait en ruine. J'ai coupé l'arrivée d'eau, déplacé le lave-linge pour atteindre le tuyau de vidange. La machine était lourde, compacte. Je l'ai tirée vers moi avec précaution. Je ne voulais pas faire de mal au petit gars qui dormait dans mon ventre. J'ai ramassé le tuyau sur le sol. De l'eau en sortait encore. Au même moment, j'ai entendu le clic d'un appareil électrique. Comme si la machine à café s'était allumée toute seule.

Bizarre. En plus, je me souvenais de l'avoir débranchée. Je l'ai vue qui s'est mise à trembler, de plus en plus fort, jusqu'à cabrioler le long du plan de travail. J'ai pensé à ces films qui m'avaient foutu la trouille : *Paranormal Activity*, *Poltergeist*… Je regardais la cafetière s'approcher du bord. Si ça continuait, elle allait finir sur le sol. Alors, j'ai lâché le tuyau de vidange.

Cinq mômes, cinq pères différents. Pas un seul d'entre eux capable de reconnaître son gamin, de filer un peu de blé, de prendre des nouvelles. Tirer et se tirer. C'est ce que les hommes savent faire de mieux. Niels comme les autres. Stella meurt, le type chiale et puis il s'en va refaire sa vie. Merde ! Mais quelle conne ! J'aurais mieux fait de la fermer. Je suis bonne qu'à ouvrir les cuisses ! Pardon Stella. Tu connais mon problème, ce besoin maladif d'être aimée. Il m'en fait faire des conneries.

La cafetière est tombée. Dans un réflexe stupide, j'ai tenté de la rattraper comme je pouvais par un fil électrique… dénudé… Les pieds dans l'eau… Le dernier geste de ma vie. Immédiatement, le courant a voyagé à travers moi. Le tremblement de l'appareil m'a contaminée. Mon corps s'est mis à vibrer. Mon cerveau à surchauffer. J'ai pensé à mes gosses. Ma connerie allait faire d'eux des orphelins. Je grillais. Mon cœur était en train de se fracturer en morceaux. Une chaleur liquide se répandait dans ma poitrine. Et ma sœur a ouvert ses bras. Elle était face à moi, translucide, vaporeuse. Est-ce que c'était elle ou est-ce que mon cerveau en grillant produisait des images que je ne contrôlais pas ? Parce qu'il y avait un problème, son visage, ce n'était plus le sien. Plus totalement. Stella avait grillé elle aussi. J'ai dit :

— Désolée, frangine, t'es peut-être venue me chercher mais moi, j'ai des gosses à élever. Ils ont besoin de moi… Qu'est-ce qu'ils vont devenir, hein ? C'est pas leurs crétins de pères qui vont s'en occuper… Allez, Stella, fais quelque chose ! Par pitié, réagis ! Faut pas que mon corps brûle et s'éteigne. Faut pas que le froid m'envahisse…

Mais il m'a envahie. Stella a laissé faire. Je me suis effondrée. Mon corps, ma conscience, mon cœur sont tombés dans mes chaussettes et ma tête a frappé le sol. J'ai entendu le cri de ma mère. Je l'ai vue se jeter sur moi. Je l'ai vue se fondre dans le bleu. Le monde devenait bleu. Du bleu partout.

Le bleu, c'est la vraie couleur du néant.

PIÈCE N° 27

Dr Niels Edwards
Hypnose régressive sous polygraphe

5 janvier 2019,
Mystic Sea Port, Mystic, CT.

Il fait encore nuit quand le type me tire de mon sommeil. En Nouvelle-Angleterre, durant l'hiver, nos nuits sont plus longues que nos jours. Alors que ce n'est pas son trajet, le chauffeur a quitté l'I-95, emprunté la sortie 90 pour me déposer sur un immense parking, au milieu des attractions, des magasins et des restaurants destinés aux visiteurs du Mystic Sea Port Museum. Selon lui, continuer d'ici mon voyage devrait être plus simple. J'y trouverai forcément une âme charitable comme la sienne. Autour de nous, un ballet de camions et de fourgonnettes a déjà commencé. C'est l'heure des livraisons.

Un livreur de légumes m'accueille dans sa camionnette. Il vient de vider sa cargaison et s'apprête à retourner sur New London. Pendant tout le trajet, le Mexicain ne me quitte pas des yeux. Il me dévisage comme un fantôme surgi du passé. Je lui demande s'il peut pousser jusqu'à Essex. Il dit que c'est impossible et suggère en souriant que je fasse comme lui, lorsqu'il est arrivé dans ce pays avec seulement 21 dollars en poche, le rêve américain en tête et la peur au ventre. C'était il y a trente-deux ans. Le type était parvenu à rejoindre ses frères installés en Pennsylvanie sans jamais payer un seul billet de train. Avant de monter dans un wagon, le Mexicain se contentait d'envoyer des baisers vers le ciel et de s'en remettre à Dieu. Le stratagème aura fonctionné. Pas une fois le type ne se sera fait coincer. Aujourd'hui, le voilà installé, avec femme, enfants, papiers en règle, et boulot pas trop mal payé. Alors, quand il rend visite à ses frères, ou quand tout simplement il choisit de se déplacer en bus, en train ou en métro, le type met dorénavant un point d'honneur à payer ses trajets. Et le faire, pouvoir le faire, lui procure un plaisir immense et une reconnaissance émue envers Dieu.

J'épouse la philosophie du Mexicain. À une différence près : je m'en remets au destin plutôt qu'à Dieu. Je m'installe dans un train de la compagnie Shore Line East, direction Old Saybrook Station. Et pour moi non plus, aucun contrôle. Arrivé à destination, je saute du train et démarre une longue marche le long de la CT-154 E, vers la ville d'Essex. Une heure et dix-sept minutes plus tard, j'ai rejoint le 138 Bokum Road.

PIÈCE N° 28

5 janvier 2019,
Bokum Road, Essex, CT.

J'aperçois au loin le corps de ferme. Flanquée d'un large toit pentu, la bâtisse, posée à côté d'un étang, ressemble à une église. Je franchis la clôture noircie par les pluies d'automne, les tempêtes hivernales et la brûlure de l'été. Je gravis les marches du perron. Sous le porche s'alignent les seules fenêtres de la maison. Aucune lumière ne s'en échappe. Je trouve la sonnette et presse le bouton. À l'intérieur, j'entends résonner un gazouillis d'oiseau, une imitation électrique. Il est très vite suivi par le bruit d'un verrou qu'on fait tourner. La porte fermière s'entrouvre et la chaîne qui la retient se tend dans un claquement. Une femme passe un œil dans l'entrebâillement : un œil marron, à moitié caché par une paupière tombante. J'aperçois aussi des cheveux blancs, des rides épaisses.

— Qu'est-ce que vous voulez ? C'est une propriété privée ici.

— Je cherche Gregory Brown.

— Salopard !

Elle me claque la porte au nez. J'entends le verrou rouler dans l'autre sens. J'attends, perplexe. Je sonne à nouveau. Elle hurle derrière la porte.

— Dégagez ou j'appelle la police !

— Je dois voir Gregory Brown. S'il vous plaît. Je ne vais pas vous mentir, j'ai des ennuis. De gros ennuis. J'ai besoin de lui.

J'entends le verrou et la chaînette sauter. La porte s'ouvre en grand. La vieille dame pointe sur moi un fusil.

— Foutez le camp ou je vous fais sauter la cervelle. Je peux le faire. J'ai la loi avec moi. Je compte jusqu'à trois…

— S'il vous plaît… C'est Clarissa Phelps qui m'envoie…

— Connais pas… Un !

— Je dois voir Gregory…

— Deux !

— C'est à propos de Stella Le Carré !

Je ferme les yeux. Je serre les poings. J'attends le bruit de la déflagration. Rien. J'ouvre un œil. La vieille femme a baissé le canon.

— J'espérais ne plus jamais entendre ce nom…

— Stella ? Vous la connaissiez ?

— Bien sûr. La petite salope. Elle a détruit nos vies.

L'intérieur de la maison baigne dans une obscurité humide. Je suis installé à la table de la cuisine. Sur ma droite, dans le foyer d'une cheminée, une flambée trop discrète tente de réchauffer l'air ambiant tandis que le balancier d'une horloge s'épuise à frapper inlassablement les secondes. Depuis ma chaise, je peux voir l'autre pièce, celle où s'est rendue mon hôtesse. Je la vois se plier en deux, difficilement, pour sortir du bas d'une étagère une boîte à chapeau. Elle me l'apporte et tire sur le ruban de tissu qui l'entoure. Je sens l'âme de mon interlocutrice se charger instantanément d'une nostalgie douloureuse. Ses mains plongent à l'intérieur de la boîte. Ses doigts explorent des souvenirs : photos, polaroïds, cartes postales, dessins d'enfant. De ce trou noir relié au passé, elle extrait un cliché sur papier Kodak.

— On parle bien de cette fille ?

J'attrape la photo avec précaution. Je découvre un garçon d'une vingtaine d'années, plus beau que moi, plus baraqué, un enfant de la campagne à la peau rose et aux lèvres d'un rouge vif. Il enlace une jeune fille que je ne reconnais pas. Pas tout de suite. Elle porte une queue-de-cheval et une frange soignée qui barre son front. Stella n'est pas maquillée. Elle a retroussé les manches d'une chemise à carreaux trop grande pour elle. Une chemise certainement prêtée par ce garçon. Le plus troublant, c'est le sourire qu'elle lance vers l'objectif, un sourire que je ne lui connais pas. Il y a dans ce sourire de la candeur, de l'humilité, quand les sourires qu'elle m'adressait étaient d'une grande assurance, marqués par un sentiment de supériorité. C'est une autre Stella. Je sens poindre en moi une espèce de jalousie surannée. Son intensité me surprend. Je jette un œil au dos de la photo. 6 septembre 2003. À cette époque, nous étions déjà ensemble, Stella et moi. Je demande :

— Qui est ce garçon à côté d'elle ?

— Mon fils. Celui que vous cherchez. Gregory Brown.

Je pose la photo sur la table. Ça bouge à l'intérieur de moi. Des déplacements d'émotions. Des blocs de croyances qui se fissurent, qui s'effondrent. Quelque chose se brise. Un lien. Les mailles d'une chaîne, celles qui me liaient à Stella. Je dois me faire violence pour parvenir à décrocher mon regard de cette photo. Stella me trompait. Stella nous trompait, lui et moi. Ou peut-être qu'à la différence de moi, Gregory savait. Peut-être qu'il était au courant et qu'il acceptait. J'ai l'impression que tout devient possible avec Stella.

— Ils sont restés ensemble longtemps ?

— Assez longtemps pour qu'elle nous le transforme.

Le mot fait écho à ceux de ma mère, lorsqu'elle se plaignait de voir ce que je devenais pour plaire à Stella.

— Elle l'a dégoûté de nous, ses parents, de ses amis, de la ferme, de tout. Elle l'a convaincu que cultiver des pommes, ce n'était pas assez bien pour lui et surtout pour elle. Qu'elle méritait mieux. Un jour, dans cette cuisine, à cette table, elle m'a dit : « Je ne serai jamais comme vous, Ms Brown. Ni comme ma mère. Les hommes, c'est moi qui les mènerai à la baguette. » Elle a fini par le convaincre de partir. On n'a pas compris tout de suite ce que ça voulait dire vraiment.

Ms Brown pousse une chaise pour s'asseoir. Elle sort d'une de ses manches un mouchoir en tissu. Avec, elle essuie par précaution le bord de ses yeux humides.

— Quand il disait partir, nous, on pensait que c'était pour Hartford, la capitale, je ne sais pas, un coin comme ça. En réalité, Gregory voulait nous quitter définitivement. Ils s'étaient mis d'accord sur un jour bien précis, un moment bien précis.

— Vous voulez dire…

— Oui. Ils voulaient mourir. Et ils avaient prévu ça pour le 28 décembre 2003.

PIÈCE N° 29

Ms Brown
Hypnose régressive sous polygraphe

Je ne comprends pas quand les gens disent que les femmes comme moi sont frigides. C'est tout le contraire. Ce n'est pas du froid que je ressens. C'est plutôt une brûlure. Ça me cisaille. Mais puisque c'est pour mon mari, je serre les dents. Il est sur moi. Il dit des cochonneries dans mon oreille. Je ne les écoute pas. Tant que ça l'aide. Les veines de son cou se gonflent. Une de ses paupières s'agite. Francis me fait des clins d'œil à toute vitesse. C'est bon signe. Ça va se finir. Enfin. Ses hanches cessent de bouger et mon Francis a son apothéose, toujours en apnée. C'est la libération des deux côtés. Parce qu'il est lourd mon Francis. Faut l'avoir sur soi pour comprendre. C'est un homme robuste avec de gros os. Parfois, sous lui, j'ai du mal à respirer. Il doit croire que c'est le plaisir qui me fait haleter. Il se retire. Il attrape une serviette pour s'essuyer. J'attends mon tour et je baisse ma chemise de nuit. Il n'a pas de pyjama, mon Francis. Il dort nu. Il a chaud tout le temps. Même en plein hiver. Le lit craque. Il regagne sa place. Il va s'endormir en quelques secondes. J'ai l'habitude. J'ai envie de me laver, mais je peux pas, je vais réveiller mon Gregory si je fais ça. Sa chambre est à côté de la salle de bains. Et puis, de toute façon, il est bientôt onze heures du soir et c'est pas une heure pour prendre une douche. Ça se fait pas.

Un craquement. Le parquet du couloir. Un autre.

Quelqu'un marche dans notre couloir. Quelqu'un est entré dans la maison. Je remue mon Francis. Au lieu de le réveiller, je déclenche ses ronflements. J'ouvre le tiroir de ma table de nuit. Il y a mon nécessaire à couture dedans. Je me lève, des ciseaux dans les mains. J'entrouvre la porte de la chambre. J'ai à peine le temps d'apercevoir le dos de Gregory. Il sort de la maison. Je me précipite à la fenêtre. Je le vois traverser la cour, entrer dans la grange. J'attrape la parka de Francis. Je glisse mes pieds dans mes bottes en plastique et je sors à mon tour. J'entends le coassement des grenouilles autour de l'étang. Et rien d'autre. Les nuits sont calmes par ici. J'avance jusqu'à la grange. Je cherche entre les planches de bois un interstice pour voir ce qui se trame à l'intérieur. Je colle mon œil sur une planche érodée. Je vois mon fils monter sur un baril. Il a une corde autour de son cou. Le temps que je réalise, du bout des pieds, Gregory fait culbuter le baril sur lequel il se trouve. Il y a eu un cri en moi. Je rentre dans la grange. Mon fils se balance dans les airs, suspendu à une poutre. Sa tête tangue à l'inverse de son corps. J'attrape ses jambes. Il est trop lourd, trop fort. Il se débat. Il me donne des coups. Je n'y arriverai pas. Mon fils va mourir ! Ça ne peut pas arriver ! Je cours réveiller Francis. Je lui hurle dessus et mon Francis se réveille en sursaut. Je crie aussi fort que si je l'engueulais. Gregory s'est pendu. Il faut qu'il fasse quelque chose ! Francis comprend de suite. Il sort de la maison, tout nu, malgré le froid. Il court vers son fils. Comme moi, il prend des coups de chaussure dans la poitrine, en plein visage. Gregory ne veut pas qu'on l'aide. Gregory veut mourir. Mais mon Francis, c'est une force de la nature. Il plaque les jambes de son fils contre lui, il le soulève pour donner du lest, afin que la corde ne soit plus en tension.

— La serpe, il gueule, amène la serpe !

Je la décroche de l'établi au fond de la grange et je coupe la corde. Mon fils tombe sur le sol comme si son corps s'était ramolli, les yeux révulsés, le visage violet.

— Appelle les secours, intime Francis tout bas en essayant de dénouer la corde autour du cou de notre enfant. Appelle les secours.

Je cours vers le téléphone dans la maison. J'ai l'impression d'abandonner mon fils, d'abandonner Francis. Je pense à Dieu. Je ne suis pas croyante, mais d'un coup je pense à Lui. Je Lui demande de prendre ma vie plutôt que celle de Gregory.

PIÈCE N° 30

Dr Niels Edwards
Hypnose régressive sous polygraphe

5 janvier 2019,
Bokum Road, Essex, CT.

Les mains jointes sous son menton, en appui sur les coudes, Ms Brown fixe les nœuds qui marquent le bois de la table. Un jour blanc s'est levé. Sa lumière s'est répandue dans la maison en recouvrant les murs, les meubles, les objets et nos visages d'une espèce de pellicule farineuse.

— Finalement, le bon Dieu nous a laissé notre fils sans prendre ma vie. Alors, je prie de temps en temps, je brûle un cierge pour Le remercier. Pourtant depuis, nos vies ressemblent à un cauchemar qui ne veut plus s'arrêter.

Elle stoppe son récit, bouleversée. Ce devait être les mêmes tensions qui défiguraient son visage lorsque c'est arrivé, il y a quinze ans.

— Quand Gregory s'est réveillé à l'hôpital, son regard s'est mis à sauter d'un coin de la pièce à un autre, comme une bique. Il se demandait où il était et, quand il a compris, ça a été abominable. Il s'est mis à arracher les fils qui lui pendaient du corps. « Non ! », il a crié, « Non ! ». Atroce. Alors ils l'ont ficelé à son lit et ils l'ont bourré de tranquillisants. C'est quand il a su, des jours plus tard, qu'elle était morte sans lui, qu'il est devenu fou. Réellement fou. Depuis, il ne parle plus que de la rejoindre. C'est son obsession. Il est un vrai danger pour lui-même.

Elle prend le temps de ranger les photos, de refermer la boîte en carton en passant le ruban de tissu autour, avant de me demander :

— Pourquoi vous vouliez le voir mon Gregory ? Vous ne m'avez toujours pas dit.

— Stella était ma petite amie.

— Mais… elle disait qu'il était toute sa vie… Elle disait qu'il n'y aurait jamais que lui…

— C'est ce qu'elle me disait aussi.

— Ça a dû être un choc pour vous, son suicide. Et en plus, maintenant, vous apprenez qu'elle s'est tuée pour un autre que vous. Terrible.

— Pas vraiment. Stella m'a demandé ce qu'elle a demandé à votre fils. Mourir avec elle. Le même soir que lui. Mais moi, c'était une heure avant. Je devais me jeter dans le vide par la fenêtre de ma chambre. Je n'ai pas eu le courage de Gregory. Je n'ai pas sauté.

Les sourcils de Ms Brown basculent en accent grave.

— Faut lui dire ! Faut tout lui raconter ! Ça, et le fait qu'elle le trompait aussi ! Vous allez parler à mon gamin. Ça va me le guérir. Vous allez me le guérir d'elle !

PIÈCE N° 31

5 janvier 2019,
Danbury Psychiatric Clinic, Danbury CT.

Je signe le registre d'un faux nom. Étonnamment, on ne me demande aucune pièce d'identité. Il faut dire que Ms Brown est connue ici, identifiée. C'est une habituée, de ceux qu'on laisse entrer les yeux fermés. Je la suis à travers les couloirs. Ms Brown salue les employés autant que les patients. À son passage, les visages s'illuminent. Elle a pour chacun un mot gentil. Ms Brown est une femme soucieuse des autres. Je remarque les caméras de surveillance partout, à chaque coin de mur. Allez, Niels, on se détend. On a encore un peu de temps avant que des compagnies privées pistent nos visages pour le compte de nos gouvernements en temps réel sur toutes les CCTV[1] du pays. La clé tourne dans le barillet. Le mécanisme d'ouverture résonne dans le couloir à la façon d'un coffre-fort. La porte s'ouvre silencieusement. Gregory est assis au bord de son lit. Le corps tourné vers l'unique fenêtre de la chambre. Sa silhouette se dessine dans un clair-obscur digne d'un Caravage.

---

1. Closed-circuit televisions, c'est-à-dire systèmes de vidéosurveillance.

Vêtu d'un jogging bleu, il a passé ses pieds nus dans des pantoufles doublées de fourrure blanche.

— Gregory, mon chéri, il y a quelqu'un pour toi… Il a des choses importantes à te dire.

Acculé dans un coin de la chambre, je me tiens devant Ms Brown pour la protéger. Une chaise portée à bout de bras au-dessus de sa tête, Gregory nous menace et beugle comme un veau. Ses larmes se mêlent à la morve translucide qui coule de son nez.

— Mais c'est la vérité, Gregory, lui crie sa mère. Elle s'est moquée de toi !

— Tu l'as payé pour dire ces saloperies ! Avoue !

— Je t'assure, c'est la vérité !

— Des conneries ! Elle et moi, c'était à la vie à la mort !

Des pas de course résonnent dans le couloir. Infirmiers et surveillants déboulent dans la chambre. L'un d'eux se jette dans les jambes de Gregory qui lui fracasse la chaise sur le dos.

— Ne lui faites pas de mal ! hurle sa mère. Ne lui faites pas de mal !

Je la retiens. Pour un peu, Ms Brown se jetterait dans la mêlée.

PIÈCE N° 32

Gregory Brown
Séance de psychophonie

De suite, ça a fait « Baoum » dans ma tête. Diazépam, Alprazolam, Lorazépam, Clonazépam. La même merde que les autres jours, mais à grosse dose. Avec ça, ils m'ont cloué au pieu et en plus ils m'ont ficelé comme un jambon avec des sangles. Rien de bien nouveau sous les néons de la clinique. Ça m'a simplement rappelé le bon vieux temps, les premières semaines de mon arrivée. J'étais vaillant à cette époque-là. Un vrai mustang. Indomptable. Ils finissaient toujours par me sangler. Et puis, au fur et à mesure, leurs produits m'ont calmé. Pire que ça, ils m'ont ramolli le corps, la tête. J'ai plus eu de force. Plus de volonté. Que dalle. Heureusement, j'peux rêver. À ma Stella. Mais le jour seulement. Ils chargent pas trop, la journée. La nuit, c'est impossible. Leurs médicaments, ça donne l'impression de s'être fait défoncer la gueule jusqu'au knock-out. Du coup, la nuit, pas de rêve, aucune image. La nuit, je suis aveugle. Et là, avec leurs produits, j'y vois mal aussi. Quelqu'un est entré dans ma cellule. Je dis cellule parce que personne n'entre et sort de la chambre de quelqu'un quand ça lui chante. Je finis par distinguer des cheveux noirs comme du crottin, une peau blanche comme du lait de brebis et des lèvres aussi rouges que des Red Delicious[1]. Et d'un coup, je la reconnais ! Stella ! Ma poupée. Elle est là, penchée au-dessus de moi. Sauf que j'crois pas aux fantômes. C'est leurs saloperies de produits qui me font halluciner. Pourtant, vrai ou pas vrai, c'était bon de la revoir, même amochée. Parce que son visage, putain, il a morflé ! Qui a bien pu lui faire ça ? Dis-le-moi, Stella, que je lui refasse le portrait.

Je sens une des sangles qui m'entourent se desserrer. Je crois qu'elle me libère… mais Stella me passe la ceinture de cuir autour du cou. L'idée qu'elle m'étrangle, ça m'dérange pas, depuis le temps que j'veux la retrouver, mais à ce moment-là le soleil entre en plein dans la cellule et j'demande : « Minute, poupée, attends, laisse-moi ressentir ça une dernière fois. » Mais là-dessus, elle serre la sangle. Elle la serre avec une putain de rage. Je pige de suite : elle fait pas ça par amour, elle est pas là pour m'aider, pour me libérer, pour me ramener auprès d'elle. Naaaan… La façon dont elle tire sur la sangle, on dirait une brute épaisse. Elle se venge. Elle me fait payer quelque chose. Quoi, je sais pas, mais Stella prend un putain de plaisir à m'assassiner.

J'aurais aimé profiter du soleil une dernière fois. En septembre, quand j'travaillais à cueillir les pommes, ce salopard me cramait le dos, les épaules, les mollets, et en fin de journée je ressemblais à un homard. Cette putain de chaleur sur le corps, j'aimais bien ça. Le soleil, c'est la seule chose qui me manque depuis que j'suis plus parmi vous.

---

1. Variété de pomme américaine à la peau très rouge.

PIÈCE N° 33

Dr Niels Edwards
Hypnose régressive sous polygraphe

5 janvier 2019,
Walter's Pub, Old Saybrook Station, CT.

Notre histoire d'amour s'est construite sur un terrain d'illusions, un jardin de mensonges, des mètres carrés de supercheries. Nous étions deux mascarades tourmentées, piégées dans une partie de jeu de rôle quasi pathologique. Je ne sais plus ce qui relève du vrai, du faux. Tout est devenu aussi dangereusement glissant qu'une planche savonnée.

Aux côtés de Ms Brown, concentrée sur la route, dans le silence pesant du retour, un souvenir me revient. Celui de John Tate sur le Gold Star Bridge. Il avait qualifié Stella de « traînée ». Peut-être qu'il savait pour Gregory Brown et moi et que, dans son esprit étriqué de macho alcoolique, c'était suffisant pour avoir le droit de l'humilier et de la rabaisser. Peut-être même qu'il en savait davantage, qu'il avait connaissance de choses importantes, essentielles. Ces choses que Stella a fini par raconter dans son journal.

Ms Brown insiste pour me déposer où je veux. Je choisis la gare d'Old Saybrook afin de rejoindre New London et d'aller interroger John Tate. Je suis sur le point de sortir du véhicule quand Ms Brown me retient par le bras. Elle me tend un billet de 50 dollars. Avant que je ne dise quoi que ce soit, elle m'ordonne de les prendre et de la fermer. J'obéis. En attendant le départ du prochain train, je décide de me planquer dans un café aux allures de pub anglais.

Installé au comptoir, dos à la porte d'entrée, face à un gigantesque miroir placé derrière une série d'étagères où se tient en ordre rangé une armée de verres, je peux voir qui entre sans être vu. Ici, je ne suis qu'une ombre parmi les ombres et c'est exactement ce dont j'ai besoin. Deux autres clients seulement occupent l'endroit. Une quinquagénaire qui dévore sa salade comme elle dévore le journal local posé près de son assiette, sans conviction, et au fond du bar, appuyé sur sa canne, casquette de base-ball enfoncée jusqu'aux oreilles, un vieil homme qui savoure sa pinte de bière à petites gorgées. Il ne quitte pas des yeux le gigantesque écran de télévision de l'autre côté de la salle, branché en continu sur Boston 25 News.

Je mords dans le club-sandwich préparé par le patron lui-même. Je n'ai rien mangé d'aussi délicieux depuis longtemps. La faim sûrement. Le cuistot est malade et ça, ça emmerde grandement le patron, parce qu'il a des grilles de sudoku à terminer. À peine m'a-t-il servi qu'il s'est aussitôt rassis à l'autre bout du comptoir, concentré sur ses tableaux à compléter. Il lisse ses moustaches, tire sur le col de sa chemise à motifs hawaïens.

Quelqu'un prononce mon nom. Sursaut contrôlé.

Je me tourne vers le téléviseur. C'était à craindre. Les médias s'intéressent à mon affaire. Mais je dois en convenir, présentée comme la journaliste de Boston 25 la présente, mon histoire est des plus alléchantes : « Adolescent, il laisse sa petite amie se suicider. Devenu médecin, il assassine la mère de sa victime pour s'assurer de son silence. Non, il ne s'agit pas d'une nouvelle série de Netflix ou de HBO mais bien de la réalité. Niels Edwards, médecin au service des soins intensifs du MGH, est aujourd'hui en cavale pour… »

J'admire l'objectivité des journalistes. Leur refus du sensationnalisme. Je note aussi les mots : « en cavale », accolés à mon nom. Jusqu'ici ces deux mots n'étaient pas pour moi. C'étaient des mots que j'observais de loin. Des mots qui ne feraient jamais partie de ma vie. Des mots de polar, de cinéma, d'article de presse. Ces mots ne pouvaient pas un jour me qualifier.

Sur l'écran, on est passé de l'envoyée spéciale installée devant l'entrée du Boston Police Headquarters à des photos de Stella en insert sur des images de sa rue, son immeuble. On filme notre maison de Newton. On interroge nos voisins. C'est leur quart d'heure de gloire. La vieille Duncan se confie : « J'connais des gens qui se sont fait soigner par le Dr Edwards ! Vous imaginez, passer sans le savoir entre les mains d'un type pareil ? Ça fait froid dans le dos, non ? » Au tour de la famille Torrance. Le mari s'y colle. « À bien y réfléchir, il y avait des signes quand même… » Le voilà qui me décrit comme un homme taciturne, réservé, auquel on hésite à demander un service. Ce qui dans sa tête suffit à accréditer la thèse du dangereux criminel. Puis, c'est le vieil O'Hara. Depuis sa naissance, ce type habite au même endroit, au 148 de notre rue. Il s'exclame, fier de sa formule : « Edwards, il entrait dans une pièce et la température baissait de plusieurs degrés. Je vous assure. Ce type était glacial. Jamais un sourire, jamais un geste amical, jamais à engager la conversation. Toujours tiré à quatre épingles. Rien qui dépassait. Très net. Trop net ! Trop net pour être honnête ! »

Succession d'images du Massachusetts General Hospital et retour sur l'envoyée spéciale de la chaîne qui annonce une *« breaking news »* d'envergure. Ms Brown est recherchée par la police. Mon cœur se met à faire des bonds. Un employé de la clinique m'a *a posteriori* reconnu. La journaliste explique :

« Selon des sources proches de l'enquête, Ms Reina Brown, cinquante-deux ans, aurait organisé une rencontre entre le médecin et son fils, Gregory Brown, interné depuis quinze ans dans la clinique psychiatrique de Danbury, Connecticut. Qu'avaient-ils à se dire ? Était-ce en lien avec le meurtre d'Adeline Le Carré ? Dans tous les cas, les enquêteurs cherchent à savoir si c'est cette entrevue qui a poussé Gregory Brown à mettre fin à ses jours. En effet… »

La nouvelle déclenche en moi une série de spasmes. Je renverse ma tasse de café. Le patron lève la tête :

— Serait pas un peu maladroit, le monsieur ?

RAS. Pas même un sourcillement. Le patron s'est adressé à moi sans associer un seul instant ma tête à celle posée en médaillon sur l'écran de télévision. Un trophée, dans un coin de l'image. Je ne connais pas cette photo. Elle a dû être prise lors de mon dernier anniversaire. Je n'y suis pas à mon avantage. Mon regard y est étrange, inoccupé, et mon sourire se rapproche d'un rictus démoniaque. Je comprends ce choix : les méchants, même présumés, doivent avoir des têtes de méchants.

PIÈCE N° 34

Oscar Edwards
Séance de maïeusthésie

Maman est triste. Alors je lui fais des chatouilles pour la faire rire. Mais elle rit pas. Juste un peu. Elle se force. Les yeux de maman cherchent papa dedans elle. Moi, des fois, je cherche Loren dedans ma tête. Mais j'aime pas trop, parce que, quand je pense à elle, je vois la dame et son couteau, le couteau dans le ventre de Loren et Loren qui fait des grimaces. Des grimaces qui font pas rire. J'ai peur que la dame revienne.

Tais-toi ! Tais-toi ! Maman va entendre !

Les mamans entendent toujours tout.

Elle me pose par terre. On est dans le parc près de notre nouvelle maison de Beacon Hill. Pas d'enfants sur la girafe qui bascule. Je cours. « Hé ! » C'est la voix de maman. Ça veut dire « Stop ». Je m'arrête. Non, maman, promis, je pousse pas les autres. Non, promis, je salis pas mes habits. Oui, promis, je fais attention. C'est bon ? Je peux y aller maintenant ? Trop tard ! Y a une fille sur la girafe ! Faire une colère, taper des pieds ou faire la tête… Non. Maman est trop fatiguée pour ça. Demain. Je me rattraperai demain. Je cours vers le toboggan. Je grimpe tout en haut. Je m'assois et j'attends. Comme maman m'a dit. Les enfants, en bas, faut qu'ils soient partis avant de se lancer. Ça y est ! Plus personne. Je pousse sur mes bras. Je glisse. Ça fait des chatouillis dans mon ventre, comme quand on a peur, sauf que là, c'est pour rire…

La dame !

LA DAME !

LA DAME ! LA DAME !

Elle est là ! Elle vient vers le toboggan !

Stop ! Stop ! Je veux plus glisser. STOP !

Ses yeux me mangent ! Elle va m'attraper !

Elle va mettre son couteau dans mon ventre !

Je ferme les yeux pour me cacher.

Ses mains ! JE SENS SES MAINS !

Elle m'attrape ! Elle me soulève ! Je crie très fort !

— Oscar, mon chéri, qu'est-ce qui se passe ?

La voix de maman. J'ouvre les yeux. Je suis dans ses bras.

— Qu'est-ce que tu as ? Pourquoi tu cries comme ça ?

Chuuuuuut ! Faut rien dire. Pas le droit. J'ai promis.

Je veux rentrer ! Faut nous cacher !

Vite, avant que la Dame au couteau ne revienne !

PIÈCE N° 35

Dr Niels Edwards
Hypnose régressive sous polygraphe

5 janvier 2019,
Walter's Pub, Old Saybrook Station, CT.

Je pense à ce pauvre Gregory Brown, à sa mère endeuillée, encombrée d'un amour qui ne lui sert plus à rien, à part à la torturer. Je voudrais tellement que ce cauchemar s'arrête.

Un soulagement tout de même, un petit, un minuscule : l'idée que Ms Brown évoque devant les enquêteurs la double vie de Stella me redonne espoir. Ça ne remet pas en cause les déclarations de Clarissa sur le journal, ça ne me disculpe pas encore, mais ça infuse l'idée d'un tableau éventuellement plus complexe. Et je compte sur le capitaine détective Wilfried Bosco pour explorer ce nouveau versant de l'affaire.

Ma vessie me lance un signal. Le pouvoir diurétique du café. Je repère le logo *« Toilettes »* au-dessus du couloir. Je l'emprunte. Je dépasse une première porte. Elle donne sur les cuisines en désordre. La seconde me sépare d'un bureau sombre et minuscule. À l'intérieur, un téléphone fixe.

PIÈCE N° 36

Gabrielle Baker
Séance de psychophonie

Depuis quelque temps, j'ai remarqué une chose : son pas s'est accéléré. Oscar trotte plus qu'il ne marche, tout en guettant autour de lui. Et il n'a plus qu'un mot à la bouche : « Rentrer ». Une fois dans l'appartement, Oscar peut vérifier dix fois, quinze fois, que la porte d'entrée a bien été fermée, que les fenêtres ont bien été bloquées. Ce sont ses premiers symptômes, les séquelles traumatiques de l'agression de Loren. J'ai les bras chargés de courses. Au bout du trottoir, Oscar s'est arrêté pour m'attendre. Il trépigne, m'appelle, insiste pour que je me dépêche. Ce soir, il voudra certainement de nouveau dormir avec moi. Je ne dois pas laisser cette habitude s'installer. J'ai peur pour lui. Quels autres stigmates a laissés cette attaque ? Et cette séparation physique entre lui et son père ? Ce qu'il voit et entend à propos de lui : impossible de l'en protéger. Comment gère-t-il tout ça ? Mon téléphone portable vibre au fond de mon sac à main. Je fouille le ventre de cuir beige sans pour autant le trouver. Je n'ai jamais compris comment faisaient les sacs à main pour parvenir à démultiplier leurs recoins. Mes doigts finissent par rencontrer mon iPhone. Je le tire hors du sac. Numéro inconnu. L'appel passe sur messagerie.

PIÈCE N° 37

Dr Niels Edwards
Message laissé à Ms G. Baker le 5 janvier 2019

Gabi, s'il te plaît, ne coupe pas, ne m'efface pas, écoute-moi, juste quelques secondes. Pardonne-moi. J'aurais dû te faire confiance. J'aurais dû tout te dire. Dès que nous nous sommes rencontrés. Tu as raison sur tout. Je suis malade. Et Stella n'est pas de retour. Mais quelqu'un m'en veut, Gabrielle. On veut me faire payer quelque chose… Je vais trouver, Gabrielle. Je vais découvrir qui est derrière tout ça. Et on pourra reprendre notre vie d'avant. Mais pas totalement. Je ne serai plus le même. Je te parlerai de tout. Du bien comme du mal. Je ne serai plus le même après ça. Plus rien ne sera comme avant. Je t'aime, Gabi. Tu vois, ça y est, je n'ai plus peur de le dire, de le ressentir. Pleinement. Je vous aime, toi et Oscar. Embrasse-le pour moi.

PIÈCE N° 36 *(Suite)*

Des cris autour de nous. Le reflet des réverbères sur une surface en métal. Une camionnette. Elle déboule à une vitesse folle. Des coups de klaxon, des cris. Les voitures montent sur les trottoirs pour tenter d'éviter le bolide. Il semble hors de contrôle. Les passants courent dans tous les sens. La camionnette se soulève en heurtant un terre-plein. Je suis au beau milieu de sa trajectoire. Je ne le comprends pas tout de suite parce que derrière moi il y a un mur, et logiquement, un véhicule, ça ne roule pas vers un mur. Mais il n'y a plus de logique. La camionnette roule vers un mur de brique. Ou de ciment. Je ne sais plus. Et moi, je suis entre ce mur et cette camionnette. Une part de mon cerveau refuse de l'admettre. Je me tourne vers Oscar. Je veux être certaine qu'il ne bougera pas, qu'il restera loin de moi, en sécurité, à distance. C'est inéluctable. Je sais ce qui va arriver. Alors, je souris. Je veux qu'il le voie ce sourire, qu'il le voie bien, qu'il le saisisse et qu'il le garde. Qu'il garde le souvenir de sa mère souriante. Je veux décider de la dernière image qu'il gardera de moi. Pas celle d'une femme désarticulée, démembrée. Je veux qu'il capte dans mes yeux ma fierté, mon courage et l'amour que je lui porte. On pense à tout ça en quelques secondes, des secondes infinies quand elles sont les dernières de votre vie. La camionnette me paraît immense, démesurée. Elle me percute la hanche. Je sens la chaleur du moteur derrière la carrosserie et le froid du mur dans mon dos. Je sens mon corps faire des rotations inversées les unes aux autres. Les sons saturent mes oreilles : le fracas de mes os, le déchirement des sachets que je porte, l'explosion de leur contenu, le bruit des pistons, le rugissement des turbines, les hurlements des badauds. Le mur derrière moi se déforme contre mon dos. La chaleur du moteur fusionne avec la chaleur rougeoyante, liquide, qui inonde mon regard, colore ma vision, gicle hors de mon corps. Mon corps qui se compresse. Je me moque de la douleur. Je me moque de la souffrance. Je me fiche de savoir à qui appartient cette silhouette derrière le pare-brise. Je me moque que ce soit la fin. Je suis le lapin du magicien. Tu te souviens ? Prépare-toi à applaudir, mon amour. Mon bébé. Pour moi, le spectacle est sur le point de se terminer. Et je continue à sourire. Malgré mes larmes de sang, malgré la douleur. Et je suis heureuse, si heureuse, parce que j'y parviens. C'est seulement ça qui m'importe. T'envoyer un beau, un tendre, un puissant sourire. Mon sourire, c'est ce que je te laisse de moi. Le plus beau mensonge de ma vie.

PIÈCE N° 38

Dr Niels Edwards
Hypnose régressive sous polygraphe

5 janvier 2019,
Walter's Pub, Old Saybrook Station, CT.

Je raccroche en espérant de tout mon être qu'elle aura ce message. La télévision continue de jacasser dans la salle principale. J'y retourne. Penché au-dessus de ses grilles de sudoku, le patron m'envoie un coup de menton pour me désigner un autre café fumant qui m'attend sur le comptoir.

— C'est pour la maison.

Je le remercie d'un signe de la main. Parfait. Il ne me reste plus qu'à l'avaler rapidement et à attraper mon train. Il quitte Old Saybrook Station dans dix-huit minutes exactement.

L'air est saturé d'humidité. Les éclairages publics, les décorations de Noël, les phares des voitures, les enseignes transforment la neige gluante qui s'est collée à eux en une matière colorée, filandreuse, poisseuse, de la barbe à papa. Je marche vers la gare en longeant le bord de la route, tête entre les épaules, mains dans les poches et confiant dans l'idée de pouvoir prendre ce train. Trop confiant. Sur le toit d'une voiture, les lumières rotatives d'un gyrophare me pétrifient. Devant l'entrée de la gare, des képis scrutent les alentours, doigts sur la couture du pantalon. Virage à cent quatre-vingts degrés.

J'ai été pris en stop par un quadragénaire jovial et bavard. Son obsession : Trump et les conséquences de son élection… sur le base-ball. Parce que depuis Donald, ce sport, « C'est plus ce que c'était ! ». Le type a vu Adam Jones, le *center fielder*[1] des Orioles de Baltimore, son idole, se prendre des paquets de cacahouètes tandis que « le mot commençant par un N » fusait depuis les gradins. Il me raconte l'histoire de ce père de famille et de son fils, venus à Fenway Park fêter l'anniversaire du petit et qui se sont retrouvés à faire face à des remarques racistes vomies par un jeune trou du cul, lui-même arrière-petit-fils d'immigré irlandais. « Mais qu'est-ce qui déconne dans la tête de ces Blancs ? Faut qu'ils arrêtent de se défoncer au white spirit[2], ajoute-t-il en souriant. De la marque Suprémaciste. » Il trouve que ce qu'a fait Bruce Maxwell, plier le genou pour dénoncer le traitement des Noirs aux États-Unis, c'est grand ! C'est beau ! C'est historique ! Il dit que, depuis le 8 novembre 2016[3], les gars de la Civil Rights Division[4]

1. Milieu de terrain.

2. La traduction littérale de *white spirit* est esprit blanc.

3. Date de l'élection présidentielle. Donald Trump y est élu 45e président des États-Unis d'Amérique.

4. Unité de la police de Boston intervenant sur des incidents ou des crimes impliquant une violation des droits civils des citoyens.

doivent camper dans leur bureau. Il dit que la naissance a beau l'avoir placé en position de force, qu'il a beau être un mâle blanc, diplômé, issu de la classe moyenne, il le jure, la main sur le cœur, son Amérique à lui, celle qu'il aime, celle qui s'inspire des Pères fondateurs, est bien plus belle, plus ouverte, plus inclusive que l'Amérique de ces types-là.

Je ne sais pas pourquoi il tient absolument à me raconter tout ça. J'ai conscience de l'état du monde dans lequel je vis. Mais ça a l'air important pour lui. Il a l'air d'en avoir gros sur le cœur. Peut-être qu'il ne supporte pas l'idée que je puisse le confondre avec un de ces types. Ou peut-être qu'il se sent obligé de me rassurer parce que je viens de monter dans la voiture d'un Blanc et que je suis noir.

La Chrysler s'éloigne en empruntant la sortie 73, sur Society Road. Son chauffeur m'a laissé sur le bord de l'autoroute, vu qu'il partait dans une autre direction. Une petite voix intérieure me recommande de limiter l'auto-stop. Maintenant que ma tête est visible dans tous les médias, on pourrait me reconnaître et donner l'alerte. Restent huit miles avant New London. Dix minutes en voiture, trois heures à pied. Le jour décline. Je me lance et longe l'autoroute.

Exit 74. *Exit* 75.

Les arbres dénudés qui bordent l'asphalte ne me protègent pas du vent.

Exit 76. *Exit* 77.

Je prends de côté ce qui se transforme en blizzard et qui ralentit considérablement ma marche.

Exit 78. *Exit* 79.

Une pluie givrée se mêle aux rafales. Je relève mon col. Pour éviter que le vent ne taillade plus sévèrement les gerçures de mes phalanges, je planque mes mains au fond de mes poches.

Exit 80. *Exit* 81.

Waterford. Je suis épuisé, transi de froid. Au bord d'une voie de décélération, je distingue une tente, plantée au milieu d'un bosquet. L'idée d'y pénétrer, de m'y coucher, enfle en moi, jusqu'à devenir une nécessité.

PIÈCE N° 39

5 janvier 2019,
I-95, Exit 81, Waterford, CT.

J'ouvre la tente. L'odeur me prend la gorge : des relents d'ordures putrescibles se mélangent à des odeurs corporelles, intimes. Une infection. Pourtant, je suis satisfait. Ici, au moins, je suis protégé de la férocité des conditions climatiques. J'espère seulement qu'à force de baigner dans cette odeur, je finirai par m'y habituer. Je m'assois sur le sol couvert de cartons, de papier journal, certainement placés là pour une meilleure isolation thermique. Dans un coin, on a posé un petit réchaud à gaz, légèrement rouillé, et une de ces couvertures de déménagement qui servent à protéger les meubles. Cet endroit est habité. C'est certain. J'attrape la couverture avec un dégoût que je tente de combattre. Je m'enroule dedans, je me terre, en boule, dans un coin de la tente. Protégé de la morsure du vent, j'expérimente et redécouvre un plaisir simple : celui de la chaleur corporelle conservée, amassée autour de soi sous un tissu épais. Mes paupières clignent, s'alourdissent. J'ai soif, j'ai faim, mais la fatigue et le sommeil l'emportent. Je sombre.

Des aboiements m'extirpent d'un profond sommeil.

Des crocs claquent à quelques centimètres de mon visage. À chaque jappement, le clébard m'éclabousse de bave. Au bout de la laisse, son maître tente de retenir la bête.

— C'est chez moi ici, connard ! Dégage !

Une barbe cintre son visage malingre. Son crâne flotte dans un bonnet de laine et le reste de son corps dans une parka militaire deux fois trop large. Son jean est couvert de traces d'herbe et de terre. Les mains dans des mitaines, il peine à retenir son molosse.

— Dégage ou je lâche mon chien !

Ce terrier a beau sentir la mort, à peine le nez dehors, je le regrette déjà. Le vent n'a pas faibli. L'effet de givre a laissé la place à une sorte de crachin. Une lumière s'allume à l'intérieur de la tente. Les ombres du SDF et de son chien s'étalent sur les faces de la pyramide de toile. Impossible de reprendre la route. Pas dans de telles conditions. Je m'assois et me colle à la tente. De la musique s'élève, en provenance d'une radio. J'entends le SDF fredonner. Je crie :

— J'ai froid !

La musique baisse. Je répète, presque sans crier cette fois.

— J'ai froid.

Le SDF me répond à travers la toile.

— Qu'est-ce que tu fous encore là, toi ?

— J'ai froid. S'il vous plaît !

— Je vais lâcher mon chien !

— J'ai de l'argent… Aidez-moi.

J'entends le zip de la fermeture éclair. Le SDF passe sa tête à travers l'ouverture. Il a un large sourire.

— T'aurais dû commencer par là, ducon !

Sam, c'est son nom, allume le réchaud, pas pour chauffer de l'eau, ni pour cuire des aliments, mais pour réchauffer l'air. Et c'est plutôt efficace. Rapidement, la chaleur des flammes infuse l'espace. Je frissonne de plaisir. Sam déplace un des cartons qui protègent de la fraîcheur du sol. Dessous, le tissu de la tente a été découpé pour accéder à une cavité creusée dans la terre. Sam y a déposé une boîte en pin contenant ses trésors : paquets de riz, pâtes italiennes, *peanut butter* et sachets de Perky Jerky Beef Sticks. Le repas est servi ! C'est le grand luxe ! Mon menu : rondelles de saucisse sur tranche de pain douze graines de chez Pepperidge Farm. Sauf que Sam a les mains et les ongles noirs de crasse. Il me tend la tranche de pain qu'il vient de manipuler. J'en ai des haut-le-cœur. Il demande :

— Tu viens pas de la rue, toi, hein ? Qu'est-ce qui t'est arrivé ? T'es pas en cavale au moins ?

Je garde le silence.

— OK. Dans ce cas, Phillip et moi (il me montre son chien), on veut rien savoir. Tu nous parles de rien, et demain tu pars, tranquille et tu nous oublies, OK ? On s'est jamais vus, on s'est jamais rencontrés. J'veux surtout pas d'emmerdes.

Ce sont les mouvements de Sam qui me réveillent. La tempête s'est arrêtée. Il semble faire grand soleil à l'extérieur. Sam attrape sa radio et déplie l'antenne périscopique. L'unique baffle de l'appareil se met à crépiter. Puis c'est la voix divinement crasse du « Boss » qui emplit la tente. *The River*.

— Ça te va la musique ?

Bien sûr que ça me va, cette chanson est aussi belle

que la photo jaunie d'une illusion perdue. Sam m'informe qu'il va pisser. Il doit penser que c'est une information cruciale. Je profite du gain d'espace pour m'étirer. Mes pieds rencontrent la masse chaude et essoufflée de Phillip qui dort allongé à mes pieds. La présence de cet animal a été étrangement apaisante. J'ai dormi. Je me sens reposé et prêt à en découdre avec John Tate, prêt à me battre pour mon fils, pour Gabi. La guitare acoustique de Springsteen laisse place à un bulletin d'information. Sans surprise, c'est ma cavale qui ouvre les news. Je me réjouis que la radio ne soit que de la radio. Cette fois, pas d'écran, pas de photo en médaillon.

— Énième rebondissement dans l'affaire Adeline Le Carré : hier après-midi, Gabrielle Baker, la compagne du meurtrier présumé, Niels Edwards, toujours en cavale, a été fauchée par un véhicule en plein centre de Boston. La police privilégie la thèse de l'accident. Mais de nombreux témoins assurent que le bolide a délibérément foncé sur la victime dont le pronostic vital est engagé. On n'a pas retrouvé le chauffeur qui s'est enfui…

J'ai entendu très nettement, dans ma tête, un bris de verre, une explosion de cristal. Mes os, mon cœur, mes artères, mon être, mon existence se sont brisés en un millier de morceaux.

Je pédale à toute vitesse sur un VTT volé. Sam n'a rien voulu savoir, il n'a rien voulu que je lui explique, il a simplement constaté à quel point j'étais démoli, misérable, et ça lui a brisé le cœur. Sam m'a emmené à une vingtaine de minutes de la tente, à l'arrière d'un Wallmart Super Center comme on les appelle. Là, du côté de l'entrée du personnel, ni vu ni connu, Sam a crocheté l'antivol d'un vélo. Il s'est révélé particulièrement doué pour ce genre d'activité. L'action n'a duré que quelques secondes.

Je pousse sur mes jambes malgré la brûlure produite par l'effort. À chaque inspiration, mes poumons se dilatent. Je les sens à la limite de la déchirure. Je ne suis plus qu'à quelques kilomètres de la maison de mes parents. Je sais comment entrer dans leur garage, où trouver les clés de leur voiture. Voler un véhicule dans la rue, ce serait comme le couronner d'un gyrophare. Je préfère « emprunter » le leur et retrouver Gabi aussi vite que possible. Toucher sa peau, enlacer son corps, lui murmurer combien je regrette d'avoir laissé le souvenir de Stella se dresser entre nous. Je ne me fais cependant aucune illusion. Notre étreinte sera très courte. La rejoindre, c'est se jeter dans la gueule du loup.

Je stoppe au coin de Rosemary Street. L'endroit est excessivement calme. « Trop net pour être honnête », dirait le vieil O'Hara. Je tente d'apercevoir des ombres à l'intérieur des véhicules garés le long des trottoirs. Des flics y sont peut-être en planque. Mon affaire est devenue retentissante, des moyens humains plus conséquents ont dû être dégagés. Mais je n'ai pas d'autre possibilité que de traverser cette rue qui m'expose, qui me place à découvert. J'inspire un grand coup, je serre le guidon à m'en blanchir les phalanges et je me lance, je pédale, tête baissée, droit devant, aux aguets.

Les jappements d'un chien dans le lointain.

Le murmure de la circulation sur le Gold Star Bridge à proximité.

Le bruit de mes pneus accrochant le sol gelé.

Le souffle rauque de ma respiration oppressée.

Je passe le portail resté ouvert et saute du vélo qui s'écrase sur le sol.

— Docteur Edwards !

Une voix dans mon dos. Je me fige. Du calme, ce n'est pas la police. Si c'était elle, je serais déjà face contre terre, bras dans le dos, menottes aux poignets. J'effectue une lente rotation. Debout derrière la portière d'une Saab 99 Turbo 1978 bleu cobalt, un type baraqué, voire body-buildé, dans un blouson aviateur aux revers débordants de fourrure, m'adresse un signe de la main. La moitié de son visage est cachée par d'immenses lunettes de soleil dignes d'un pilote de chasse. Il claque la portière et s'avance vers moi. Pendant qu'il traverse la rue, sa main fouille l'intérieur de sa veste. Un flingue ? Je recule.

— Ravi de vous rencontrer, doc' !

Il sort de sa poche une carte de visite qu'il me tend. Reinhard Krauss Jäger, membre du Cercle spirite Margaret Hamilton. Je demande :

— Qu'est-ce que vous me voulez ? Qu'est-ce que c'est que ça, un cercle spirite ?

— Longue histoire, doc'. Le mieux, ce serait de lire la bio de notre fondatrice, Margaret Hamilton. Vous la trouverez dans nos archives. Mais pour faire court, je dirais qu'on est un groupe de passionnés à la recherche de la vérité. Que nous abordons les phénomènes spirites de façon scientifique, en dénonçant les dérives religieuses, ésotériques ou marchandes.

La peau de ses joues me fait penser à un crépi bâclé, le front strié de rides à un mur de prison : un sillon creusé pour un jour de vie passé.

— Nous vous savons innocent. Nous voulons vous aider, vous délivrer de Stella Le Carré.

— Désolé, pas le temps avec ça…

Je m'éloigne.

— Doc' ! Bordel ! Un peu de reconnaissance ! Merde ! Ça fait quarante-huit heures que je me gèle les couilles dans ma bagnole et vous…

Il s'arrête brusquement. Il lève une main et baisse la tête. Il tente de se ressaisir, de remettre ses idées en place. Il reprend son laïus en baissant d'un ton.

— Écoutez, doc', on est de votre côté, OK ? On est des dizaines à s'être installés un peu partout à des endroits stratégiques pour vous retrouver avant la police. Et ça y est, ouf ! Vous êtes là… Vous vous rendez compte, doc' ? Y a des gens qui prennent le risque de faire la nique à la police, rien que pour vous !

— OK, très bien. Vous voulez m'aider ? Conduisez-moi jusqu'à Boston.

Je me dirige vers sa voiture d'un pas décidé.

— Votre gamin est là, doc'.

Je me fige. Oscar ? Ici ?

— Vos parents l'ont récupéré hier soir après l'accident. J'les ai vus revenir dans la nuit. Allez le réveiller. Je vous emmène tous en lieu sûr.

Demi-tour. J'observe ce type sorti de nulle part qui se prend pour la cavalerie.

— Écoutez-moi bien, dis-je en jetant à nouveau un coup d'œil à sa carte de visite, Reinhard. On va laisser ma famille en dehors de tout ça. Compris ?

Monsieur « Je soulève de la fonte » ne m'impressionne pas. Je crois que je ne l'impressionne pas non plus. Le type s'avance vers moi jusqu'à coller le bout de son nez au mien. Mon reflet se dédouble dans ses lunettes de soleil.

— Doc'. Ceux que vous aimez sont en danger. Vous devez les guider vers des endroits protégés, un sanctuaire où aucune entité ne peut entrer.

— Pfff… C'est ridicule.

— OK. Alors, je vais vous le dire autrement. Si l'infâme connard qui vous en veut, fantôme ou pas, a pu faire ce qu'il a fait à votre compagne, s'il a pu la retrouver aussi vite, vous imaginez avec quelle facilité il va pouvoir retrouver votre gosse si vous décidez de le laisser ici avec vos parents, chez les Edwards, docteur Edwards…

L'idée me glace le sang.

Lorsqu'il me voit entrer dans sa chambre, Oscar ne sourit pas, il ne pleure pas non plus, mon petit bonhomme tend ses mains vers moi. Il ouvre ses bras, pose sa tête sur mon épaule et cadenasse ses doigts autour de mon cou. Il les verrouille, sans la moindre intention de les délier de sitôt. Pendant ce temps, ma mère remplit un petit sac de voyage en multipliant les crises de larmes. Il lui est devenu impossible de prononcer un seul mot sans pleurer. Enfin, dans sa masculinité à toute épreuve, mon père parvient sans ciller à me raconter Gabi sur son lit d'hôpital : son visage tuméfié, ses bras et son corps transpercés de drains, de mèches. Il me décrit la meute de journalistes à la sortie de l'hôpital. Comment il a failli se battre pour protéger Oscar, comment ma mère l'en a empêché.

Nos deux voitures se suivent et me font penser à un cortège funèbre. Mes parents m'ont appris la mort de Clarissa. Je pense à elle, à sa mère, à ses mômes, à sa famille. C'est une nouvelle dose massive de peine. Ma vie n'est plus qu'un enchaînement d'horreurs. Je transforme le destin de tous ceux qui m'approchent en monstruosité. Mon fils, les yeux cernés de noir, a quitté l'enfance bien trop tôt. Il l'a quittée au moment même où il a vu sa mère disparaître sous un amas de métal. Gregory est parvenu à se donner la mort. Ms Brown a été arrêtée. Ms Le Carré a été assassinée. Loren agressée. Même mes parents ne sont plus ceux que j'ai connus. Je les surprends à plusieurs reprises en train de m'examiner, tel un étranger, à la recherche de traces, de signes sur mon visage qui confirmeraient les saloperies entendues sur moi à la radio, à la télé : mon passé, mon présent, mon profil psychologique. Comme si on pouvait lire sur nos visages ce que nous sommes, y déceler les stigmates de nos fautes.

PIÈCE N° 40

6 janvier 2019,
Memorial Hall, Cambridge, MA.

Sur une place de forme elliptique, au milieu d'un réseau routier à la circulation dense, se dresse un bâtiment monumental de style victorien : le Memorial Hall. Nous passons les ogives ornées de sculptures qui cerclent l'entrée du bâtiment, nous traversons le Memorial Transept et parcourons du regard les plaques de marbre à la mémoire des étudiants de Harvard tombés lors de la guerre de Sécession.

— Ce sont eux qui nous protègent, ceux tombés sur le champ de bataille pour un monde plus juste. Stella ne pourra jamais pénétrer entre ces murs. Ici, votre petit garçon est hors de danger.

Nous empruntons des escaliers hélicoïdaux, des couloirs étroits et sombres, des portes dérobées et nous entrons finalement dans une pièce renversante de beauté, un écrin en noyer difficile à identifier. On hésite entre une salle d'étude et un cabinet de curiosités.

Sur les murs, des tapisseries anciennes relatent des légendes oubliées, qu'elles soient de Nouvelle-Angleterre ou qu'elles proviennent du peuple d'avant.

Les flèches des Indiens wampanoag[1] tentent de repousser des créatures fantasmagoriques et menaçantes. Des colons ensemencent leur terre nouvelle dans une quiétude fantasmée tandis que, venant du ciel, des anges exaltés les bénissent. D'autres scènes sont cachées par une énorme bibliothèque pleine à craquer d'ouvrages anciens. Dedans, les couvertures en maroquin côtoient des objets insolites, des instruments venus d'un autre âge : astrolabes, sphères armillaires, sextants, hanaps, et des bocaux imposants renfermant des formes étranges, non identifiables – des fœtus ? – plongées dans ce qui semble être du formol. Oscar se rue vers eux pour les examiner de près. Moi, je préfère ne pas m'attarder. Au milieu de la pièce, deux tables en chêne massif sont couvertes d'équipements électroniques. Plus loin, dans le coin gauche de la salle, deux rideaux de velours pourpre peinent à cacher un minuscule lavabo et un petit frigo couronné d'une bouilloire électrique. Mais avant toute chose, c'est la présence de cette femme assise dans le coin droit de la pièce qui attire notre attention. Dos à nous, installée face à un chevalet, elle chantonne, casque audio enfoui dans la masse jaune de ses cheveux. Ses pieds battent la mesure et, sur la toile, son pinceau danse et dessine des formes abstraites. Alors qu'elle ajuste la lampe d'architecte au-dessus de sa tête, l'artiste se fige. Ses talons cessent de battre la cadence. La présence pivote vers nous. Semblable à

1. Premiers habitants de ce qui deviendra le Massachusetts et le Rhode Island. Cinq tribus forment le peuple wampanoag : les Assonet, les Gay Head, les Herring Pond, les Mashpee et les Namasket.

la palette de couleurs qu'elle tient entre ses doigts, le visage de notre hôtesse, peinturluré, ravi et imprégné de malice, nous apparaît. Heureux et fier, Reinhard Krauss Jäger s'exclame :

— Les amis, laissez-moi vous présenter la présidente du Cercle spirite Margaret Hamilton, Ms Amanda Lucia Pia Alvarez.

Oscar dort, la tête sur les jambes de sa grand-mère. Ils se sont étendus sur le canapé placé sous la seule fenêtre de la salle et, tranquillisés par l'ambiance de cet espace feutré, ils se sont endormis. Pendant ce temps, les membres du Cercle spirite Margaret Hamilton sont arrivés par petits groupes avec des bières ou de la pizza. Ms Alvarez a battu le rappel. Chacun d'eux me serre la main avec respect et déférence avant de se diriger vers son endroit, un fauteuil, un canapé, une chaise en bout de table, un angle de mur. Toujours cette même obsession, comme autour de la table familiale : retrouver l'endroit où l'on a survécu.

Je démarre mon récit. Je le démarre par le premier message de Stella, celui apparu sur la buée du miroir. L'écoute est concentrée, pleine de délectation pour cette histoire de fantôme. *A contrario*, yeux dilatés, mâchoire décrochée, mon père m'observe comme si j'étais en plein *delirium tremens*. De son côté, Ms Alvarez affiche un sourire triomphal. Mais très vite, tout change. J'arrive au moment crucial où, grâce à Gabrielle, je comprends que je suis atteint de black-out, que Stella n'est pas revenue. Les membres du Cercle échangent des regards dépités, consternés, qui appellent leurs leaders à l'aide. Je parle de la mort d'Adeline Le Carré, de l'existence d'un ennemi, d'un meurtrier en chair et en os. Reinhard attend la fin de mon récit avant de me corriger :

— Doc'. Vos black-out, l'accident de Clarissa Phelps, le suicide de Gregory Brown, on n'y croit pas. Ces horreurs sont l'œuvre de Stella Le Carré.

Je lui réponds, embarrassé :

— Écoutez, j'ai bien conscience que ce serait excellent pour votre petit business, cette version des faits.

Autour de moi les visages se raidissent.

— Mais je n'ai été victime que de mon imagination. Depuis le début. Dès la mort de Stella. Quant à Clarissa, elle est morte par électrocution. Et Gregory Brown est finalement parvenu à ce qu'il voulait. C'est la triste vérité.

Un long silence suit mes propos. Les visages sont dépités. Je culpabilise :

— OK. Alors OK, OK, admettons. Admettons que vous ayez raison. Pourquoi Stella Le Carré aurait attendu quinze ans avant de se manifester ?

Ms Alvarez vient d'enfourner quatre Wrigley's Big Red. Ça ne l'empêche pas de répondre :

— Il ne suffit pas de mourir pour devenir un fantôme. C'est un processus qui prend du temps. Dans cette vie, il faut que tu passes par l'enfance, *Médico*, que tu expérimentes l'adolescence, avant de devenir adulte, de pouvoir prendre ta vie en main. Pour les âmes, c'est pareil. Elles doivent apprendre à grandir avant d'avoir un peu d'emprise sur leur propre mort.

Plusieurs visages acquiescent. Reinhard lève la main. Ms Alvarez lui fait signe de poursuivre.

— C'est ce que l'on a constaté à travers nos enquêtes. Sur la centaine de maisons hantées que nous avons étudiées, le temps qui sépare la mort d'un individu de ses premières manifestations est au minimum de six mois. Après ce laps de temps, les fantômes sont capables de peu de choses : coups dans les murs, soupirs, vibrations. Pour des manifestations plus importantes, déplacements d'objets, chutes d'objets, prononcer des mots entiers et audibles, il faut attendre deux voire trois ans… Les autres manifestations, les plus graves – morsures, coups, blessures –, apparaissent après la neuvième année. Bien sûr, il y a des exceptions, des esprits forts, mais dans la grande majorité des cas, c'est comme ça que ça se passe.

— Même si Stella l'avait voulu, elle n'aurait pas pu mettre ses menaces à exécution. Pas immédiatement, complète Ms Alvarez.

— Attendez, les amis…

Je connais bien mon père. Je décèle un peu de colère et beaucoup d'irritation dans les trois mots qu'il vient de prononcer.

— C'est pas un fantôme qui a attaqué Gabrielle. Y a des témoins. Ils ont vu un conducteur cagoulé s'enfuir. C'était pas un accident. On est à la recherche d'un être humain là, pas d'un fantôme. Quelqu'un en veut à notre fils.

Les membres du Cercle gigotent, s'envoient des regards contrariés. C'est encore Reinhard qui répond, très calmement :

— Vous avez raison, monsieur. Mais l'un n'empêche pas l'autre. Ce n'est pas un fantôme qui conduisait la camionnette, mais son ou sa complice.

— Pardon ? s'étrangle mon père.

— Je sais, reconnaît Reinhard, c'est une théorie audacieuse mais ça s'est déjà vu. L'affaire Brody Stevenson. Brody et son copain Monkey que tout le monde croyait imaginaire. Monkey s'est chargé de supprimer tous ceux qui voulaient le séparer de Brody. Si ça vous intéresse, nos archives sont à votre disposition.

Je croise le regard de mon père qui s'enfonce dans son siège. Un grand type malingre lève la main en faisant circuler son crayon de papier entre ses doigts. Il doit être batteur ou magicien.

— Qu'est-ce qu'on fait d'Adeline Le Carré, du mobile de son meurtre ?

— J'ai une théorie, annonce Reinhard en faisant la grimace. Elle vaut ce qu'elle vaut, mais selon moi… il n'y a pas de mobile. Au sens propre du terme. Sa mort sert à accuser, à attirer l'attention sur le doc'.

Une femme d'une vingtaine d'années, cheveux courts, salopette en jean, lève la main à son tour. Les membres du Cercle semblent avoir le goût de la discipline.

— Ça veut dire que Stella Le Carré a accepté que son ou sa complice assassine sa mère ? J'ai du mal à y croire.

Ms Alvarez rappelle alors un détail essentiel.

— La gamine se faisait battre sous les yeux de sa mère. Stella a peut-être décidé de lui faire payer son inaction.

Un autre membre du Cercle prend alors la parole. Il a la trentaine, les cheveux courts et bruns, un costume trois pièces. Un look de banquier.

— Et si on essayait d'entrer en contact avec Clarissa Phelps ? Ou la mère de Stella ?

— Trop tôt, se désole Ms Alvarez. Elles n'ont pas

encore les capacités pour parvenir à communiquer avec nous.

— Vous pouvez les y aider, insiste le banquier. Si Margaret vous a désignée pour lui succéder, ce n'est pas par hasard ! Ne vous sous-estimez pas !

Je vois mon père lever le doigt à la manière d'un écolier.

— Et Stella Le Carré ? L'invoquer elle, directement ?

Je suis impressionné par le naturel avec lequel mon propre père vient d'énoncer cette question.

— Stella ne coopérera pas, répond Reinhard. La seule chose qui lui importe, c'est de voir votre fils souffrir, de le pousser au suicide.

Devant l'impasse qui se dessine, Ms Alvarez réagit. Elle quitte la table et se dirige vers un tableau blanc. Elle y a inscrit des chiffres, des mots, des adresses, elle a créé des ensembles, qu'elle a parfois reliés entre eux. Elle entoure devant nous une date qui revient plusieurs fois : le 28 décembre 2003. Elle envoie aux membres du Cercle un sourire désolé.

— C'est mince, mais c'est notre seule récurrence. Je propose de nous concentrer dessus. *Médico*, je voudrais que tu m'autorises à entrer en contact avec Gabrielle.

— Mais qu'est-ce que vous racontez ! (Mon père s'égosille.) Gabrielle est dans le coma ! Un coma sévère, de type 3.

Coma Carus. Décérébration. État végétatif. Gabi, qu'est-ce qu'on t'a fait !

— Alors, je ne pourrai pas communiquer avec elle, regrette Ms Alvarez, mais je pourrai entrer dans sa tête. Je verrai ce qu'elle a vu. Et je verrai peut-être son agresseur. On gagnerait du temps.

— Vous pouvez faire ça, vraiment ?

Mon père a posé cette question avec une candeur désarmante.

— Je peux, oui.

Un frisson me traverse. Ms Alvarez rejoint sa chaise et complète sa réponse.

— C'est de cette manière qu'on t'a retrouvé, *Médico*. Jonathan nous y a aidés. Tu te souviens de Jonathan ? Le jeune traumatisé de la route. C'est à travers lui que je t'ai vu te déplacer. C'est comme ça que Reinhard a su où te trouver.

Je riposte :

— Alors, pourquoi avoir placé des gens partout si vous saviez ?

— On a joué la sécurité, rétorque Reinhard. Personne n'est infaillible.

— Il n'y a pas meilleur croyant que celui qui doute, ajoute Ms Alvarez.

— Dans ce cas, demande mon père, si ce que vous dites est vrai, pourquoi ne pas sonder directement Jonathan ou Gabrielle pour que vous vous connectiez, à travers eux, à la pourriture que l'on recherche ! Que l'on sache où elle se trouve !

Avant de répondre, Ms Alvarez ne se prive pas d'un sourire indulgent.

— Un individu dans le coma ne peut servir de lien qu'avec un seul type de personnes : celles avec qui il y a eu interaction. Même minime. Comme se serrer la main. Dans notre jargon on appelle ça les *enlaces selectivos* [1].

1. Liens sélectifs.

Tu connaissais Jonathan, *Médico*. Tu l'avais soigné. Il n'aurait pas pu se connecter à un parfait inconnu.

Si l'au-delà existe, il me donne l'impression de n'avoir des règles que pour compliquer la vie des vivants et le repos des morts. Je m'interroge alors sur les risques pour Gabi dans ce processus. Ms Alvarez dodeline de la tête, embarrassée.

— Il y aura du stress, de la peur. Elle va revivre son accident. Elle devra gérer seule. Je ne pourrai pas l'aider.

Ses deux mains se rassemblent. Je sens que Ms Alvarez cherche les mots justes.

— *Médico*... Des vidéos de son accident circulent. Elles passent en boucle sur les chaînes d'information. Tu pourrais être tenté de les visionner. Je t'en supplie, ne le fais pas.

Je me tourne vers Oscar, toujours assoupi. Ce qu'il a vu. Ce qu'il a subi. Si je pouvais tout effacer d'un coup. Il y a des capacités surnaturelles qu'on aimerait possibles. Ms Alvarez toussote doucement avant de me presser gentiment :

— *Médico*, tu t'es décidé ?

— OK. Mais je viens avec vous.

— Impossible. Trop risqué.

— Elle a raison, termine mon père. Reste ici. Oscar a besoin de toi.

J'adresse à Ms Alvarez un mouvement de tête. Aussitôt la présidente du Cercle s'éloigne et sort son portable. Quelques secondes plus tard, je l'entends parler à Sophia Shepard, l'infirmière endeuillée. C'est elle qui facilitera l'accès à la chambre particulièrement surveillée de Gabi. Sophia est prête à nous aider pour me remercier de mon intervention auprès de Porter.

Reinhard frappe dans ses mains et nous fait tous sursauter.

— Allez, les amis ! Au boulot ! Journaux, magazines, archives, blogs, on se concentre sur le 28 décembre 2003…

Les membres de l'association se dispersent et ouvrent leur ordinateur, leur téléphone portable, leur tablette. Un silence besogneux s'installe. Oscar et sa grand-mère dorment toujours paisiblement. Je les contemple. Sur le visage d'Oscar se dessine un léger sourire. Et s'il était en train de converser avec sa mère ? Et s'ils étaient ensemble, tous les deux, dans le même rêve ? Après tout, puisque plus rien ne semble impossible, pourquoi ne pas imaginer, aussi, des phénomènes merveilleux ?

PIÈCE N° 41

Amanda L. P. Alvarez
Interview

Comment je fais ? J'envoie les mots vers ma main et par le creux de ma paume je les laisse s'écouler. Je pose mes doigts sur le haut de sa tête, en contact avec son septième chakra – tout de suite je ressens ce qu'elle est, sa nature profonde : *una melancolía tranquila*[1] – et je laisse couler les mots. À travers Gabrielle, je m'adresse à l'univers : Amanda Lucia Pia Alvarez à la recherche de Gabrielle Baker. L'enveloppe a beau être là, ça ne veut pas dire que l'âme y soit. Les âmes peuvent voyager, partir à l'aventure, à des milliers de kilomètres de leur réceptacle, sans jamais perdre le lien. Tant qu'elles ne le décident pas. Oui, l'âme existe. Ceux qui disent le contraire sont des imbéciles, des gens sans poésie. Pire, des gens sans espoir.

Parfois, il arrive qu'on attende des heures avant de pouvoir passer dans l'autre monde, mais pour moi, ça finit toujours par arriver. L'univers m'accueille. Elle – oui, je dis elle, je parle de l'univers comme d'une femme, d'une vieille amie – me connaît trop bien pour

1. Une calme mélancolie.

me laisser en plan. J'ai commencé à la visiter, elle et ses mondes, il y a plus de quarante ans. J'avais sept ans à l'époque. Tout a commencé à cause de la voisine d'à côté. *Ostras*, elle était morte depuis belle lurette, mais elle n'arrêtait pas de m'appeler. On l'avait emmurée vivante et elle, ce qu'elle voulait, c'est qu'on la retrouve. Si ça vous intéresse, cette histoire est dans les archives de notre Cercle.

Je ne me pose jamais la question de savoir si les gens méritent que je m'occupe d'eux. Je me fiche de savoir si Gabrielle est une femme bien. Si cette femme emmurée était une femme bien. Si je ne devais m'occuper que de gens parfaits, je ne m'occuperais de personne.

Au bout d'un moment, les mailles de notre monde s'écartent et s'ouvrent sur l'autre monde. Celui qui nous attend tous. Pour vous représenter l'effet, imaginez-vous à l'intérieur d'une photo et laissez couler de l'encre bleue sur elle. La coloration s'étend sur la surface tant que le papier l'absorbe. Tout autour de vous devient bleu. Eh bien, entrer dans l'au-delà, pour un vivant, c'est à peu près pareil. Le bleu s'étend autour de vous, le bleu recouvre tout, il vous englobe et, au bout d'un moment, vous avez l'impression de sombrer au fond de l'océan.

Aussitôt, beaucoup d'énergies viennent vers moi. Les hôpitaux sont des endroits bondés d'âmes en errance, vous savez. Elles me frôlent, me bousculent. Les âmes sont curieuses des vivants qui les visitent. Certaines sont imprévisibles. Elles ont des réactions bizarres. Elles vous traversent sans prévenir. Quand elles font ça, je prends leur tempérament en plein cœur : *Languidez rabiosa, plenitud preocupada, curiosidad ardiente*[1]. Les premières années, je déchiffrais les énergies très vite, avant même de les toucher, rien qu'en les approchant. Je pouvais les identifier avec certitude, sans avoir à me coltiner les chapelets d'images que je n'évite plus maintenant. Les âmes sont devenues bavardes. Elles jacassent. Elles veulent tout partager de leur vie. Je ne compte plus les cauchemars que ça me donne.

Ça fait plus d'une demi-heure que je cherche Gabrielle, quand une boule de haine déferle vers moi. Un abcès d'humeur. Un bubon de colère. Cette âme est si enragée qu'elle rougit l'univers, qu'elle le colore d'un rouge cramoisi, virant presque au noir. La raison me pousse à retirer ma main, à rompre le contact, pour protéger Gabrielle, mais une voix intérieure m'intime de faire le contraire. Le corps de Gabrielle se met à trembler. Les tremblements deviennent des secousses. Elle se cabre, elle bombe le torse. C'est une possession. Un esprit fort vient de s'emparer d'elle. Ça m'est arrivé trop rarement pour me sentir en confiance, pour être certaine de pouvoir contrôler la situation et m'assurer que Gabrielle s'en tirera sans séquelles. Ses lèvres s'entrouvrent. Une image s'inscrit dans ma tête. Je vois des doigts velus s'extraire de sa bouche. Les doigts bougent comme de longues pattes d'araignée. Ils cherchent un appui autour des lèvres, sur les joues, les pommettes, pour s'extirper. Et la voix d'un homme jaillit. D'abord,

1. Langueur enragée, plénitude préoccupée, curiosité ardente.

il baragouine, puis les mots s'enchaînent. La voix devient un rugissement :

— VENGEANCE !

Je demande :

— Qui es-tu ? Qu'est-ce que tu veux ?

— VENGEANCE ! VENGEANCE !

— Réponds ! Réponds, *Maligno*[1], ou je retire ma main et tout s'arrête !

— Martin Milton Lane ! Je suis MARTIN MILTON LANE !

— De qui tu veux te venger, Martín ?

— LA PETITE SALOPE ! Elle se cache. Des forces la protègent ! Mais je l'aurai ! Je lui ferai payer ! J'ai l'éternité pour ça ! ELLE M'A MENTI ! SALOPE ! SALOPE !

— De qui tu parles, Martín ? De qui ?

— Stella. STELLA LE CARRÉ !

Autour de moi les lumières vibrent. Les appareils s'affolent. Dans mon dos, téléphone portable à la main, Sophia filme la séance, terrorisée. Elle essaie de continuer à enregistrer, mais elle tremble trop pour ça. Elle s'inquiète aussi du raffut des machines. Ses collègues ne vont pas tarder à débarquer.

— Dites à ma fille que je regrette, poursuit l'entité. DITES-LUI ! Et dites à sa mère que je demande pardon ! PARDON ! PARDON, VIRGINIA !

J'insiste :

— Leur nom, Martín ! Donne-moi leur nom !

Sophia pose sa main sur mon épaule.

— Arrêtez, Amanda, le cœur va lâcher !

---

1. Malin.

Je dois savoir. Je pose mon oreille à l'orée des lèvres de Gabrielle.

— *Venga* Martín, parle ! Je promets de porter ton message.

Je sens l'haleine chaude et épaisse de Gabrielle glisser sur mon oreille. J'entends deux noms et la boule de fureur s'éjecte vers l'infini. L'univers redevient bleu charbon. Je retire ma main du sommet de la tête de Gabrielle. Je coupe la connexion. Elle inspire longuement, en cessant ses sauts de cabri. Son dos se redépose sur le matelas, délicatement. Les veines qui faisaient comme des marbrures sur son visage s'évanouissent et les alarmes des machines s'apaisent. Tout est redevenu calme et paisible. À part Sophia qui éclate en sanglots.

PIÈCE N° 42

Dr Niels Edwards
Hypnose régressive sous polygraphe

7 janvier 2019,
Memorial Hall, Cambridge, MA.

Il est 3 heures du matin. Cela fait des heures que nous épluchons la moindre feuille de chou parue autour du 28 décembre 2003 dans les villes situées entre New London et Essex : Noank, Mystic, Mason's Island, Groton, Niantic, Esat Lyme, Uncasville, Old Lyme, Old Saybrook… quand mon père se met à claquer des doigts façon jazzman épileptique. On dirait qu'il tente de suivre un rythme impossible, peut-être celui de son propre cœur qui s'emballe.

— Niels ! Je crois que j'ai quelque chose. Un suicide ! Le même jour que Brown et toi ! Je ne sais pas si c'est lié à Stella mais…

Au même moment, Ms Alvarez déboule dans la salle en retirant sa veste :

— *Escuchen ! Escúchen me*[1] ! Il y a eu d'autres victimes ! Martín Milton Lane ! Il s'appelle Martín Milton Lane !

1. Écoutez ! Écoutez-moi !

Mon père plie son bras droit et lance un *« Yes ! »* de victoire.

The Day, le journal de *New London*, édition du 4 janvier 2004. Personne d'entre nous n'était allé aussi loin après le 28 décembre. Ce qui explique peut-être que ça n'ait jamais alerté quiconque. Sur le tableau blanc, nous avons regroupé les informations récoltées sur la nouvelle victime. Reinhard se lance dans la lecture du *curriculum vitae* :

— Martin Milton Lane. Quarante-six ans. Décès survenu le 28 décembre 2003. Retrouvé dans son garage, à l'intérieur de sa voiture. Asphyxie au monoxyde de carbone. Le corps n'a été découvert qu'au bout de plusieurs jours. Lane est décrit comme un dépressif sévère. Marié deux fois. Divorcé deux fois. Sans enfants, il…

— *Falso*[1] *!* halète Ms Alvarez, transfigurée par l'excitation. Il a une gamine. Il me l'a dit.

— À la date de sa mort, il n'en avait pas, s'amuse Reinhard. Par contre, l'article mentionne le fait qu'il était sur le point de se remarier avec une certaine Virginia Grant, trentre-trois ans, employée de pressing à l'époque.

Je ne participe pas à la conversation. J'en suis incapable. Le 28 décembre 2003, Stella Le Carré avait organisé une sorte de « suicide party ». Et personne ne savait qu'il y était invité.

10 pm. J'ouvre le bal. Suicide par défenestration.

11 pm. Gregory Brown. Suicide par pendaison.

1. Faux !

Puis à minuit, pourquoi pas minuit, Martin Milton Lane. Asphyxie au monoxyde de carbone.

Et enfin Stella, histoire de clore en beauté les festivités.

Un cri strident. Celui d'Oscar.

Les yeux exorbités, mon fils fixe le tableau blanc couvert de textes, de photos, de cartes géographiques. Son cri d'effroi réveille ma mère à laquelle il s'accroche, à laquelle il se colle, s'agrippe, comme au bord d'un abîme. Je me lance vers lui :

— Oscar, qu'est-ce qu'il y a ?

Ses yeux restent rivés avec horreur au tableau. J'insiste :

— Oscar, dis-nous ce qui se passe.

Mon père s'en mêle :

— Oscar, bonhomme ! Parle ! Parle ou je vais me fâcher…

— Noooooon ! hurle-t-il. Non, non et non !

Il cache son visage contre le flanc de ma mère.

— Mon chéri, chuchote ma mère, qu'est-ce qui t'arrive ? Dis-le à mamie, dis-le dans mon oreille… Personne n'entendra…

— Non ! J'ai promis !

— Qu'est-ce que tu as promis, Oscar ? continue ma mère avec douceur. Tu as promis quoi et à qui ?

Mon fils tremble si fort que ça en devient douloureux à voir. Je lui caresse le dos. Je dis :

— Oscar. Tu sais ce que maman m'a dit un jour à propos des promesses ? Qu'il y a des bonnes et des mauvaises promesses. Les mauvaises, celles qui nous font peur, qui nous rendent tristes, celles-là, il ne faut pas les garder en nous sinon elles deviennent des sortes de monstres qui nous mangent de l'intérieur. Ces promesses-là, il faut les détruire. Et pour les détruire, il n'y a qu'une chose à faire. Ne plus les écouter et les trahir.

Je caresse ses cheveux. Je m'adresse à lui aussi paisiblement que si je lui lisais un conte de fées.

— Moi aussi, un jour, j'ai fait une promesse, Oscar. Et je ne l'ai pas tenue. Je m'en suis voulu au début. J'ai eu peur de ce qui allait arriver… Mais tu sais quoi, j'ai bien fait de ne pas la tenir cette promesse. Ça aurait été la plus mauvaise des choses à faire. Tu sais pourquoi ? Si je l'avais tenue, je n'aurais pas connu ta maman et je ne t'aurais pas connu toi. Tu te rends compte ? Ça aurait été dommage qu'on ne se rencontre pas, hein ? Alors, si tu sens que cette promesse n'est pas une bonne promesse, fais comme maman m'a dit de faire : trahis-la.

Je sens sous mes mains le relief de ses côtes, ses poumons qui se gonflent, se vident, dans de grands soupirs d'enfant. Il finit par se redresser, par poser son regard sur moi. On dirait qu'il s'est décidé, qu'il est prêt à affronter sa peur. Mon petit homme est plein de courage. Il lève un doigt vers le tableau, vers les photos de Virginia Grant imprimées depuis le Net.

— C'est la dame qui a fait du mal à maman et qui a mis le couteau dans le ventre de Loren.

Je perds l'équilibre. Je tombe littéralement sur le sol, à genoux. Reinhard décroche une des photos et s'avance vers Oscar qui s'enfonce dans le canapé.

— Tu es sûr de ce que tu dis, Oscar ? C'est cette dame qui a attaqué Loren ?

Sa tête fait de petits va-et-vient, de haut en bas, pour confirmer.

— Loren m'a dit de jamais rien dire sinon la dame

allait revenir. Alors, j'ai promis. J'ai rien dit. Mais la dame est revenue quand même. Et elle a fait du mal à maman. Est-ce que c'est ma faute ? Est-ce que j'ai fait une bêtise ?

Il a tenté de résister, mais son visage s'écroule. Sa bouche se brise. Oscar pleure, sanglote, sans émettre un seul son. Je le prends dans mes bras. Je couvre sa tête de baisers.

— Non, Oscar, non. Tu n'y es pour rien ! Ce n'est pas ta faute. Absolument pas.

Il s'écarte de mes bras et plonge ses yeux dans les miens.

— Tu promets ?

J'ai un court moment d'hésitation… Moi, faire une promesse, et puis…

— Oui, Oscar, je te le promets.

J'ai cru voir un léger sourire, à peine esquissé, sur son visage. Nous avons tous besoin de promesses. De bonnes promesses. C'est ce qu'il attendait depuis six ans, depuis sa naissance. Un père qui rassure, un père qui promette.

Ms Alvarez essuie ses larmes, émue par l'émotion de mon fils. La voix tremblotante, elle dit :

— *Vamos, amigos*[1] *!* On se concentre sur Loren Marny. Elle connaît celle qui l'a poignardée. Il faut aussi chercher une autre personne, un nom que Lane m'a donné : Maddie Grant. S'il n'a pas menti, c'est sa fille. Elle est peut-être la clé de l'énigme.

Le grand type malingre nous interpelle.

— Le Cercle ! Stoppez tout ! Vous n'allez pas en revenir…

---

1. Allez, les amis !

Hackeur de son état, il vient d'obtenir l'accès à un ancien profil Facebook, devenu invisible sur le réseau social mais pas encore effacé par la firme qui se laisse statutairement un temps infini pour le faire. Son ordinateur portable sur les genoux, il nous fait la lecture :

— Virginia Grant, quarante-huit ans, née à Richmond, Virginie. Travaille actuellement pour la Newton North High School. Et devinez quel autre nom je viens de dénicher dans cette école…

— North High School ? je balbutie. C'est le lycée de Loren, ma baby-sitter. Ça m'est arrivé de l'y déposer… Vous pensez qu'il y a un rapport ?

— Ça ne peut pas être une coïncidence. C'est trop énorme, assure le hackeur décharné.

— Quel âge a votre baby-sitter ? demande Ms Alvarez.

— Quatorze ou… ou quinze ans, je crois.

Je vais vomir.

— Cette gamine a été adoptée ? demande Reinhard.

— Pas que je sache. Ni elle ni ses parents n'en ont jamais parlé.

— Loren Marny serait….

Après un moment suspendu, ma mère finit par achever sa phrase.

— Elle serait Maddie Grant ?

Mon regard cavale sur les gens autour de moi : mon père, ma mère, Reinhard, les membres du Cercle. Le grand type malingre attrape mon attention au vol.

— Pas d'inquiétude, docteur Edwards. Les archives des services sociaux sont les plus mal sécurisées. Laissez-moi deux ou trois heures et nous aurons nos réponses.

Le pirate informatique se met à tapoter frénétiquement sur son clavier en ajoutant :

— La baby-sitter, toujours se méfier de la baby-sitter…

PIÈCE N° 43

Capitaine détective W. Bosco
Lettre authentifiée

J'ai longtemps détesté les « homosexuels ». Je me suis donc détesté longtemps. Je ne supportais pas qu'on me confonde avec ces individus. C'était intolérable. Mais je ne pouvais pas faire autrement que d'être… efféminé. Pourtant, pendant une longue période de ma vie, je me suis forcé à d'autres gestes, à d'autres comportements. Un effort constant. Éreintant. Et puis un jour, un jour parmi un de ces jours tout en contrôle, un type aussi maniéré que moi s'est réfugié dans nos locaux. Un groupe d'adolescents venait de le tabasser, comme ça, pour rien. Ou plutôt parce que ses manières, sa façon d'être, les avaient dérangés. Jack l'a reçu. Moi, derrière mon bureau, dans une attitude faussement virile, l'air de rien, j'ai tendu l'oreille. À un moment, au milieu de sa déposition, la victime a demandé :

— Pourquoi les gens détestent autant les femmes ?

Jack devait être dans un mauvais jour, il a répondu :

— Suis pas prof de philo, m'sieur. Si on pouvait se concentrer sur ce qui vous est arrivé.

— Mais c'est de ça que je vous parle, a répondu le type en s'offusquant. Ça a l'air de poser problème à tout le monde que je ressemble à une femme. Pourquoi veut-on absolument m'interdire de prendre pour modèle les femmes ?

C'est vrai, je me suis dit, pourquoi est-ce si peu honorable de reproduire ce que l'on attribue au féminin ? Qu'est-ce qu'il y a de si grandiose dans le masculin ? De si respectable dans la virilité ? Chaque jour, au boulot, je voyais des horreurs, des monstruosités : violences domestiques, harcèlements, vols, viols, tortures, meurtres « passionnels », *mass shootings*... Et qui accomplissait ces exploits ? Des hommes, dans la grande majorité des cas. Des mâles inquiets pour leur masculinité, travaillés par l'obligation de virilité. Des mâles qui détestent le féminin aussitôt qu'il ne leur sert plus à rien. Et brutalement, j'ai compris. J'étais devenu un parfait petit misogyne doublé d'un homophobe, triplé d'un masochiste.

Si je détestais mes manières, ma douceur, ma sensibilité, mon manque de capacité à me mettre en colère, ma compassion, c'était parce que je valorisais ce que je n'avais pas et qu'on disait indispensable à tout homme : la force, l'amour du pouvoir, l'art de la domination. J'admirais les chefs, les guerriers, les bagarreurs, les séducteurs, les businessmen, la force des athlètes, et en faisant cela j'avais établi dans ma tête de mouton une hiérarchisation. Comment respecter les femmes, avoir de la considération pour elles, être bons envers elles si, dans le même temps, dès le plus jeune âge, on exige des garçons qu'ils circonscrivent le féminin au féminin, qu'ils s'en protègent autant que d'une malédiction ? Comment les hommes peuvent-ils respecter ce qu'on leur apprend à craindre ? Comment ne pas être misogyne, sans même le savoir, le vouloir, quand on vous force à effacer toute trace de féminité en vous ? Retirer une poupée des mains d'un garçon est devenu pour moi un geste politique, idéologique, ségrégationniste.

Nous avons un énorme problème avec la façon dont on élève nos mâles. Notre société crève de ça. Depuis la nuit des temps.

J'ai presque fini de désintégrer en moi ce cancer social. Ce qui ne veut pas dire que j'ai commencé à aimer ce que je suis. Il reste des cellules dormantes. Elles se réveillent de temps à autre, quand une femme s'étonne que je puisse la désirer, que je tente de la séduire. Quand les collègues s'étonnent que je puisse être uniquement, totalement, intégralement hétéro.

« Passe au-dessus, mec. Tu les emmerdes », me dirait Jack. J'essaie, Jack, j'essaie. Mais ce n'est pas facile. Être flic était un rêve de gosse, que je me suis promis, juré craché, d'atteindre. Aujourd'hui, j'ai dû passer à une autre promesse. Tenir bon dans cette concentration rebutante, étouffante, de masculinité à gros traits. La plupart des gens (flics compris) ont si peu d'imagination, d'invention ou de courage quant à la façon d'être un homme, d'être une femme. Amanda Lucia Pia Alvarez n'en manque pas, elle. Nous avons fini par tomber en amitié à cause de ça, aussi… Mais c'est une autre histoire.

Je traversais le couloir, une tasse de thé à la main, quand elle est apparue. Un arc-en-ciel sur deux jambes dodues et courtes. Autour, les gens se demandaient si c'était carnaval. L'agent d'accueil avec qui elle négociait m'a montré du doigt. Je lui ai fait signe de lâcher le fauve. Par fauve, j'entends que cette femme aurait pu être échappée d'un de leurs tableaux. Elle a approché en remontant son sac de coton sur les épaules, un sac fait de patchwork de pièces de tissu multicolores. Elle m'a tendu la main et elle m'a annoncé la couleur :

— J'ai des informations pour toi, *Jefe*[1].

Jack se tenait derrière moi, adossé au mur, prêt à se gondoler de rire. Il misait sur un festival pyrotechnique amateur, sur le délire d'une mytho. Moi, j'attendais de voir et surtout d'entendre. Elle a démarré :

— Stella n'a pas seulement demandé au *médico* Edwards et Gregorio Brown de se suicider.

Jack l'a interrompue, un sourire aux lèvres :

— Vous voulez dire le Dr Edwards et Gregory Brown ?

— *Sí*, a-t-elle répondu avec un haussement d'épaules en se demandant si elle n'avait pas affaire à deux abrutis. Il y a un troisième homme : Martín Milton Lane. Son suicide, ce type l'a réussi. Alors qu'il était sur le point de se remarier, de devenir père. Virginia Grant. C'est le prénom de la délaissée.

Jack s'est avancé vers notre enquêtrice en herbe, le visage déformé par une exaspération teintée de condescendance. Des deux mains, il a pris appui sur mon bureau.

— En quoi ça disculpe Edwards votre jolie petite histoire ?

— Ce n'est pas fini. À la mort de Martín, Virginia

1. Chef.

a placé leur enfant. La petite Maddie qui a été adoptée par un couple. Les Marny. Qui la rebaptisent Loren. Vous commencez à comprendre… Quinze ans plus tard, la voilà baby-sitter du *médico* Edwards. La boucle est bouclée quand Virginia recontacte sa fille biologique. Et qu'est-ce qui arrive ? La mère de celle qui a poussé Martín au suicide est assassinée, le petit ami de celle qui a poussé Martín au suicide est accusé de meurtre et la famille de l'ex-petit ami est prise pour cible. Si ça, ça ne ressemble pas à de la vengeance, alors à quoi ça ressemble ?

— À la présidente du fan-club du *médico* Edwards prête à tout pour lui sauver la peau, s'est amusé Jack.

Je me suis dit qu'il était temps d'intervenir.

— Ms Alvarez, pourquoi cette femme s'en prendrait à Adeline Le Carré ?

— *Todo es posible*[1]. Adeline savait. Adeline laissait faire. Martín payait les services de la gamine et la mère récoltait.

— Waouh. C'est grave ce que vous dites, a prévenu Jack. Il vaudrait mieux pour vous avoir des preuves solides.

— *No tengo nada*[2], mais j'ai quelque chose d'autre. Quelque chose de troublant. Le petit Oscar a vu Virginia poignarder Loren. La gamine vous a menti.

Jack s'est tourné vers moi et il a laissé éclater un rire tonitruant.

— T'as entendu ça, Bosco ? Énorme ! Le fils de l'accusé ! Six ans, le môme. Dès qu'il a compris que ça pouvait sauver papa, il s'est mis à apprendre la leçon.

---

1. Tout est possible.
2. Je n'en ai pas.

Une crispation a parcouru le visage de notre visiteuse. Ce sera la seule de notre entretien. Amanda Lucia Pia Alvarez a relevé le menton, bravache, et elle a poursuivi :

— Loren a menti. Pas le petit. Loren couvre sa mère.

— Ms Alvarez... dit Jack qui, je le voyais bien, essayait de se contrôler. Mettez-vous à notre place. Comment croire à cette histoire ? Une mère qui abandonne sa fille et qui, quand elle la retrouve, la poignarde ? Pour quelle raison ? Et en plus de ça, la gamine se fait poignarder et elle la couvre. C'est tordu. Je n'y crois pas une seconde.

— Parce que tu n'as jamais vraiment aimé. Quand on aime pour de bon, on peut faire des choses folles, tu sais. C'est triste que tu ne saches pas. Pour toi et ceux que tu aimes.

J'ai vu Jack déglutir. Une colère froide l'a empêché d'ajouter un mot. Son dos a retrouvé le mur qu'il avait quitté quelques secondes plus tôt et il m'a fait signe de continuer, il en avait fini avec Ms Alvarez. J'ai repris :

— Ms Alvarez, nous avons du sang, des empreintes, des cheveux. Il n'y a pas de doute. Niels Edwards est l'assassin d'Adeline Le Carré.

— La sortie est par là, a enchaîné Jack. Merci, Ms Alvarez.

Mais Amanda Lucia Pia Alvarez n'a pas bougé.

— Virginia était dans le véhicule qui a percuté Gabrielle.

Amanda Lucia Pia Alvarez a attendu une réaction de notre part, mais elle n'est pas venue. Alors, elle a sorti un dossier de son sac. Elle en a étalé le contenu devant nous. Des papiers, beaucoup de papiers.

— Ici : mairie de New London, 18 janvier 2004.

Le mariage de Martín et de Virginia. Il est prévu à quinze heures trente. Là : le dossier d'adoption de Maddie. Date de naissance : 23 mars 2004. Ici, on peut lire que Maddie Grant devient Loren Marny. Ça se passe six mois après la mort de Martín. Ici, le nom du couple qui l'a adoptée : Agatha et Walter Marny. Et là, regardez, le rapport financier de la Newton North High School, le lycée de Maddie. Ou plutôt de Loren. Lisez : *« Virginia, employée au self-service de ce lycée »*. Vos preuves vous mentent. Mes papiers disent la vérité.

— Ms Alvarez, êtes-vous en contact avec le Dr Edwards ? Vous savez où il se trouve ?

Elle a répondu par d'autres questions :

— Tu vas interroger Loren, *Inspector* ? Tu vas interpeller Virginia ?

Un silence s'est installé. J'entendais les doigts de Jack dans son dos frapper alternativement le mur. D'une voix étonnamment calme, il a questionné notre visiteuse :

— Vous savez que Niels Edwards est malade psychologiquement ? Vous savez qu'il est atteint de black-out, qu'il se scarifie, qu'il a des tendances suicidaires, que sa femme l'a empêché de se jeter dans le vide avec son fils dans les bras ? Vous savez qu'il utilise les services de prostituées ? Vous êtes sûre de vouloir soutenir un type pareil ?

Amanda Lucia Pia Alvarez a dégluti en fixant mon collègue droit dans les yeux.

— Vous allez emprisonner un innocent.

Elle a prononcé cette phrase comme on baisse le rideau de métal un soir de *Black Friday*. Fini, terminé, plus rien à vendre ! Elle s'est levée et elle a rassemblé les documents étalés sur la table, mais Jack n'en avait pas fini avec elle. Il a posé sa main, doigts écartés, sur les papiers afin de l'empêcher de les reprendre.

— Comment vous vous êtes procuré tout ça ? Certainement pas de façon légale. On pourrait vous arrêter pour ça.

De sa petite taille, Amanda Lucia Pia Alvarez a fixé le grand Jack sans flancher.

— Fais ce que tu as à faire, *cariño* [1]. Je suis là.

Au départ, quand ce petit bout de femme monte sur le ring, on ne la crédite de rien, et puis, assez vite, on réalise qu'elle boxe à la perfection : rapidité des échanges, fluidité dans les déplacements, puissance de l'uppercut. Notre silence et notre immobilité ressemblent à une victoire par KO.

— Après tout, je te laisse tout ça. Ça te fera gagner du temps.

Amanda Lucia Pia Alvarez a replacé la lanière de son sac sur le haut de son épaule et nos regards magnétisés ont suivi jusqu'à la porte du bureau cette vision sous LSD d'une Marilyn Monroe punk.

---

1. Mon chéri, mon mignon.

PIÈCE N° 44

Dr Niels Edwards
Hypnose régressive sous polygraphe

7 janvier 2019,
Newton North High School, Newton, MA.

Je ne peux pas attendre le retour de Ms Alvarez. Je ne peux pas me résigner à dépendre du bon vouloir des enquêteurs. Si près du but, retarder le jaillissement de la vérité, très peu pour moi… Je suis parvenu à convaincre mon père. Il me dépose à quelques rues du lycée de Loren. Je me faufile par une porte de garage à l'arrière du bâtiment, pendant qu'un employé signe le bon de livraison du chauffeur. Je m'infiltre dans la cafétéria. Je dépasse trois palettes de produits lyophilisés, je longe une rangée de frigos et j'entre dans les cuisines. Une odeur de viande tourne dans la pièce. Un gaillard baraqué à la gueule cassée sifflote en retournant des pièces de bœuf sur d'immenses plaques chauffantes. Au bout de cet espace, un jeune type ordonne des kilos d'ustensiles à l'intérieur d'un lave-vaisselle, tandis que des femmes, engoncées dans des blouses blanches, hachent des légumes à la chaîne. Je la reconnais, immédiatement, malgré sa charlotte en plastique transparente sur la tête. Grande, costaude, blonde, peau diaphane, pommettes larges, nez fin, yeux immensément bleus, Virginia Grant, bâtie comme une nageuse sous stéroïdes, tient fermement de ses deux mains carrées une énorme spatule. Elle transpire en remuant laborieusement une sauce tomate en ébullition. Elle passe le dos de sa main sur son front perlé de sueur. Son regard pivote machinalement dans ma direction. Elle me voit, me reconnaît. Le temps s'arrête. Les secondes redeviennent des secondes lorsqu'elle se met à hurler :

— Le taré de la télé !

Elle jette sa charlotte à terre, fuit de l'autre côté de la salle, en traversant le restaurant, en se dirigeant vers les portes d'entrée. Je hurle à mon tour :

— Trop tard, Virginia ! Les flics sont au courant ! C'est trop tard !

Dans mon champ de vision, à neuf heures, la gueule cassée déboule vers moi, déterminée à me barrer la route. Il plonge. Je me tords comme un toréador. Mon corps prend la forme d'une parenthèse. Le type me loupe et emporté par son élan s'étale sur le sol. Je me lance à la poursuite de Virginia. Je pousse les portes vitrées, je déboule sur le gazon qui entoure le lycée. Virginia a pris de la distance, malgré ses vêtements épais, son tablier de travail. Derrière les fenêtres des bâtiments, des têtes apparaissent. Les élèves sont surpris de voir sur les pelouses, d'habitude si paisibles, deux adultes se courser dans un sprint effréné. Virginia se dirige vers un parking. Elle ouvre à distance la portière de sa voiture. Elle saute dedans. Le moteur rugit. Les pneus crissent sur le bitume. Lorsque j'arrive sur le parking, la voiture disparaît déjà à l'angle de la rue.

PIÈCE N° 45

Capitaine détective W. Bosco
Lettre authentifiée

Il y avait quelque chose de touchant à parcourir les éléments rassemblés par Amanda Lucia Pia Alvarez. On aurait dit un exposé d'enfant, un exercice fait à la maison. L'écriture, les annotations y étaient appliquées, précises. On sentait le soin apporté à être complet, crédible. La sonnerie du téléphone a retenti. J'ai décroché. La voix, au bout du fil, était inhabituellement guillerette, pleine de joie.

— Bosco ! Mon cher Bosco !

C'était Henri Lewis, médecin légiste à la Crime Laboratory Unit, l'unité médico-légale de la police de Boston. Depuis bientôt trente-cinq ans, Lewis inspecte les macchabées pour lire sur leur peau, à travers leurs os, à l'intérieur de leur panse, le récit de leur décès. Certains parmi nous l'ont surnommé le « maître des morts ».

— Je viens de terminer mon petit tête-à-tête avec Adeline Le Carré. (Il chantonnait presque.) Ça n'a pas été simple, mais elle a fini par tout me raconter. J'y vais ?

— Allez-y, Henri ! Jack est avec moi. Nous sommes tout ouïe.

— OK, les gars. Vous lirez tout ça dans le dossier que

je vais vous envoyer, mais fallait que je vous prévienne rapidement parce que, pour vous, ça change pas mal de chose… Adeline Le Carré n'est pas morte noyée, les gars, mais étouffée. On lui a explosé le larynx. Une fois morte, on l'a manipulée. On l'a déplacée. Beaucoup. Les lividités cadavériques nous l'indiquent. Et puis le processus de décomposition a été arrêté. Du moins, il a été ralenti, artificiellement. C'est plus tard, une fois son corps plongé dans l'eau, que le processus a repris. Bref, les résultats des dosages de sodium et de potassium dans l'humeur vitrée sont formels. Même avec les neuf heures de flottement du procédé, Adeline Le Carré est morte entre le 25 et le 27 décembre dernier. Soit sept jours avant de poignarder la gamine. Alors… Soit la petite s'est fait attaquer par une morte-vivante, soit elle vous prend pour des dindes et elle vous a fourrés bien profond comme un jour de Thanksgiving.

J'ai entendu le bruit d'une claque. Jack venait de se frapper le front. Il m'a lancé, blême :

— Putain, Bosco ! Marilyn avait raison !

Tiens, lui aussi, il avait pensé à Marilyn. Il avait suffi d'une coupe de cheveux approximative, d'une mouche posée grossièrement à côté de lèvres orange pour que Monroe revienne à nos mémoires. Et donc à la vie. Sa beauté, fragile et préoccupée, nous hantera décidément éternellement.

PIÈCE N° 46

Virginia Grant
Séance de psychophonie

Je vous salue, Marie, pleine de grâce.

Le Seigneur est avec vous.

Je ne pensais pas que c'était vrai, ce que les gens disent de leurs enfants, de leur progéniture.

Vous êtes bénie entre toutes les femmes.

Qu'un jour ou l'autre, c'est inévitable, ils nous déçoivent, ils nous trahissent.

Et Jésus, le fruit de vos entrailles, est béni.

Je me signe en entrant dans l'hôpital. Je traverse le hall vers les ascenseurs. Je sors mon arme. Je tire en l'air. Deux fois. Je n'ai plus rien à perdre. Les gens courent dans tous les sens en hurlant. J'entre dans un ascenseur. Ceux qui l'occupaient en ressortent, morts de peur. Je suis la lépreuse qui entre dans la ville. Les portes se referment. Elles étouffent les cris, les pleurs qui viennent du hall. Je retire mon sweat-shirt à capuche. Je le roule en boule. Je le place au fond de mon sac, celui que je conserve dans ma bagnole, bien planqué sous le siège passager. C'est mon kit de survie : argent, téléphone et faux papiers. Tout ce qu'il faut pour disparaître.

— T'avais vraiment besoin de tirer en l'air ?

J'ai sursauté. Martin apparaît et disparaît comme ça l'arrange. Les anges ne sont pas des gens très fiables. Il dit :

— Y a un flic devant sa chambre. Qu'est-ce que tu vas faire ?

Mon Martin est devenu le contraire de ce qu'il était de son vivant : un pot de glue.

— Laisse-moi faire, Marty. Et admire !

Cinquième étage. Les portes s'ouvrent. À moi de jouer. Je sors de l'ascenseur, je feins la panique, téléphone portable à l'oreille.

— Allô, police ? Venez vite ! Ça tire dans tous les sens… Oui, Massachusetts General Hospital, entrée principale.

J'ai dit ça assez fort pour que le policier au bout du couloir entende. Il est en faction devant la chambre. Il sort son arme, avance vers moi, le *gun* à la main.

— Police, annonce-t-il en me montrant sa carte de flic. Qu'est-ce qui se passe en bas ?

Je sens qu'il hésite : surveiller la gamine ou porter secours.

— C'est horrible, faites quelque chose ! Il y a un type dans le hall, il tire dans tous les sens !

Je pourrais presque pleurer. Le flic retourne vers la chambre. Il ouvre la porte :

— Enfermez-vous. Il y a une fusillade.

Il revient vers moi et appelle l'ascenseur.

— Restez là. Tout va bien se passer.

Je te le confirme, oui, ducon, tout va bien se passer. Maintenant que tu m'as débarrassé le plancher. Et ça va surtout très bien se passer entre Loren, Martin et moi.

Je la secoue. Elle sort de son sommeil. Elle se redresse. Ses gestes s'accélèrent au fur et à mesure qu'elle comprend ce qui se passe. Elle est terrorisée. C'est évident. Où est passée la lumière du début, celle qui s'allumait dans son regard dès que j'apparaissais ? Maintenant, lorsqu'elle me voit, c'est de l'eau salée qui remplit ses yeux. Je demande :

— Tu leur as parlé ?

Elle remarque le corps de sa mère adoptive sur le sol. Agatha Marny gît au milieu d'une flaque d'eau, avec sur elle des fleurs coupées et des morceaux de verre : le vase que je lui ai fracassé sur la tête.

— Qu'est-ce que tu lui as fait ? demande Maddie, en tremblant.

— Je l'ai remerciée de m'avoir ouvert. Pourquoi m'as-tu trahie, Maddie ?

— Pardon ?

— Qu'est-ce que tu leur as raconté ?

— De quoi tu parles ?

Je l'attrape par les épaules. Mes doigts s'enfoncent dans sa peau.

— Avec Edwards ! Qu'est-ce que vous vous êtes dit ?

Maddie se débat.

— Arrête ! Mais ARRÊTE, tu me fais mal !

Je la libère. Me calmer. Il faut que je redevienne aussi douce qu'avant, avant que la vie ne me durcisse le cuir.

— Edwards ! Il sait que j'existe ! Il sait où je travaille ! Il a prévenu la police.

J'entends sa respiration changer de rythme. Elle en perd sa voix. Elle demande :

— Comment c'est possible ?

Elle se moque de moi ou quoi ? J'attrape la carafe d'eau posée sur sa table de chevet. Je crie de rage et la projette contre le mur. La carafe éclate en morceaux. Il faut que j'emploie les grands moyens. Je retourne vers sa mère de seconde main, évanouie sur le sol. J'empoigne les cheveux secs et laqués de la moribonde. J'attrape un tesson sur le sol. Je le presse contre son cou. Elle est loin la gentille Virginia, celle d'avant. Très loin.

— J'en suis capable, Maddie. Tu le sais. Tu as vu ce que j'ai fait à la Baker.

Maddie change de tête.

— Quoi ? Edwards ne t'a pas dit ? Je pensais que c'était à cause de ça que tu avais parlé… Eh bien, je te l'annonce, fini Gabrielle Baker. Terminé. Edwards commence à comprendre sa douleur.

Maddie blanchit à vue d'œil.

— Elle te prend pour une conne !

C'est Martin qui vient de réapparaître.

— Tais-toi, Martin, c'est déjà assez compliqué comme ça…

— C'est pas compliqué. Trucide-la, la vieille. Ça lui remettra les idées en place à la gamine.

— Maman, arrête de faire ça, s'il te plaît.

— Maddie, tu permets, je parle à ton père.

— Maman… Tu parles dans le vide…

— Exactement ! Je parle dans le vide ! Ton père est une tête de mule.

Martin sourit jaune.

— Maman, arrête, tu me fais peur.

— Peur ? Mais pourquoi, ma chérie ?

— Tu disais qu'on ne s'en prendrait qu'à lui, qu'à Edwards. Tu avais promis.

— Et la tienne de promesse, Maddie ? Tu veux que je te la rappelle ? « À la vie à la mort. » Résultat, Edwards est à mes trousses !

— Fais péter sa jugulaire, Virginia !

Martin s'en mêle à nouveau.

— Ton père n'est pas content, Maddie. Si je l'écoutais, ta nourrice se viderait déjà de son sang…

— Maman. Je te jure. J'ai rien dit. Pourquoi j'aurais fait ça ? Pour finir en prison ?

— Où est Oscar ? Je les ai vus à la télé, lui et ses grands-parents. Je pensais les trouver là-bas, chez eux. Mais la maison est vide. Où sont-ils ? Où est-ce qu'ils se cachent ?

— Maman. Ne touche pas à Oscar. Pas lui.

Une pensée me vient sans le vouloir, comme quand on se mord la langue. C'est douloureux pareil. Je lâche la touffe de cheveux. La tête d'Agatha Marny frappe le carrelage. Des cheveux restent collés dans mes paumes. J'essaie de contrôler ma respiration. En vrai, j'étouffe de colère :

— Si tu n'as pas parlé… alors, ça veut dire que… c'est Oscar ? Il m'a vue te poignarder ? Il n'y avait que lui et toi dans la maison… Ça ne peut-être que lui.

Maddie détourne son visage. Si ça, ce n'est pas un aveu !

— Tu savais ! Tu savais et tu ne m'as rien dit ! Tout ce que j'ai fait, je l'ai fait pour toi, Maddie. Pour nous. Pour que tout redevienne comme avant. Et voilà comment tu me remercies ? J'aurais dû le faire de suite, quand c'était possible !

— Ne touche pas à Oscar !

— Où est-il ?

— Je sais pas.

— OÙ EST-IL ?

— JE SAIS PAS ! Je te jure, je sais pas.

Je n'ai plus de patience. Je me jette sur Maddie. Les coups pleuvent. Elle se protège, elle et sa plaie fraîchement recousue. J'agrippe sa tête blonde. Je colle mon front contre son front glacé. Je sens l'odeur de sa peur, celle de sa chevelure. J'ai passé des heures à la coiffer, émerveillée de voir à quel point nous avons la même texture de cheveux, la même épaisseur, la même blondeur. Telle mère, telle fille. J'embrasse son front et je sors. Sans y mettre les formes. Sans savoir que c'est un adieu.

— Ne touche pas Oscar, elle crie. Ne le touche pas !

— Edwards doit souffrir. Comme tout le monde !

— NE LUI FAIS PAS DE MAL !

Maddie répète cette phrase en boucle en frappant du poing sur son lit, en pleurant de rage.

Avec ou sans son aide, je supprimerai ce gamin.

Hors de la chambre, j'entends des voix emmêlées qui hurlent toutes : « Police ! » Aussitôt, je me lance dans la direction opposée, sans même réaliser qu'au bout du couloir, c'est une impasse. Il n'y a qu'une vitre.

— Arrêtez-vous ! Arrêtez !

Les flics polluent l'air de leurs cris, de leurs sommations. Me sommer de quoi ? J'ai tout perdu. Martin. Maddie. La femme que j'étais. Une bonne personne. Une vraie bonne personne. Une femme qui aide son prochain.

Quand il était encore de ce monde, mon père, un homme bon et pieux, m'a appris que nous sommes responsables du malheur des autres, que Dieu n'est absolument pour rien dans l'état du monde. Il disait :

— Nous avons notre libre arbitre. À nous d'en faire quelque chose de grand, de bon, quelque chose à Son image. Ce soir, tu peux décider de manger ou tu peux décider d'offrir ton repas.

Trois jours de suite, je n'ai rien avalé. À table, mon père poussait mon assiette devant moi et puis il attendait. Je la repoussais à chaque fois, même si mon ventre me faisait mal, même s'il grouillait constamment. Alors, mon père quittait la table et il allait porter mon repas aux sans-abri, ceux qu'il rencontrait dans les rues autour. Le quatrième soir de jeûne, après m'avoir bordée, pour me récompenser, mon père m'avait serrée dans ses bras, ce qu'il ne faisait jamais. Il m'avait félicitée pour ma persévérance et les choix que je faisais. Il m'avait aussi annoncé que dorénavant je ne mangerais plus qu'un soir sur deux. Que c'était bien suffisant. Que ce seraient mes bonnes actions qui me nourriraient.

J'entends des détonations. Les balles sifflent autour de moi. Je n'ai pas d'autre choix que de me jeter dans la vitre. Je la percute mais son chambranle résiste. Le coup me coupe la respiration. Explosion de lumière autour de moi. Je passe à travers la fenêtre. Les éclats de verre fendent ma peau, sectionnent mes bras, mon visage, mes jambes. Des giclées d'un rouge sombre se mêlent aux scintillements des morceaux de vitre. Un rouge aussi opaque que du vin. Je pense au sang du Christ. Je sens le vide me happer. Mes organes, à l'intérieur de moi, flottent un moment, puis sont attirés vers le sol. Les bris de verre continuent d'accompagner ma chute. Je danse au milieu des lumières. C'est beau. Et décevant à la fois : mourir de la même manière qu'elle ! À une différence près. Moi, je ne bronche pas. Je ne crie pas. Elle, elle a braillé. Elle a beuglé. Une mort sans élégance, sans dignité. M'en souvenir, une dernière fois. Me souvenir de ce plaisir immense.

PIÈCES N° 47 À 60

Transcriptions révisées à fin de publication

VIRGINIA
ou
La vérité

Quinze ans plus tôt.

PIÈCE N° 47

Virginia Grant
Séance de psychophonie

28 décembre 2003,
33, Amity Street, New London, CT.

Le lit est vide. Il a quitté la chambre. Ça doit faire un moment parce que les draps sont froids. Ça fait plusieurs nuits qu'il tourne dans la maison, qu'il a perdu le sommeil. L'idée du mariage doit lui faire peur. La peur d'un nouvel échec. Moi, je n'ai pas de doutes. Lui et moi, c'est une évidence. Tous les jours, je le lui prouve. C'est pas toutes les femmes qui accepteraient qu'il y en ait d'autres dans la vie de leur homme. Il faut être sacrément amoureuse, prodigieusement amoureuse, pour accepter ça. Mais c'est parce que je sais qu'elles sont sans importance pour lui. Juste des divertissements. Des putains. C'est ce qu'elles sont. Des tentatrices. Il y en a partout à New London. Elles ne se cachent plus. Leurs vêtements, leurs tatouages dégoûtants, ce sont comme des signaux. Et Martin n'est qu'un homme. Il ne peut qu'y céder. Tant mieux. Le sexe est vil, inutile. Je leur suis presque reconnaissante de m'épargner cette horreur. Grâce à elles, je n'ai pas à me torturer avec ça.

En tout cas, moins souvent. Moi, tout ce qui m'importe, c'est qu'à la fin du jour, il revienne vers moi. Qu'il s'endorme contre moi. Et qu'il m'épouse devant Dieu. Bientôt. C'est moi qu'il a choisie pour porter sa descendance. Ce n'est pas rien. C'est autrement plus glorieux qu'une histoire de fesses. C'est une mission sacrée. Six mois que sa fille grandit dans mon ventre.

Une seule de ces femmes m'inquiète. Enfin, femme… Elle n'a que quinze ans. *Stella Le Carré*. La fille de la CT-32. C'est comme ça que je l'appelle parce que depuis Amity Street, c'est la CT-32 qui faut traverser pour rejoindre Crystal Avenue, là où elle habite. Si ses parents l'apprenaient… Si la police savait… Il a beau dire qu'elle est mûre, qu'elle sait ce qu'elle fait, qu'elle ramasse des torgnoles chez elle et que ce genre de trucs ça fait grandir plus vite, il a beau dire qu'il ne peut pas la laisser, parce qu'elle a besoin de lui, qu'il l'aide à tenir bon, et que de toute façon on ne va pas en parler pendant des heures, moi, je ne suis pas rassurée. Quand je la croise – New London est un village – ce que je vois d'elle, c'est une gamine effrontément belle mais survoltée. De l'eau en ébullition avec de la vase qui remonte du fond. Elle pourrait le dénoncer. Elle en serait capable. Ça me fait peur. Parfois, il la rejoint chez elle, quand son beau-père est au boulot ou au pub et que sa mère travaille chez Citgo. Je sais aussi que, parfois, ils roulent ensemble jusqu'à la mer et qu'il s'occupe d'elle dans la voiture. Martin joue avec le feu. Il aime se mettre en danger. Il n'y a plus que ça qui le sort de son spleen. Ses anxiolytiques ne suffisent plus. C'est problématique. Parce qu'il a des antécédents, mon Martin.

Des envies de suicide qui lui reviennent tout le temps. Moins depuis qu'il est avec moi. Il dit que j'ai adouci sa vie. Parce que je suis posée, discrète, sans attente. Il trouve que c'est une qualité de ne rien attendre. Je tiens ça de mon père. Il me disait toujours : « Quand on ne s'attend à rien, on n'est jamais déçu. »

Je le cherche dans la maison. Ce n'est pas chez moi ici. Moi, je vis dans un petit studio. C'est tout ce que je peux me payer avec le salaire du French Cleaner. Martin veut qu'on garde chacun notre « espace ». Même quand on sera mariés. Il dit que ce sera plus commode pour recevoir ses putains. Il a raison. Je n'ai pas tellement envie de les croiser. Surtout la petite.

J'entre dans la cuisine. J'entends le moteur tourner dans le garage. Je passe le cellier. J'entends sa voix. Je ne bouge plus, j'écoute. À qui parle-t-il ?

— Je sais que tu as promis, je sais. Mais je voulais en être sûr. J'ai eu peur d'un coup que tu changes d'avis. J'suis rassuré maintenant. On va le faire. Toi et moi. Ça va être une sacrée délivrance.

C'est à qui qu'il dit des choses aussi jolies ? J'entends une portière se fermer. Le moteur de la voiture continue de tourner. Je pousse la porte. Je remarque de suite le tuyau d'arrosage orange qui sort du pot d'échappement, qui longe la Ford Focus et qui s'enfonce par une fenêtre entrouverte dans l'habitacle, côté conducteur. Dedans, un nuage de couleur cendre s'est formé. Je panique. Je fonce vers la portière. Je l'ouvre. Martin sursaute :

— Putain ! Virginia ! Qu'est-ce que tu fous là ? Va dormir ! Va te coucher !

— Martin, qu'est-ce que tu…

— Fais pas chier, Virginia. Va dormir. Laisse-moi tranquille. Je déconne pas.

Il attrape la poignée mais je bloque la portière avec mon corps. Les vapeurs toxiques s'échappent du véhicule, passent sur moi. Je tousse comme une vache enrouée. Je pense à notre fille dans mon ventre :

— Martin, sors de là ! Tout de suite !

— Lâche cette putain de portière, Virginia ! Lâche-la !

Je refuse d'obéir. Alors, Martin fait pivoter son corps pour sortir ses jambes du véhicule et ça démarre : les coups pleuvent. Martin me chasse à coups de pied.

Un coup dans mon ventre.

Jésus Marie Joseph. La douleur est si forte. Je recule en perdant l'équilibre. Je suis horrifiée par son geste. Il attrape le tuyau d'arrosage sur le sol, il le repasse par la fenêtre, il se réinstalle dans la voiture. Il referme la portière sans se soucier de moi, à aucun moment.

Je n'aurais pas dû être là, dans sa maison, mais j'ai insisté. J'avais envie de dormir avec lui ce soir. Je n'ai rien lâché. Je l'ai fait suer jusqu'à ce qu'il cède. Peut-être que je savais instinctivement qu'il fallait que je sois près de lui ce soir, pour le sauver.

Je reviens vers la voiture en me tenant le ventre. Je tire sur le tuyau d'arrosage. Je le jette loin derrière moi. La portière s'ouvre. Martin émerge, un masque de colère sur le visage.

Il fonce vers moi. Ça tombe. Une pluie de claques,

des coups de poing. Il me colle contre le mur, le regard complètement fou. Il dit :

— Tu recommences, je te tue. Tu entends, Virginia ? Je te tue. Et je me tue après.

Il me lâche. Je tombe à genoux sur le sol bétonné. Il retourne à sa voiture. Il essaie de réinstaller le tuyau. J'ai mal dans mon ventre. La tête me tourne. Les fumées d'échappement ou les coups ? Je hurle de toutes mes forces.

— MARTIN, ARRÊTE ! ARRÊTE OU J'APPELLE LA POLICE !

Martin se tourne vers moi dans un mouvement guerrier. Je n'aurais pas dû dire ça. Ce n'est plus Martin qui s'avance vers moi. Il se saisit d'une masse. Il la lève dans les airs. Je ne me suis pas protégée. J'ai pensé que c'était juste pour m'impressionner, qu'il ne pouvait pas le faire, réellement. Je me souviens d'avoir crié quand la masse est tombée sur moi, avant que la douleur écrase ma conscience.

Je suis allongée sur le sol. Ma bouche trempe dans un filet d'air. La douleur bat sous mon crâne. Je me redresse. L'odeur me prend la gorge. La portière de la voiture est fermée. Le tuyau d'arrosage passe par la vitre. Le son du moteur est toujours là, entêtant. Je rampe à quatre pattes vers la Ford Focus, vers mon Martin. J'attrape la poignée. Je la tire vers moi. Son corps se déroule à la façon d'un tapis. Il me tombe dessus. Sa tête se dépose sur mes genoux. Ses yeux sont blancs, pupilles tournées vers l'intérieur. Je pose une main sur son cou froid, pas encore glacé. Plus de pouls. Plus rien. Je pose une main sur mon ventre. Doux Jésus, il nous a laissées.

Que ta volonté soit faite.

J'ai des haut-le-cœur, des nausées de tristesse.

Sur la terre, comme au ciel.

J'éclate en sanglots, la gorge encombrée de fumée toxique. À travers mes larmes, j'aperçois, échappée de sous sa chemise, la chaîne que je lui avais offerte. Je l'attrape. À la place de la croix, il y a deux clés. Ses mots au téléphone me reviennent : « J'ai eu peur que tu changes d'avis. » Je fouille ses poches. Je trouve son Nokia. « J'suis rassuré maintenant. On va le faire. » Je veux connaître le dernier numéro qu'il a composé. L'écran affiche *« SLC »*. Stella Le Carré.

Ma gorge me brûle. Si je reste là, j'vais crever. Et notre enfant avec. Je dois quitter Martin. Même si c'est insupportable.

Je passe le cellier en titubant. Je pousse la porte de la cuisine. De l'air frais. Je vomis un peu, sans m'en laisser vraiment le temps. J'essuie d'un revers de main le jus de mon estomac, mais je ne pense qu'à une chose : sauver cette gosse.

Pardonne-nous nos offenses, comme nous pardonnons aussi à ceux qui nous ont offensés.

Peu importe qui elle est, ce qu'elle m'a fait. On ne devrait pas avoir envie de mourir à quinze ans. Martin a dû l'embobiner, lui monter la tête, l'embarquer dans ses lubies de dépressif. Martin, ma tristesse adorée. J'ai son Nokia dans les mains. Je lance l'appel.

Première sonnerie.

Qui va décrocher ?

Deuxième sonnerie.

Qu'est-ce que je vais bien pouvoir dire ?

Comment je vais pouvoir expliquer tout ça ?

Troisième sonnerie.

Je devrais raccrocher.

Quatrième sonnerie.

Les nausées sont de plus en plus fortes.

Cinquième sonnerie.

J'ai mal, atrocement mal, à l'intérieur de ma tête.

Martin. Mon Martin. Mort !

Sixième sonnerie.

Il disait souvent qu'il avait peur de mourir seul. Il a fini par trouver quelqu'un pour l'accompagner.

Une enfant. Mon Dieu, pardonnez-lui !

Septième sonnerie.

C'est long, trop long.

Huitième sonnerie.

— Allô ?

C'est sa voix.

— Stella, c'est Virginia Grant. Ne fais pas de bêtise, Stella. Tu m'entends ? N'écoute pas ce qu'il dit. La vie est trop précieuse.

Silence au bout de la ligne. Stella doit être troublée, surprise de m'entendre. Elle demande :

— Il l'a fait ?

Je ne veux pas répondre. J'ai peur que ça l'encourage. Elle répète :

— Il l'a fait ?

Un autre silence. Puis, en prononçant lentement chaque mot, elle répète avec un petit rire :

— Il l'a fait, n'est-ce pas ? Il l'a fait !

Un rire qui enfle et qui devient massif, joyeux.

— Putain, il l'a fait !

Et la ligne est coupée. Stella a raccroché.

Elle a ri.

Stella a ri de la mort de mon Martin.

De mon pauvre Martin.

Couper le moteur de la voiture. Aller le relever : je ne peux pas le laisser à moitié tombé sur le sol du garage. Ou peut-être que si. Peut-être qu'il ne faut rien toucher.

Stella a ri.

Ça ne veut pas sortir de ma tête.

Comment peut-on rire de la mort de quelqu'un ?

Son rire est une bombe H. H comme Haine. Le souffle de son explosion a détruit en moi toute compassion. Je veux que cette garce regrette son rire comme je regrette d'avoir pensé à la sauver ! Je veux que son rire dégueulasse retourne dans sa gorge et qu'elle s'étouffe avec.

J'ai pris Brainard Street, rejoint Granit Street. J'ai traversé le vieux cimetière aux stèles bancales, Ye Antientist Burial Ground. Je suis passée par-dessus la CT-32 et ses quatre voies désertes en empruntant le pont piétonnier, puis j'ai longé Winthrop Cove Park jusqu'au pied des tours de Crystal Avenue. Vingt-cinq minutes de marche en serrant dans mes poings les clés récupérées autour du cou de Martin. Stella a répondu au téléphone, après plusieurs longues sonneries. J'en déduis qu'elle est donc seule ce soir. Je prie pour qu'elle le soit.

J'ouvre la porte d'entrée avec précaution. Premiers pas, premières impressions : l'appartement sent la peur, les corps malades, la dégénérescence. J'approche de deux portes battantes. Sur ma droite, le corps d'un homme. Je bondis en arrière, mais il se met à ronfler fort : les ronflements d'un type ivre mort. Vautré dans son canapé miteux, le beau-père de Stella, je le reconnais maintenant, devrait dormir jusqu'au matin. J'entre dans le couloir, pousse une porte, une autre, une autre encore, jusqu'à la bonne, celle qui donne sur la chambre de Stella.

C'est une chambre de petite fille, avec des cœurs collés aux murs, des posters de chevaux, des poupées amassées sur une chaise, des éoliennes en plastique multicolore. Sur la table de nuit repose une statuette en toc ridiculement petite : un Oscar. Stella dort paisiblement. Une petite princesse. Cette nuit semble être la plus tranquille de sa vie. J'ouvre la fenêtre en relevant la partie basse à son maximum. La nuit est calme. New London est endormie. Mon Martin aussi, pour une longue, très longue nuit.

Je m'assois au bord du lit. J'observe Stella un court instant avant de poser une main sur sa bouche. Aussitôt, ses yeux s'ouvrent en grand. Deux perles étincelantes dans l'obscurité de la chambre. Elle essaie de se débattre :

— Tu sais qui je suis ?

La gamine fait oui de la tête. Je sens sur mes doigts sa respiration épaisse, accélérée :

— Tu sais pourquoi je suis là ?

Stella me fixe de longues secondes et puis brusquement elle se débat. Mais je la tiens fermement, une main posée sur sa bouche, une autre sur sa gorge. Je compresse son œsophage. Le filet d'air qui entre et sort de son corps se réduit considérablement. Ses yeux se plissent, ses paupières vibrent, tremblent. Je presse plus fort encore. Son visage s'empourpre. Ses mains se plaquent sur les miennes. Elle comprend jusqu'où ma colère pourrait me mener. Je suis moi-même effrayée par ce que je me découvre capable de faire, mais je tiens bon. Le visage de Stella est quasi violet maintenant. Elle est au bord de l'évanouissement. Ses paupières palpitent à toute vitesse. Elle se met à frapper sur mes bras, à la façon d'un catcheur plaqué au sol, en signe d'abandon. Je relâche mes doigts. Aussitôt ses narines se dilatent. L'air déferle à nouveau dans ses poumons. Je lui laisse le temps de retrouver une respiration normale. Je dis :

— Je vais retirer ma main lentement. Si tu pousses un cri, un seul, je te passe par la fenêtre.

Je l'ai ouverte pour ça, juste pour ça, pour la décourager. Je veux qu'elle parle, qu'elle dise la vérité. Autour de mes doigts, sous la pression que j'exerce, la peau de Stella est quasi blanche.

— Pourquoi tu as ri, Stella ? On ne rit pas de la mort de quelqu'un. Dieu tout-puissant. Tu te rends compte ? Comment peut-on rire de la mort de quelqu'un qu'on aime ? Comment peux-tu même dormir ?

Ses dents se referment sur l'intérieur de ma paume. Elle mord jusqu'au sang. Je retire ma main dans un grognement. Elle m'échappe. Son corps m'échappe. Elle se colle à la tête de lit. Ses mouvements sont désordonnés. La peur la traverse à coups de décharges électriques. Elle se met à crier fort, d'une voix stridente. Le beau-père, les voisins, si ça réveillait quelqu'un... Je lui balance une claque de toutes mes forces. Sous le choc, le corps de Stella se soulève et retombe sur le matelas. Le cri s'est éteint. Stella reste allongée au milieu des couvertures, les deux mains sur sa joue en feu. Elle dit tout bas :

— Vous devriez me remercier.

— Te remercier ?

— De vous avoir débarrassé de cette ordure.

— Comment oses-tu ? Mon Martin ! Le plus gentil des hommes !

— J'ai quinze ans, Virginia ! Quinze ans ! Et il me baisait, ton gentil bonhomme !

La garce ! Elle est parvenue à me déstabiliser. Quelques secondes seulement :

— Personne ne te forçait, que je sache.

— Si. Moi. Moi, je me forçais. Jusqu'à en avoir la gerbe. Mais ça faisait partie du plan. Et ce soir, j'ai eu ce que je voulais. Ce soir, c'est moi qui l'ai baisé ! Définitivement !

— Qu'est-ce que tu dis ?

— Il en crevait d'envie, alors j'ai tout fait pour que ça arrive.

J'ai l'impression que la terre s'ouvre sous mes pieds, que la chaleur des enfers brûle mes jambes, mon corps, qu'elle crame mon visage. Elle ajoute :

— Dès que je l'ai rencontré, il est passé en tête de liste. La liste des bâtards qui prennent leurs testicules pour les deux hémisphères de leur cerveau. Une pourriture, c'est ce qu'il est. Ce qu'il était.

— Tentatrice ! Tu n'as eu que ce que tu as voulu. Moi, il m'aimait !

— « Les moches sont les plus chaudes. » C'est ce qu'il disait en parlant de vous.

— Il voulait m'épouser. Il m'a fait un enfant !

— Il l'appelait « le dommage collatéral », votre gosse. Je suis la seule qu'il ait aimée, Virginia. Parce que j'ai été la seule à lui dire que le suicide, c'était un truc envisageable. Que ça m'excitait. Ça l'a rendu accro. Et il m'a écoutée.

— Je vais appeler la police.

— C'est un suicide, Virginia.

— Tu l'as encouragé, poussé…

— Bien sûr, oui. Lane s'est flingué pour moi, sous mon influence, en pensant à moi. J'étais dans sa tête à ce moment-là. Mais comment le prouver ? C'est impossible. Je suis inatteignable.

— Il t'a téléphoné. Tu lui as dit que tu allais le faire toi aussi.

— Bien sûr. Parce que je vais le faire. Demain. Dans un an. Dans dix ans. Qu'est-ce que j'en sais ? Mais pas ce soir. J'ai beau essayer, ce soir je n'y arrive pas. Ça fait de moi une meurtrière ? Je n'ai rien dit de compromettant au téléphone, Virginia. Rien. Je suis loin d'être conne.

Intouchable. Voilà ce qu'elle est. Stella a assassiné mon Martin, mais elle échappera à la justice des hommes. Ses lèvres s'agrandissent, se transforment en un sourire victorieux, triomphal. Et de nouveau, son rire. Un rire sec, sans cœur. Un rire orgueilleux. Le rire de trop. Le rire qui a déjà transformé ma colère en rage et qui transforme ma rage en désir de mort. Je dis calmement :

— Une promesse est une promesse, Stella.

Et je la soulève en l'attrapant par son pyjama de petite fille. Elle est si frêle, si légère. C'est une enfant. Une enfant diabolique. Trois pas et je suis à la fenêtre. Mon regard croise son regard. La terreur agrandit ses yeux. Elle comprend. Elle se met à gigoter, à remuer. À moi de sourire ! À moi de rire maintenant ! Je la jette par la fenêtre. Je ne regarde pas. J'écoute. Le son strident de son cri pendant la chute. Il me procure un frisson d'extase. Et la gamine percute le sol. Son cri se coupe net, remplacé par un son lourd, compact, court. On dirait qu'un millier de noix viennent d'éclater en même temps. Puis c'est le silence. La rumeur tranquille de la ville revient. Je me signe.

Je crois en l'Esprit Saint, à la Sainte Église catholique, à la communion des saints, à la rémission des péchés, à la résurrection de la chair, à la vie éternelle.

Il est deux heures du matin. Je viens de tuer une jeune fille de quinze ans. Et je me sens bien. Un rire nerveux monte dans ma gorge. Par vengeance, je ne le retiens pas.

Je m'échappe de l'immeuble par les caves pour éviter de passer devant le corps en bouillie de Stella. Les caves qui donnent sur un parking à l'arrière de l'immeuble. Mon rire est devenu un fou rire qui ne veut plus s'arrêter. Je ris à en avoir mal. J'en ai des douleurs dans la mâchoire, dans mon ventre fertile. Je suis loin de l'immeuble quand, soudain, un hurlement. Un hurlement de femme. De toute ma vie, je n'ai jamais entendu un cri pareil. Toute la tristesse du monde est contenue dans ce cri. Ça stoppe mon fou rire. Et je fonds en larmes.

Je confesse à Dieu tout-puissant,
Je reconnais devant mes frères,
Que j'ai péché, en pensée, en parole,
Par action et par omission.
Oui, j'ai vraiment péché.

*

Je n'entends plus le cri des policiers derrière moi. J'entends le frottement de l'air dans mes oreilles, les sirènes des ambulances qui entrent et sortent de l'hôpital. Maddie, ma chérie, je suis contente de t'avoir revue. D'avoir connu la jolie petite ado que tu es devenue.

Quel bruit vais-je faire en touchant le sol ? Le bruit d'un sac de noix, comme elle ?

Le sol. Bientôt. Le temps d'une respiration. À peine.

Sainte-Marie, mère de Dieu.

Je ne crie pas. Je ne pleure pas. Je n'ai pas peur. Pas de la mort en tout cas.

Priez pour nous, pauvres pécheurs.

J'ai seulement peur de Son jugement.

Maintenant.

Va-t-Il m'accueillir dans les cieux ?

Et à l'heure de notre mort.

Ce n'est pas ce que je Lui avais promis de faire de ma vie.

Que Sa volonté soit faite.

S'Il me refuse, je comprendrai. Oui, je comprendrai.

Amen.

Impact.

Ça ne se passe pas comme on croit. Il n'y a pas de tunnel ou de lumière. On ne flotte pas. On ne devient pas transparent. On sort simplement de son corps et on devient plus grand, plus large, mais sans prendre de place. On devient un champ de vision. On existe toujours, mais sans le poids du corps. Mon cadavre est sur le sol, entouré de badauds. Je vois ce qui reste de moi depuis un endroit où la lumière du monde des vivants passe par un filtre bleuté. Le sang de mon corps, violet, coule sur le bitume. Je me penche pour observer mon visage dans la mort. Je me fais penser à une sainte en pleine béatitude.

J'ai la bouche grande ouverte et mon regard s'est figé dans mes dernières émotions : la miséricorde. Un flot de flics se déverse dans la rue. Ils font reculer les curieux. Certains prennent des photos. Les flics sont suivis de près par des médecins. J'ai l'impression d'être dans l'eau d'une piscine. Même déformation des images, même difficulté à bouger. Sans avoir de corps pourtant. Je suis devenue une conscience. Dieu, où est Dieu ? Suis-je au purgatoire ? Et ma Maddie, que vont-ils faire d'elle ? Je veux la rejoindre, la protéger. Je quitte la rue, j'entre avec effort à l'intérieur de l'hôpital. Je traverse le hall en passant parmi tous ces gens en état de choc. Cinq étages me séparent d'elle. Je pensais que les fantômes pouvaient aller d'un point à un autre en un claquement de doigts, mais pas du tout. Je n'ai plus de doigts de toute façon. Impossible d'appuyer sur les boutons d'ascenseur ! Pourtant, j'ai l'intuition que je pourrais le faire, mais je ne sais pas comment m'y prendre. Alors, j'emprunte l'escalier. Je croise d'autres gens comme moi, dans le même état que moi. Je ne les vois pas, pas plus qu'ils ne me voient, mais j'ai conscience de leur présence, de ce qui se dégage d'eux : le bon comme le mauvais.

Un troupeau de policiers stationne devant la chambre de Maddie. Il y en a sûrement autant à l'intérieur. Des charognards, des vautours ! Puisqu'ils n'ont pas eu les miens, ils veulent ses aveux. Avant que la porte ne se referme, je me glisse entre deux colosses, juste à temps. C'est si étrange de voir sans être vue. Je me retrouve avec un flic, un seul, et le couple Marny. Tapis dans l'ombre, ils ressemblent à deux chats apeurés qu'on menace de jeter à l'eau. Agatha Marny est assise sur un fauteuil. On lui a décoré le front d'une sorte de gros pansement. Elle tient la main de son mari debout à côté d'elle.

Assise sur son lit, Maddie sanglote. Le grand flic, mince, longiligne, très chic, ferme la porte à double tour, puis il approche du lit. Il observe ma fille qui pleure en silence. Il attrape un gobelet, se rend dans la petite salle de bains attenante et verse un peu d'eau dedans. Il revient et le lui tend. Il la laisse boire, lentement. Elle essuie ses larmes. Ses doigts passent sur les taches violacées qui encerclent ses yeux. Le flic lui demande avec une douceur que j'apprécie :

— Vous êtes sûre de vouloir faire ça maintenant ?

Maddie balance son menton de haut en bas. Perplexe, le flic s'installe sur une chaise à proximité du lit. Il croise ses jambes d'une façon pas très masculine. Homosexuel. Ce type est homosexuel. En voilà un autre qui n'ira pas directement rejoindre les anges du paradis. Il déclenche un enregistreur qu'il garde dans les mains :

— 7 janvier 2019. Massachusetts General Hospital, Boston. Chambre 547. Quatorze heures dix-sept. Capitaine détective Wilfried Bosco. Affaire Adeline Le Carré. Audition de Ms Loren Marny en présence de ses parents. La présence d'un avocat n'a pas été sollicitée. Je veux d'abord vous présenter mes condoléances, Loren, et vous dire que je vous trouve très courageuse de répondre à mes questions dans de telles circonstances.

— Je veux juste que ça s'arrête.

— Très bien. Alors allons-y, Loren. Je vais d'abord vous poser une question simple. Avez-vous, vous et votre mère biologique, assassiné…

— On n'a pas eu le choix, monsieur. On ne voulait pas être de nouveau séparées.

Les yeux du flic brillent. On le dirait devant la porte d'un coffre-fort qu'il vient de déverrouiller et qui va s'ouvrir sur un trésor inestimable.

— Racontez-moi ça, Loren. Racontez-moi tout depuis le début.

Maddie ramène ses genoux contre son buste. Elle les entoure de ses bras en expirant profondément. Elle démarre ses aveux comme on lâche son dernier soupir.

PIÈCE N° 48

Loren Marny
Audition du 7 janvier 2019

Virginia Grant
Séance de psychophonie.

— Je ne sais pas comment ça m'est venu, mais à un moment je me suis mise à faire toujours le même dessin. Je le gravais au cutter un peu partout, sur les murs du collège, sur les tables : une rose et un cobra prêt à mordre. Je me suis fait serrer par Mr Tazief, mon prof de maths. Et le conseil de discipline m'a collé des travaux d'intérêt général. J'ai dû aller bosser à la cafétéria du lycée. Ce qui est dingue, c'est que c'est à elle qu'on a demandé de m'accueillir. Elle parmi tous les employés. Elle m'a proposé d'aller laver des tables avec elle. Au début, on se disait trop rien et puis, à un moment, elle m'a demandé : « T'es le genre de fille qui aime régler ses comptes ? » Me suis demandé où elle voulait en venir. J'ai pas répondu. Elle m'a dit : « Si tu veux, on peut lui apprendre à ton connard de prof à jouer le shérif. »

— Ce langage, ça ne vous a pas surprise ?

— J'ai kiffé grave.

— Intéressant. Et qu'est-ce qu'elle vous a proposé ?

— Elle m'a montré une vidéo sur son tél. Elle avait surpris Mr Tazief en train de mater dans les toilettes des filles. Elle m'a dit : « Avec ça, on va le pulvériser. » Ma mère a tout balancé sur le Net. La vidéo est devenue virale. Deux semaines plus tard, il était viré. C'était géant.

— Intéressant. C'est à ce moment-là que votre mère vous a annoncé qui elle était ?

— Non, c'est arrivé plus tard. D'abord, on se voyait un jour sur deux, en cachette. On se disait qu'une amitié entre une ado et une adulte, les gens trouveraient ça louche.

— Pas vous ?

— Non. J'avais tellement besoin de quelqu'un comme ça dans ma vie. Quelqu'un qui ose.

*

Ça faisait des mois que je l'observais. Chaque jour, elle passait devant moi en longeant le comptoir avec cet air d'avoir la tête ailleurs. Moi, je remplissais son assiette en me remplissant d'elle, en prenant mon temps. Je la dévorais des yeux, je la découpais en morceaux, je l'étudiais à la recherche de ce qu'il y avait de moi et de mon Martin chez elle. Elle, elle reprenait son assiette sans me regarder, sans se douter de rien. Elle s'éloignait, rêveuse, maladroite. Et moi, j'avais des mots d'amour plein la tête. Il n'y avait pas grand-chose de Martin chez elle. Maddie me ressemblait complètement. J'attendais d'être chez moi pour en pleurer. C'est après l'histoire du prof de maths que nous sommes devenues des amies, et ma fille n'a plus pris le bus pour rentrer chez les Marny. Elle m'attendait derrière l'école, elle sautait dans mon tas de ferraille et on partait en balade, une petite demi-heure. Un petit moment volé. On roulait la musique à fond. On sirotait des Jelly Belly[1] : Green Apple pour moi, Lemon Drop pour elle. On se chamaillait gentiment à propos des selfies qu'elle voulait faire. J'étais contre. Peur des réseaux sociaux, qu'on me reconnaisse, qu'on lui fournisse mon identité. Mais même quand on se chamaillait, on s'amusait. Et puis, parfois, on ne s'amusait pas du tout. Parfois, elle me parlait de sa solitude. Je lui parlais de la mienne. Je lui montrais des photos de mes parents, de ses grands-parents donc, et elle, elle n'avait rien à me montrer du tout. Absolument rien. C'était comme si elle n'avait aucune vie.

*

— Avec elle, j'avais l'impression d'être une adulte, vous comprenez. Elle m'écoutait, elle prenait mes problèmes au sérieux. Elle me parlait de sa vie comme si je pouvais tout comprendre. Des fois, on repartait chacune de son côté avec les soucis de l'autre en tête et on y réfléchissait et, quand on se retrouvait, on se proposait des pistes. Des pistes, jamais des solutions. Ma mère disait toujours…

*

Je lui disais toujours : « La direction qu'on doit prendre, on décide de ça toute seule, sinon, c'est pas notre destin qui s'accomplit, c'est celui des autres. »

---

1. Boisson gazeuse.

*

— Comment avez-vous su que Virginia Grant était votre mère biologique ?

— J'ai voulu voir si c'était vrai, ce que mes parents disaient à propos de l'adoption. Que les gens ne regardent plus une famille de la même manière une fois qu'ils savent, qu'ils se mettent à chercher des « signes d'échec » et qu'il vaut mieux ne rien dire. À chaque fois, mes parents rajoutaient : « Mais nous, dans nos cœurs, on sait que ça marche, hein, on sait ? » Pourquoi ils avaient besoin de le dire alors, si c'était si évident ?

*

Quand elle m'a annoncé qu'elle avait été adoptée, avec l'air de vouloir me tester, j'ai juste posé ma main sur la sienne et je l'ai sentie. Doux Jésus, il s'est passé un truc, une étincelle, de l'ordre du lien. Nos atomes se sont reconnus. Elle a retiré sa main en cherchant quoi dire et, pour faire taire sa panique, elle a balbutié quelque chose comme : fallait pas que j'hésite, je pouvais lui demander ce que je voulais. Elle se sentait redevable depuis l'histoire du prof. Alors j'ai dit : « Tu n'as pas à te sentir redevable, Loren. Entre une mère et sa fille, ça ne fonctionne pas comme ça. »

*

— Je vous jure, ça m'a coupé la respiration. Elle m'a foutu la trouille. J'ai plus voulu la voir. Je l'ai prise pour une mytho. Pourtant, l'idée que ça puisse être vrai, que cette femme puisse être ma mère, l'idée qu'elle se soit lancée à ma recherche, et qu'elle m'ait retrouvée après tout ce temps, c'était tellement dingue que, finalement, ça me plaisait. Il y avait quelque chose d'excitant là-dedans. Une femme comme elle. J'attendais depuis si longtemps qu'un truc un peu fou m'arrive. Je n'ai pas été déçue. Je suis retournée la voir et je lui ai demandé des preuves de ce qu'elle disait.

*

Paige Atkins. Agent d'État pour le Connecticut Department of Social Services. Et militante antiadoption. Son quotidien : trouver des familles pour les enfants sans foyer, mais aussi jouer le cheval de Troie. Paige Atkins en est persuadée, l'adoption est une hérésie, une « anomalie légalisée ». C'est comme ça qu'elle dit. Quand Paige Atkins vous décrit sa propre expérience d'enfant adoptée, elle résume ça en deux mots : « le bourbier ».

Paige Atkins veut qu'on cesse de créer des – comment dit-elle déjà ? –, des « nœuds temporels », des « relations fictives ». Une adoption, selon Paige Atkins, ça doit respecter la réalité. Les mots doivent correspondre à l'histoire qui s'écrit. Sans mensonges. Le rôle et le nom de chacun doivent être le reflet des faits. Sinon, impossible que ça fonctionne. Elle dit qu'il y a les créateurs, biologiquement identifiés, qu'on ne peut rien changer à ça, et qu'il y a le père de cœur, la mère de cœur, mais que c'est aux enfants d'en décider. Paige Atkins voudrait qu'on arrête d'attendre des mômes qu'ils appellent du jour au lendemain deux parfaits étrangers « papa » et « maman ». Paige Atkins pense qu'elle est sur terre pour combattre ce système. Quand je l'ai rencontrée, ma Maddie dans les bras, elle était déjà une vieille dame, mais elle me l'avait promis, la main sur le cœur : que ce soit dans dix jours, dix mois ou dix ans, à ma simple demande, si Dieu lui prêtait vie, elle ferait sauter les verrous du secret. Quoi qu'il lui en coûte. Elle l'avait juré : elle se battrait jusqu'à la fin afin qu'aucun lien maternel ne soit brisé. Quitte à enfreindre la loi. Ce jour-là, j'ai remercié Paige Atkins et je lui ai dit en le pensant vraiment que ma décision était prise, que je n'y reviendrais jamais. Confier mon bébé, c'était la meilleure chose que je pouvais faire.

*

— Ma mère m'a donné une copie du dossier d'adoption. Dedans, j'ai lu mon vrai prénom, Maddie, née de Virginia Grant et de père inconnu. Au bout de plusieurs pages, je suis devenue Loren Marny. Et Agatha et Walter Marny sont devenus mes parents. Ça ressemblait à un contrat, comme quand on achète une maison. Je ne comprenais pas grand-chose de ce que je lisais mais j'ai tout lu, jusqu'aux comptes rendus des services sociaux, leurs entretiens avec ma mère, et la partie du contrat qui lui faisait perdre ses droits sur moi. J'ai retrouvé les adresses oubliées de mon enfance, rapport aux nombreux déménagements de ma famille d'adoption. Et quand j'ai eu fini de lire tout ça, je lui ai demandé de me parler du grand absent, mon père.

*

J'ai tout raconté, sans rien cacher. Notre rencontre dans cet *american diner* que j'aimais tant, le Recovery Room, sur Ocean Avenue. Martin, je ne l'avais pas remarqué jusqu'à ce qu'il vienne m'aider, quand Ms Parker a eu besoin d'aller aux toilettes.

Ms Parker, soixante-quatorze ans, c'était ma voisine du dessous et je m'occupais souvent d'elle, de son ménage, de ses courses. Je l'aidais à tenir ses papiers. Tout ça gratuitement bien sûr, juste pour le plaisir d'aider. Alors parfois, pour me remercier, Ms Parker m'invitait à déjeuner.

Ms Parker, elle ne se déplaçait plus qu'en chaise roulante et pour entrer dans les toilettes, avec ses roues, c'était compliqué. Lui, il sortait des toilettes hommes et, quand il m'a vue me démener avec la chaise, il est venu m'aider. Ça m'a renversée émotionnellement. Son sourire, sa douceur féroce. J'ai aimé la façon avec laquelle nos regards se sont croisés. Pas comme on croise le fer mais comme on croise les doigts, pour attirer la chance. J'ai eu immédiatement la certitude que j'allais le revoir et que, lui et moi, ça durerait la vie entière.

C'est ce qui est arrivé. La platitude de ma vie a été transformée en montagnes russes. Au milieu du bonheur, je découvrais ses dépressions sournoises, ses tentatives de suicide, sa morbidité excessive.

J'ai adoré m'occuper de lui. Le sauver.

J'ai raconté à ma fille combien Martin était désiré par les femmes. Comment elles l'aguichaient.

Je lui ai raconté la mort d'une de ces dévergondées. Mon rôle dans sa chute. Et la mienne. Ma chute, après la mort de Martin.

J'ai raconté ma lente agonie. Comment j'ai perdu la

foi, mon travail. Comment je suis retournée vivre chez mes parents. Je n'ai pas caché non plus que c'étaient eux qui s'étaient occupés d'elle, principalement. Moi, Martin était mort, et j'avais définitivement quitté la vie. Toute la journée, je restais dans ma chambre d'enfant, embaumée vivante, dans les bras d'un monstre silencieux, le deuil. Au bout d'un moment, il a fallu prendre une décision. Mes parents et moi, on a pensé que c'était mieux de donner mon enfant afin qu'elle soit entourée de gens fiables et solides.

*

— Elle est devenue mon héroïne. Mon idole. Le meurtre de cette fille, la façon dont elle avait décidé de se séparer de moi pour m'offrir un avenir meilleur, c'étaient des preuves d'amour incroyables. Des preuves un peu tordues, mais des preuves comme on ne m'en avait jamais donné. Cette femme incroyable, forte, complètement dingue, c'était ma mère ! La mienne ! Ma vie avait enfin de la gueule ! Quand elle m'a demandé si elle pouvait m'appeler Maddie, je lui ai sauté au cou. J'étais folle de joie. Je devenais une autre. Ou plutôt, je redevenais moi. Vraiment moi.

*

Maddie est prise soudainement d'étourdissements. Ses paupières se ferment. Elle cherche un point d'appui en elle. Inquiet, le flic s'avance sur sa chaise.

— On peut faire une pause si vous voulez.

Maddie ouvre les yeux et son regard cherche ses

parents, ratatinés sur eux-mêmes au fond de la pièce. Elle leur dit :

— Pardon, je vous demande pardon.

Le visage tourné vers l'extérieur, Walter Marny ne parvient plus à encaisser les coups. Les muscles de sa mâchoire se contractent sans cesse, douloureusement, et ses yeux restent plissés, les paupières mi-closes. Agatha Marny, quant à elle, encaisse plus vaillamment. Sa tête ne fait que pivoter lentement de haut en bas dans un balancement épuisé. Il y a de la compassion, de la détresse et de l'amour dans son regard. On pourrait presque croire qu'elle est sa mère. Le flic reprend ses questions.

*

— Si je comprends bien, Loren, votre mère vous annonce qu'elle est une meurtrière et ça ne vous pose aucun problème ?

— Pourquoi ? Stella Le Carré avait assassiné mon père. Elle avait détruit notre famille. Cette fille n'avait eu que ce qu'elle méritait. Ma mère nous avait rendu justice.

— Intéressant. Vous avez une vision fascinante de la justice, Loren. Pourquoi votre mère est-elle revenue ? Que s'est-il passé pour qu'elle ressurgisse dans votre vie ?

— Je ne sais pas. Je ne le lui ai jamais demandé.

*

Je ne suis plus entrée dans les églises. Je n'ai plus prié. Je trouvais que je n'en étais plus digne. J'avais fauté, abominablement. Je m'étais crue bonne et disciplinée.

J'avais été orgueilleuse. Alors, Dieu m'avait mise à l'épreuve et, libre de mes actes, j'avais échoué. Face au mal, j'avais répondu par le mal. Dieu et mon père devaient en être dévastés. J'avais assassiné une jeune femme. Sans même que ça éteigne ma colère. Et j'avais abandonné mon enfant. Pourtant, un matin, il y a eu un miracle. Au petit déjeuner, j'ai entendu quelqu'un me dire :

— Tu m'as manqué.

J'ai levé la tête et Martin était assis face à moi. Une apparition. Ça n'a duré que quelques secondes. J'ai attendu son retour. Impatiemment. Et plus tard dans la journée, l'ange Martin est revenu. Et il est reparti, encore. Pour mieux revenir. J'ai commencé à m'habituer à sa façon de faire. Je me suis demandé si ce n'était pas une faveur qui m'était faite. Un message de pardon. Un signe de clémence. Et pas de démence, comme le disaient mes parents ou les médecins. J'ai recommencé à prier. Et plus je priais, plus Martin me visitait. Dans Sa grande bonté, Dieu me pardonnait. Il savait combien toute ma vie j'avais travaillé à être bonne. Combien je l'étais au fond de moi, malgré tout. Mais les médecins, eux, ne faisaient que prescrire des médicaments qui s'ajoutaient aux précédents. Ils disaient que leurs pilules, ça allait espacer les visites de Martin. Mais moi, ce n'était pas ça que je voulais. Moi, je le voulais à mes côtés, le plus souvent possible. Alors, à la place, ce sont les prises de médicaments que j'ai espacées. Et j'ai repris goût à la vie. Un jour, pendant une de ses visites, Martin m'a dit :

— Et si on allait la chercher la petite ?

Martin avait lu dans mes pensées. Moi aussi, je

voulais que nous soyons à nouveau réunis. Comme avant. J'ai contacté Paige Atkins.

*

— Et les extraits du journal intime de Stella, qui nous les a fait parvenir ?
— Ma mère.
— Comment se les est-elle procurés ?
— Ms Le Carré l'avait avec elle quand ma mère l'a…
— Assassinée ?
— Ça n'était pas prévu, monsieur. Pas du tout. Seulement, ça a merdé. Tout est parti de travers. J'étais venue m'occuper d'Oscar. Mr Edwards et Gabrielle travaillaient. Je voulais lui offrir son cadeau de Noël, aussi. Oscar, c'est comme mon petit frère, vous savez. On a sonné à la porte. C'était une dame. Elle voulait voir Edwards. Elle a eu l'air embêté quand elle a appris qu'il n'était pas là. Alors elle a écrit un message sur une feuille. Elle l'a pliée et elle m'a dit : « Donnez-lui ça, c'est important. » Quand elle est partie, j'ai pas pu m'en empêcher. J'ai lu. Ça disait : *« Je sais tout. Rencontrons-nous. Adeline Le Carré : 5 579 284 321. »* En lisant son nom, Le Carré, je vous jure, j'ai presque sursauté. J'ai téléphoné à Virginia. Je lui ai lu le message. Elle a gardé le silence. Longtemps. C'était ça : je venais de rencontrer la mère de celle que Virginia avait passée par la fenêtre. Et les trois premiers mots du message faisaient flipper grave : *« Je sais tout. »* J'avais envie de pleurer. Je ne voulais pas que ma mère aille en prison, que l'on soit de nouveau séparées.

*

Pourquoi, Seigneur ? Pourquoi faire planer ce doute au-dessus de nos retrouvailles ? Quel était le sens de cette menace ? Et surtout, quel était le lien entre Stella Le Carré et le Dr Edwards ? Je n'avais jamais eu aucune raison de prêter attention aux gens chez qui Maddie travaillait. Je savais seulement qu'il s'agissait d'un couple de médecins et que Maddie n'aimait pas le père de famille. Elle le trouvait bizarre, angoissé, vraiment pas drôle. C'est en cherchant des photos d'eux sur le Net que j'ai réalisé. Il avait changé, beaucoup même, mais j'ai reconnu son regard perdu et tourmenté, le même qu'il avait le jour de l'enterrement. Poussée par une curiosité morbide, je m'étais rendue aux obsèques de Stella. Et si Ms Le Carré avait découvert la vérité concernant la mort de sa fille ? Et si elle détenait des preuves de ma culpabilité ?

*

— Ma mère m'a demandé de garder ce bout de papier pour moi, le temps de vérifier ce que cette femme savait. Elle l'a appelée. Elle s'est fait passer pour Gabrielle Baker. Elle a raconté qu'Edwards était à l'étranger, qu'il fallait attendre son retour mais que, s'il s'agissait d'une urgence, elle était prête à venir à sa place et écouter. Ms Le Carré a exigé qu'elles se voient immédiatement.

PIÈCE N° 49

Virginia Grant
Séance de psychophonie

25 décembre 2018,
Hôtel Morrissey, Neponset, Boston, MA.

Ms Le Carré s'adresse à moi en pensant s'adresser à Gabrielle Baker. Elle a sorti de ses affaires un livre épais. Elle le manie avec précaution, à la manière d'un engin explosif.

— Ce que vous voyez là, c'est le journal intime de ma fille. Ce que j'ai lu dedans… Ce qu'elle a traversé…

Elle embrasse le journal, tapote dessus.

— Elle ne pouvait pas s'en sortir indemne. Votre mari connaissait ma fille. Il avait été son petit ami. Vous le saviez ?

Je prends un air dubitatif alors que je suis submergée de compassion. Je sens l'émotion monter dans mes yeux. Ma colère a privé cette femme de son enfant. Je connais la somme des tourments que cela représente. Elle continue :

— Il a laissé ma fille mourir. Ils s'étaient promis de se suicider, mais lui, votre mari, il ne l'a pas fait. En revanche, ma Stella a sauté. Il l'a laissée sauter sans rien dire à personne. Il a laissé ma fille se suicider. Je veux 200 000 dollars. Sinon, je balance toute l'histoire. C'est le prix de mon silence.

Je suis prise de vertige. Adeline Le Carré pense que c'est à cause de la somme qu'elle réclame, mais c'est à cause du bonheur qui me traverse. Et de l'effroi que je ressens. Le bonheur d'apprendre qu'elle ne sait rien, strictement rien à propos de moi. L'effroi en réalisant que Stella a promis à Edwards ce qu'elle a promis à mon Martin. Elle me l'avait dit le soir de sa mort : elle avait décidé de passer Martin « en tête de liste ». Mais moi, cette liste, je pensais qu'elle n'existait pas, que c'était une façon de dire les choses. Comment aurais-je pu croire que Stella avait réellement répertorié des individus ? Qu'elle était en train de pousser au suicide deux personnes à la fois ?

— 200 000 dollars. Réfléchissez bien. Personne ne voudra plus se faire soigner par votre mari. Laisser mourir une jeune fille de quinze ans, ce n'est pas digne d'un médecin. Ce n'est digne de personne.

Je vois Adeline Le Carré chercher une chaise, prendre appui sur l'accoudoir, s'y asseoir.

— Je ne suis pas fière, vous savez. Je ne suis pas fière de ce que je fais. Dénoncer votre mari ne me ramènera pas ma fille, et ma fille a fait du mal elle aussi, mais avec cet argent, au moins, le p'tit Niels pourrait alléger sa conscience et moi… moi… je pourrais tout recommencer. Je pourrais envoyer Tate se faire voir et je partirais loin. Vous n'entendriez plus parler de moi. Promis. Craché. Juré. Sans votre argent, je vais devoir rentrer et là, là, je ne donne pas cher de ma peau.

Drôle de façon de me mettre la pression. Difficile

après une vie entière en position de victime de devenir une prédatrice. C'est si difficile que l'apprentie « maîtresse chanteuse » se met à pleurer.

— Mon Dieu ! Tout le mal qu'on a fait à ma gamine. Ça l'a rendue folle. Folle à lier.

Dans sa souffrance, je vois la mienne, celle d'une maternité volée et, sans m'en rendre compte, mon empathie me joue un tour. Je passe mes mains sur mon ventre, à la manière d'une femme enceinte. Et ce geste propulse Ms Le Carré quinze ans plus tôt. Elle me dévisage, percutée par un souvenir.

PIÈCE N° 50

Adeline Le Carré
Séance de psychophonie

Nuit du 28 au 29 décembre 2003,
52, Crystal Avenue, New London, CT.

Je viens de me garer. J'éteins les phares de mon véhicule. Je rassemble mes affaires, épuisée par ma nuit chez Citgo, et pourtant je n'ai aucune envie de rentrer. Je pense à son haleine alcoolisée, à ses yeux rougis, brouillés par l'alcool. Est-ce qu'il l'a frappée pendant que je travaillais ? Est-ce qu'il attend mon retour pour le faire ? Il aime que je regarde. Comme d'habitude Stella m'enverra des signes pour que je ne m'en mêle pas. Et c'est ce que je ferai. La seule fois où je ne l'ai pas écoutée, John l'a frappée plus fort pour m'apprendre à rester à ma place. Il en bavait de bonheur.

Je planque un peu d'argent dans ma chaussette. Ce soir, j'ai reçu mon salaire. C'est de l'argent que je cache. Quelques dollars par-ci, par-là. Pas grand-chose. J'économise pour fuir, un jour. Fuir avec ma petite.

Un claquement de métal.

Je lève la tête. En face de moi, une porte de secours vient de se refermer. Une femme quitte l'immeuble en rasant les murs. Elle est enceinte et elle rit, complètement saoule. Ou droguée. Tout le monde sait ce qui se passe dans nos caves, la nuit venue. J'espère que Stella y échappera. Qu'elle échappera au moins à ça, à la drogue, à cette merde. Je songe à l'enfant dans le ventre de cette fille qui s'éloigne en zigzaguant. Elle doit être à quoi… cinq, six mois peut-être ? Je me dis qu'elle devrait le perdre. Ce gosse ferait mieux de disparaître dans un saignement. Qu'on me donne une seule bonne raison pour qu'il vienne au monde ? Dans ce monde, tel qu'il est ? La vie est une sacrée dégueulasserie.

PIÈCE N° 51

Virginia Grant
Séance de psychophonie

25 décembre 2018,
Hôtel Morrissey, Neponset, Boston, MA.

Je nie en bloc. Elle doit faire erreur. Ce n'était pas moi. Je ne suis jamais allée à New London. La peau de son front se plisse, se tord. On dirait que de petits vers de terre labourent ses pensées. Elle me coupe la parole :

— C'était vous ! Aucun doute. J'ai tellement ressassé les jours et les heures avant sa mort. Je me suis tellement torturé les méninges pour savoir si je n'avais pas loupé quelque chose, un détail, qui aurait pu m'avertir, qui aurait pu la sauver. Je me souviens de tout. Et de vous ! C'est tellement pas commun de voir une femme enceinte sortir des caves d'un immeuble, en plein hiver, au milieu de la nuit, en riant.

Ses yeux s'écarquillent : collision entre ses souvenirs et les informations lues dans le journal.

— Mais… Attendez…

Elle ouvre le cahier, en fait rouler les pages. Elle cherche le long des lignes avec son index. Son doigt parcourt l'écriture juvénile. Je l'entends qui murmure.

— Oui, c'est ça… Martin Milton Lane. Sa compagne était enceinte…

D'un côté de l'immeuble, la femme d'un homme avec lequel Stella couchait et, de l'autre, le corps de sa fille gisant sur le sol.

— Vous êtes… Vous n'êtes pas…

Adeline Le Carré fait quelques pas en arrière en serrant le journal de sa fille contre elle.

— C'est pour ça que ça ne collait pas ! Il n'y a pas une ligne sur son envie à elle, pas un endroit dans ce journal où elle parle de sa mort, de son suicide… Mais vous, vous étiez en train de rire… Comment j'aurais pu imaginer ? On ne rit pas quand on vient de tuer quelqu'un. On est un monstre si on fait ça. Oh mon Dieu… Ma Stella, vous l'avez…

J'ai pensé au rire de cette fille, à ce son qui m'avait poussée au pire et à mon rire de criminelle. Finalement, je ne valais pas mieux. J'ai pensé à Martin et ma Maddie. À nos retrouvailles. J'ai pensé que je n'avais pas le choix, si je voulais que nos vies restent comme avant.

— Fais quelque chose, bordel !

C'est ce que l'ange Martin a crié en apparaissant. J'ai demandé à Dieu et mon père de détourner le regard et j'ai bondi sur elle.

Ce n'était pas prémédité. Ça ne faisait pas partie d'un plan mûrement réfléchi. Juste une idée fixe qui s'est imposée d'un coup : la faire taire. Elle est tombée à la renverse. J'ai bloqué ses bras sous mes tibias. Je lui ai arraché des mains le journal de sa fille et, avec la tranche épaisse, robuste du bouquin, j'ai frappé à la gorge, de toutes mes forces. J'ai entendu ses os craquer, son larynx se briser. Quand elle s'est mise à cracher du sang, je me suis reculée. Je l'ai libérée de mon poids et, Martin et moi, on l'a observée se débattre avec la mort. C'était si étrange, si bizarre, ces geysers de sang qui sortaient de sa bouche. À un moment, elle a pivoté sur le côté, elle a tenté de ramper vers la table de nuit. Martin et moi, on se demande encore pourquoi, ce qu'elle voulait faire exactement, et puis elle s'est figée, avant de s'écrouler sur le sol.

Contrairement à Stella, je n'ai eu aucun plaisir à la tuer. Je n'ai ressenti que de la terreur. Et du dégoût, envers moi. J'ai dû m'allonger un instant, m'enfouir sous le duvet lourd et poussiéreux pour crier, hurler, la tête dans les couvertures afin que personne n'entende. Et puis, je suis restée là, dans l'odeur des draps et de cette femme, son cadavre en descente de lit. J'ai brusquement réalisé que je tenais encore le journal intime de Stella dans les mains. Alors, je l'ai ouvert. Et j'en ai commencé la lecture…

PIÈCE N° 52

Stella Le Carré
Extraits de son journal intime

8 août 2001 (p. 1). Bonjour mon Journal. Je m'appelle Stella Le Carré. J'ai douze ans. Je veux devenir actrice. Parce que les gens disent tout le temps que je suis belle. Ils disent même « incroyablement belle ». C'est un bon début, je trouve, pour devenir actrice. Après, il faudra que je sois talentueuse aussi. Mais le talent, tout seul, comme ça, j'y crois pas. Je crois surtout au travail, mon Journal. Et ça, tu peux me croire, je vais travailler dur pour y arriver.

J'ai décidé de tenir un journal parce que, comme ça, si je deviens connue, les gens sauront tout ce que j'ai fait pour y arriver. Depuis le début. Donc, dès qu'il se passera quelque chose d'important, je le noterai dans tes pages, mon Journal. Mais bon, des choses importantes, ça n'arrive pas tous les jours, enfin, je ne crois pas. Alors, il faudra être patient, mon Journal. Sinon, je dois t'avouer un truc. Je t'ai volé. Tu étais tellement joli et tellement cher. J'ai dû trouver une solution pour te garder. Je me suis dit que tu serais un joli cadeau. Le seul. Le 24 août prochain, j'aurai treize ans. Mon père m'a prévenue. « On n'a pas d'argent pour ce genre de conneries. »

31 août 2001 (p. 28). Mon père m'a obligée à regarder un drôle de film avec des gens qui font l'amour. Il n'y avait pas d'histoire. Enfin, si, une petite, mais la plupart du temps les gens faisaient des choses affreuses tout nus. Les femmes avaient l'air d'avoir mal et les hommes avaient l'air d'aimer leur faire mal. Mais maman est rentrée plus tôt que prévu et elle nous a vus regarder le film et, mon père et elle, ils se sont disputés. Elle a fini par me sortir du salon comme si c'était ma faute. Mon père, il a dit que c'était pour me préparer à ma carrière d'actrice et il a rigolé d'une façon que j'ai pas aimée. C'est pour ça que je le note. Pour plus tard, quand je serai grande. Quand je me relirai. Peut-être que je comprendrai mieux.

11 septembre 2001 (p. 32). Je n'arrive pas à dormir. Quand je ferme les yeux, je vois des gens qui tombent. Je ne veux pas mourir. Je veux devenir actrice. Je veux avoir le temps de le devenir. Les gens dans la tour, ils devaient penser qu'ils avaient du temps eux aussi. J'ai déjà treize ans ! Il faut que ça aille plus vite. Je ne veux plus attendre. Pour rien. Tout devient urgent. Je veux vivre… VIVRE… VIVRE…

Aujourd'hui, pour la première fois depuis toujours, ma mère et mon père ne se sont pas engueulés de toute la journée. Ils sont restés collés l'un à l'autre devant le poste de télé. On aurait dit qu'il y avait du ruban adhésif autour d'eux. Pourquoi il faut que des gens horribles fassent des choses horribles pour que les autres se rappellent que c'est chouette de s'aimer, que c'est bon d'être ensemble ?

10 octobre 2001 (p. 46). J'ai osé lui parler. Même s'il est plus vieux que moi. De trois ans. Il est au club de théâtre lui aussi. Il s'appelle Braxton. Il est dans le groupe des quinze ans et plus. Ça me fout en rogne de pas être dans son groupe. C'est nul de faire plus que son âge et de pas pouvoir en profiter. Clarissa, elle, elle est confiante. Elle dit qu'il doit me trouver intéressante parce qu'il connaissait déjà mon prénom quand je suis allée lui parler. Elle dit que c'est bon signe. Oh, mon Journal, ce qu'il est beau ! Et il a l'air si cool. J'ai honte. J'ai envie de l'embrasser. Je crois que je l'aime, mon Journal.

22 décembre 2001 (p. 55). Tu sais, mon Journal, parfois, les souvenirs, ça nous revient au mauvais moment. Ça fait deux mois qu'on sort ensemble, Braxton et moi. On se cache. Je n'ai que treize ans. Et Braxton en a marre. Alors, il a voulu savoir si ça en valait vraiment la peine. Il a ouvert sa braguette et il m'a dit de mettre la main dedans. J'ai pas voulu. D'un coup, il m'a attrapée par la nuque, il a poussé ma tête vers son pantalon et moi j'ai eu peur parce que ça m'a rappelé le film que mon père m'avait montré. J'ai pensé : il veut me faire mal. J'ai fermé les yeux et son machin a cogné contre ma bouche et il a hurlé de douleur. Il m'a traitée de tous les noms. J'ai gardé les yeux fermés pour pas voir son visage tellement moche dans la colère, et c'est là que le souvenir m'est revenu.

Il est debout devant moi, derrière le rebord de la baignoire, son short descendu. J'ai quatre ou cinq ans. Mon père tourne sans cesse la tête vers la porte de la salle de bains. Il chuchote. Il dit que je dois caresser son doudou comme je caresse le mien et que, si je veux, je peux faire des bisous dessus, à son doudou. Il dit que ça lui ferait plaisir. Alors, je le fais pour faire plaisir à mon papa, et tout de suite je comprends, sans le penser, sans qu'un seul mot me vienne, que ce que je viens de faire, ce n'est pas correct. Je n'aurais pas dû.

La voix de mon père et celle de Braxton se sont mélangées : « T'es gentille. Une gentille fille… » et ça m'a fait revenir à moi, dans le présent.

Son machin était déjà entré dans ma bouche. J'ai voulu reculer la tête, mais sa main m'a tenu la nuque.

Braxton avait profité de mon moment d'absence. Il avait dû poser ses doigts sur mon menton pendant que mon esprit bloquait dans le passé et il avait tiré dessus. Et ma bouche s'était ouverte, juste assez.

Ça s'est mis à bouger comme une brosse à dents, mon Journal. Je suis tellement ailleurs, sans force, sans résistance. Je suis tellement triste. Je me sens tellement salie que je le laisse faire. Il y a plus de vie en moi. Je suis comme une chaise. Oui, mon Journal. Une chaise. Les gens, une fois assis dessus, ils n'y pensent plus à leur chaise. Ils en profitent, c'est tout. Braxton et mon père, ils ont fait pareil. Ils m'ont choisie, ils se sont assis sur moi, ils m'ont écrasée avec leur gros cul en premier et ils en ont profité, sans jamais penser à moi.

23 décembre 2001 (p. 56). Je ne peux plus arrêter de me laver, de me rincer la bouche au Listerine®[1]. Je n'ar-

---

1. Solution buccale.

rive plus à me supporter, mon Journal. Et à le supporter lui, quand il me touche, que son regard est sur moi. Ça me brûle. Je ne peux plus l'appeler papa. Il ne comprend pas. Il demande pourquoi je l'appelle Larry. Il rigole. Il croit que c'est un jeu, une passade. Je ne peux rien dire, mon Journal, à personne. Il faudrait que j'explique pourquoi je l'ai laissé faire. Cette fois et toutes les autres fois. Plein de souvenirs me reviennent, mon Journal. Ça n'arrête pas. J'ai embrassé son machin. Sans qu'il me force, mon Journal ! Du coup, c'est un peu ma faute aussi. J'ai envie de hurler, mon Journal. J'ai envie de hurler fort. Tellement FORT. FOOOORRRRTTTTT ! ! ! ! !

24 décembre 2001 (p. 57). Je ne serai jamais une actrice. Ce qui est arrivé, je te jure, mon Journal, ça m'a rendue moche. Laide. Je le vois dans la glace. Ça m'a abîmée. Je ne suis plus belle. Plus belle du tout. Pourquoi je ne les ai pas repoussés ? Pourquoi je n'ai pas crié ? Qu'est-ce qui cloche chez moi ? Je dois aimer ça. Je dois être un début de salope. Une allumeuse, comme Braxton a dit. J'ai cherché ce que ça voulait dire. Je me déteste, mon Journal. J'ai envie de mourir. De mourir vraiment.

26 décembre 2001 (p. 57). Au dernier moment, je me suis agrippée aux branches et j'ai réussi à sortir de l'eau. J'ai vomi un peu de la rivière glacée et je suis revenue vers la maison. À chaque pas, c'est incroyable, mon Journal, à chaque pas, je devenais plus forte. J'ai eu l'impression de ressusciter. Il a fallu que je coule, que je sois au bord de mourir pour comprendre. Je te jure, mon Journal, je glissais vers le fond, c'était sombre, tellement froid, et d'un coup il y a eu un éclair. Une lumière chaude dans ma tête. J'ai pensé : je vais disparaître. Et leur faute va disparaître avec moi. Du coup, ils pourront recommencer. Et leurs prochaines victimes, elles se flingueront elles aussi, et ça continuera encore et encore, jusqu'à ce qu'ils disparaissent eux. C'est là que j'ai senti une branche me griffer les côtes : je me suis agrippée à elle.

28 décembre 2001 (p. 60). Je lui ai dit que je me souvenais de tout. Que j'allais raconter ce qu'il m'avait fait à grand-mère, à ses collègues, à ma mère. Et puis j'ai posé son *gun* devant lui. Celui qu'il cache dans sa table de nuit. J'ai dit qu'il lui restait une heure avant qu'elle ne rentre du boulot, avant que je n'ouvre ma gueule et pas pour ce qu'il aimerait que ce soit. Une heure avant qu'il ne meure de honte. Je suis sortie de la pièce, j'ai fermé la porte derrière moi, et j'ai attendu. Il aurait pu attraper son arme et me tirer dessus. Oui, il aurait pu. Mais ça l'aurait mené où ? Derrière la cloison, je l'ai entendu couiner, sangloter, gémir. On aurait dit un crapaud. Les couinements se sont arrêtés en même temps que la détonation.

30 décembre 2001 (p. 72). Maman est allongée devant la télé. Ça fait des heures. Elle passe ses journées comme ça. Ses nuits aussi. Mais elle ne pleure plus. C'est déjà ça. Ça va aller mieux, de mieux en mieux. Il lui faut un peu de temps. Elle va pouvoir être heureuse maintenant. Moi, je suis heureuse. C'est comme si c'était moi qui avais posé le flingue sur la tempe, comme si je lui avais cramé le cerveau et son truc entre ses jambes avec. Même si ce n'est pas moi qui ai appuyé sur la détente, c'est moi quand même.

Les mots, je savais qu'ils pouvaient provoquer de grandes choses quand ils sont bien choisis, jusqu'à des révolutions. Les mots, c'est comme des armes. Au tour de Braxton maintenant. Et à moi de trouver les mots. Les bons mots pour que ça lui arrive, à lui aussi.

2 janvier 2002 (p. 74). Braxton m'a échappé. Il m'avait caché que lui et sa famille allaient déménager. C'est pour ça qu'il a osé faire ce qu'il m'a fait. Je te jure, mon Journal, je le jure sur ma tête, sur ma vie, ce sera le seul. Tous les salopards de son genre et du genre de mon père, tous les salauds qui croiseront ma route, tu peux me croire, mon Journal, je les supprimerai tous, en les poussant à se supprimer eux-mêmes ! J'en fais la promesse !

PIÈCE N° 53

Virginia Grant
Séance de psychophonie

25 décembre 2018,
Hôtel Morrissey, Neponset, Boston, MA.

Pendant plus de deux heures, j'ai parcouru le journal de Stella, découvert l'étendue de ses souffrances, la mise en place de sa vengeance. Sa beauté se transforme en collet à ados, à adultes, à vieillards. Stella devient un système judiciaire à elle seule. Une fois qu'elle l'a repérée, Stella capture sa proie et la messe est dite. Stella exécute sa sentence, froidement. Toujours la même : un suicide téléguidé, dirigé, accompagné. Pour y parvenir, Stella fait appel à ses talents d'actrice. Selon ses cibles, elle se transforme. Bill Bayley, dix-sept ans. Bill invite Stella au cinéma. Il tente de toucher sa poitrine avant même que le film commence. Il signe son arrêt de mort. Quatre mois plus tard, le gamin saute sur une voie ferrée au passage d'un train. Oliver Dalton, cinquante-deux ans, habitant d'East Lyme. Il aime se toucher pendant que Stella lui parle au téléphone. Il ne survivra pas à son « overdose médicamenteuse ». Marcus Sinni, trente-huit ans, habitant de Montville.

Stella le surnomme le « professionnel du coup de la panne ». Son truc, piéger les filles dans sa voiture, faire basculer le siège passager en position banquette et ne surtout pas laisser le temps à ses victimes de dire « non ». Finalement, Stella parviendra à faire que Marcus se couche dans l'herbe de son jardin devant sa tondeuse à gazon en mode « Marche automatique ». Puis c'est la rencontre avec Gregory Brown, Niels Edwards et Martin Milton Lane. Mon Martin.

PIÈCE N° 54

Stella Le Carré
Extraits de son journal intime

24 juillet 2003 (p. 132). Niels Edwards me force à faire des trucs avec l'air d'y être lui aussi obligé. C'est le monde à l'envers. J'ai du mal à le cerner. Il a pourtant baisé Clarissa comme si elle était un sac à foutre. Avec lui, je vais pas plus loin que les fellations. C'est pour ainsi dire pas grand-chose, comparé aux autres. Ça m'empêchera pas de le supprimer, lui aussi. Aujourd'hui, quand je suis sortie de chez lui, j'ai chialé, mon Journal. Ça m'arrive parfois. C'est pas évident de s'obliger à faire des choses, mais je dois en passer par là pour parvenir à mes fins… Donc, aujourd'hui, je chiale, mon Journal, je chiale de rage ou de fatigue, je sais pas trop, et une voiture s'arrête. J'ai oublié de te dire, mon Journal, mais je suis à un arrêt de bus, assise sur un banc. Dans la voiture, il y a un mec d'une quarantaine d'années. La façon dont il m'aborde, les mots qu'il utilise, tout de suite je me dis, tiens, ce type a l'air différent. Quand il me regarde, j'ai l'impression qu'il pose une couverture sur mes épaules. Il propose de me ramener chez moi. Alors, je monte dans sa voiture, juste pour voir. Je suis toujours en chasse, tu sais.

C'est plus fort que moi. Et franchement, mon Journal, je suis surprise. Il ne tente rien. Il est très poli. Il ne laisse pas traîner un seul regard sur mes cuisses ou sur mon corps. Il me donne son numéro de téléphone. Il dit que je peux l'appeler à n'importe quel moment, que j'aille bien ou mal. Martin Milton Lane. J'aime bien son nom. J'aimerais le revoir. Il n'est pas beau, il est vieux, mais il est rassurant. Il fait du bien. Peut-être que dans ses bras on comprend pourquoi les gens disent : « faire l'amour ».

24 août 2003 (p. 152). C'était mon anniversaire aujourd'hui. Et un peu le tien aussi, mon Journal. Ça aura été le pire de ma vie. D'abord, il y a eu Edwards. Au lycée, il m'a offert une tête de dragon tout en argent sans rien me demander en échange. Ça m'a étonnée. Parfois, ce salaud arrive à être attendrissant. Mais faut pas que j'oublie : ses gentillesses, c'est que du vent. Ensuite, arrivée chez moi, comme j'étais seule, j'ai appelé Brown, une piqûre de rappel. Il m'a dit qu'il avait un cadeau pour moi. Ce con voulait m'entendre le remercier, le supplier : « C'est quoi ? C'est quoi ? » comme sont supposées faire les filles. Merde ! Le remercier de quoi ? D'avoir pensé à acheter une connerie à celle qu'il aime ? Bravo, champion ! Les mecs, faut les flatter tout le temps, les récompenser pour un rien. Et nous, on doit prétendre qu'on y pige que dalle à leur petit jeu. J'ai fait mon actrice. J'ai dit : « Oooooh, mon chéri ! Merci ! Tu me rends tellement heureuse. C'est quoi ? Allez, vas-y, dis-moi, c'est quoi ? » et il a répondu : « Peux pas te le dire, sinon, ce serait plus une surprise. » Quel con, mon Journal ! Mais quel con ! Et puis après, tout joyeux, il a dit que j'allais devoir attendre jusqu'au week-end pour l'ouvrir, son putain de cadeau. Sans déconner ? Pathétique.

Brown, je le vois seulement le week-end. Ce trou du cul habite loin. C'est lui qui paie mon train. Edwards croit que je pars aider dans la ferme de mon oncle. Une pure invention. Mes parents, eux, ils pensent que je suis chez Clarissa.

Après Brown, ça a été le tour du gros porc. Lui, je le rencontre le soir, quand Tate se torche chez Mr G's et que ma mère se démène à la station-service. C'est dur de passer du temps avec ce dégueulasse, mon Journal. Il me répugne. S'il ne devait y en avoir qu'un à rayer de la carte, ce serait lui. Il a insisté pour passer à la maison. En fait, c'est parce que ça l'excite de faire ça dans ma chambre. Il m'a offert un CD, mon Journal, le dernier album des Black Eyed Peas. *Where Is the Love ?* Il a voulu que je danse dessus et que je me déshabille en même temps. Martin Milton Lane n'offre jamais rien pour rien. *Where Is the Love ?* C'est ce que je continue à me demander. Pendant que je danse, il se frotte à moi. Il pose ses grosses pattes de vicelard sur mon corps. J'en ai eu des haut-le-cœur. Il dit des cochonneries et, au milieu, un mot que je comprends pas parce que je le connais pas. Je sais vraiment pas ce que ça veut dire. Alors, il me l'explique en me mâchouillant l'oreille et je sais pas ce qui me prend, mais d'un coup je le gifle. C'est parti tout seul. La saloperie de trop.

Il y a la marque rouge de ma main, de mes doigts, sur sa face de porc. D'un coup, je flippe. Je me dis que ça y est, c'est foutu ! Il va se tirer ! Il va m'échapper ! Il sent ma panique. Ça le place en position de force. Il se met à jouer avec moi. Je suis pas dupe. Il dit que ça peut pas continuer comme ça entre nous, qu'il me quitte. C'est moi qui le rattrape ! C'est moi qui lui demande pardon ! Je le supplie de rester. Oui, mon Journal, j'ai fait ça. Au bout d'un moment, il finit par accepter. Mais à une condition. Il redit le mot. Et je dis oui. En sachant maintenant ce que ça veut dire.

Il m'a fait mal, mon Journal. Vraiment mal. Il n'a pas pu ne pas le sentir, ne pas comprendre qu'il était tout seul à aimer ça. Les hommes, ça aime la douleur des autres. C'est avec ça qu'ils mesurent leur puissance. Ils aiment se sentir forts. C'est dommage qu'ils ne se sentent pas forts quand ils font du bien. Non. C'est tout l'inverse.

28 décembre 2003 (p. 170). Brown va se pendre. Soulagement. Je supporte plus quand il m'embrasse. Sa langue épaisse, il la faisait toujours tourner dans ma bouche comme un mixeur. Horrible ! Et son odeur. Comment on peut transpirer autant ? Une infection. Je suis tellement heureuse de savoir que ce soir, ce sera réglé. Pour lui et Lane.

J'entends les ronflements de Tate. Ça l'a fatigué de me tabasser. Il a arrêté quand je me suis mise à saigner du nez. C'est quand même moi qui ai dû laver les taches de sang sur le tapis par terre. Lui, il s'est vautré dans le canapé et il m'a regardée faire. Ma mère a vraiment le chic pour les choisir. Même si lui, au moins, il ne me touche pas. Sexuellement, je veux dire. Pour le reste, si, bien sûr, me foutre une raclée, ça le détend toujours après une journée au boulot. Là-bas, on lui gueule dessus, on le traite comme de la merde. C'est pour ça qu'à la maison, il me tabasse, ça l'aide. Il récupère un peu de son estime. Reste à m'occuper d'Edwards. Le faux gentil. Cette petite merde d'intello m'inquiète. Je voudrais tellement les liquider tous les trois ensemble, le même soir. Ça ferait un bel anniversaire, une belle fête bien réussie pour la mort de mon père. Le premier porc de tous les porcs que j'ai croisés.

C'est sa mère qui a répondu. La salope. Je l'ai entendue pendant qu'elle lui passait le téléphone : « Dis-lui qu'on mange. Dis-lui qu'elle rappelle plus tard. » J'ai presque eu envie de rire. Me raccrocher au nez, Niels ? Impossible. Ton fils m'a faite reine, connasse, et toi, il t'a jetée du trône. Espèce de déchue ! Alors j'ai parlé vite. J'ai dit que j'avais une idée, qu'elle serait moins spectaculaire que le Gold Star Bridge, mais que l'important, c'était de respecter notre parole. Dès qu'il a répondu, au ton de sa voix, j'ai compris : c'était foutu. Merde ! Pourtant, j'y étais allée avec lui sur ce putain de pont ! Je l'avais accompagné pour lui faire croire que j'étais prête à sauter moi aussi, prête à mourir avec lui. Je savais que mon beau-père passerait par là et qu'il nous en empêcherait. Cette route, il l'emprunte tous les jours, à la même heure, et c'est ce qui est arrivé, comme prévu. J'écoute Niels Edwards se lamenter. Il va me foirer ma soirée. Il est mort de peur. L'alcool et le sexe, ça m'avait bien aidée à le convaincre, mais entretemps l'intello est redevenu clean. Il a promis, mais il flippe. Et c'est parce qu'il flippe que j'y pense. Sa peur me fait penser à lui faire peur. Une idée de génie. En une phrase, il est rentré à la niche. Je lui ai dit que s'il ne respectait pas sa parole, s'il ne sautait pas avec moi ce soir, alors je reviendrais d'entre les morts pour lui pourrir la vie, la sienne et celle de tous ceux qu'il aime. Et ça a fonctionné. Je n'en revenais pas. Quel con ! Mais quel con, mon Journal. Avec ça, je l'ai cadenassé. Ce soir, Niels Edwards sautera par la fenêtre de sa chambre pour me suivre dans la mort, moi, son amour éternel. L'amour éternel dans la mort.

PIÈCE N° 55

Virginia Grant
Séance de psychophonie

25 décembre 2018,
Hôtel Morrissey, Neponset, Boston, MA.

Le journal s'arrête là. Je le referme. Je retrouve le cadavre de Ms Le Carré sur le sol et à côté se tient l'ange Martin. Il me dit :

— J'ai jamais forcé cette fille, ma chérie, j'ai jamais fait quoi que ce soit qu'elle ne voulait pas. Faut pas croire tout ce qu'elle a écrit. Tu sais, cette gamine, elle avait plus trop sa tête. Son journal, il lui servait d'abord à se trouver des excuses. C'est facile de réécrire l'histoire, de tout mettre sur le dos des autres. Si je veux, j'peux le faire moi aussi… Le médecin, par exemple, si ce salaud avait parlé, je serais encore vivant, et toi t'aurais assassiné personne. T'en es à deux bonnes femmes, ma chérie. Deux. Ça commence à faire, non ?

Martin a raison. Le médecin, il trahit sa parole et quoi ? Rien. Il ne se passe rien. Son immoralité est récompensée. Edwards nage dans le bonheur. Les autres : Bill, Marcus, Oliver, Gregory, leur famille respective, Ms Le Carré, Martin, Maddie et moi, qu'est-ce que ça a été pour nous tous ? Un désastre, de la détresse, de la souffrance, des morts. Lui, néant. Il aurait pourtant suffi d'un seul mot de sa part. S'il avait parlé, avoué, tout aurait été différent. Nous serions devenus une famille. Son silence a gâché nos vies. Ma vie. Il faudrait que la sienne devienne aussi âpre que les nôtres. Il faudrait qu'il paie pour le mal qu'il a fait. Dieu tout-puissant. Et si… Et si j'étais Ton bras ? Celui par qui Ton châtiment arrive ? Et si tout cela avait un sens… Et si tout ce mal, c'était le seul chemin possible vers la compréhension de ce que Tu attends de moi ? Te servir et rendre justice.

PIÈCE N° 56

Loren Marny
Audition du 7 janvier 2019

Virginia Grant
Séance de psychophonie

— Ma mère a enroulé le corps d'Adeline Le Carré dans une couverture et elle l'a porté contre elle, la tête d'Adeline sur son épaule, un de ses bras autour de son cou. Un peu comme on aide une personne ivre morte à marcher. Elle m'a raconté que les jambes traînaient sur le sol, mais qu'en pleine nuit on n'y voyait que du feu. Elle a seulement croisé deux types en grande conversation qui embaumaient la *weed*. Ils ne l'ont même pas calculée. Arrivée chez elle, ma mère a jeté la moitié de ses surgelés et elle a allongé la Le Carré dans son congélateur. Elle a poussé la réfrigération à son maximum et, même si elle vivait seule dans la maison, elle a cadenassé le système d'ouverture, par précaution. Le soir même, ma mère m'a expliqué au téléphone ce qui s'était passé avec la Le Carré et le plan qu'elle avait imaginé pour nous sortir de là : tout mettre sur le dos du Dr Edwards et le pousser au suicide. Si Stella Le Carré avait réussi à le faire avec tant d'autres, on pouvait y arriver nous aussi. Ma mère disait que vous, la police, vous interpréteriez son suicide comme un aveu. On n'avait plus que quelques jours pour agir. Mais il y avait l'anniversaire de la mort de Stella Le Carré qui approchait, et ça, ça allait nous aider à faire croire à son retour…

— Loren, comment se fait-il que, pas un instant, vous n'ayez été effrayée par tous ces morts, ces cadavres ? Par votre mère, ses réactions ? Par ses décisions ?

— Pour la première fois, quelqu'un prenait des risques pour moi ! Vous comprenez ?

— Non, je ne comprends pas. Vous connaissiez le Dr Edwards. Ce n'était pas un étranger. Vous pouviez imaginer la peine que vous alliez provoquer si Oscar venait à perdre son père. Mais vous avez accepté sans broncher.

— Edwards ne comptait pas pour moi. Il était responsable de notre malheur, de notre séparation. Tout ce qui comptait, c'était qu'on reste ensemble, ma mère et moi.

— C'est fascinant, Loren. Donc, vous avez fait croire au « retour » de Stella Le Carré. Racontez-moi comment.

— C'est simple. On a imaginé le genre de signes que Stella pourrait envoyer et on les a fabriqués. Le 28, j'ai trafiqué le réveil d'Edwards pour qu'il sonne à l'heure à laquelle ils auraient dû sauter tous les deux. Le 29, Ms Baker m'a demandé de venir m'occuper d'Oscar. Comme Edwards n'était pas encore levé, j'en ai profité. Je me suis faufilée dans leur salle de bains et avec un doigt légèrement graissé j'ai écrit le message qu'on avait inventé, moi et ma mère : « Tu as promis ». Juste après, le même jour, j'ai fait croire à Edwards que je pratiquais le spiritisme. Ensuite, pendant la sieste d'Oscar, j'ai étalé les souvenirs de Stella partout dans le grenier. C'est Oscar qui m'a parlé de cette malle. Il avait vu son père la fouiller. Tout ça, c'était uniquement le premier jour. On voulait que ce soit impressionnant, que ça aille vite dans la tête d'Edwards. Il y avait le corps dans le congélateur, on ne pouvait pas attendre trop longtemps. Après, j'ai mis le feu aux jouets. Personne n'a imaginé que ça pouvait être moi. Ce jour-là, j'ai vu Edwards paniquer. Il se tenait le front, il était en sueur. C'était impressionnant. Là, j'ai su que ça prenait. J'avais même l'impression qu'il en voyait d'autres, des signes, partout, tout le temps, sans qu'on ait rien à faire… Des fois, j'avais l'impression qu'il devenait fou…

— Le Dr Edwards serait sujet à une forme aiguë de paranoïa. Ça a sans doute servi vos affaires.

— On s'est quand même donné beaucoup de mal, vous savez. La partie dont je suis la plus fière, c'est le téléphone prépayé et la carte SIM qu'on a achetée à Chinatown. Elle coûte une fortune, mais elle ne laisse pas de trace. Pas de numéro, pas de pistage possible. Le problème, c'est qu'on ne peut les utiliser qu'une fois. Avant, j'avais téléchargé des filtres pour trafiquer ma voix et j'ai appelé Edwards, en faisant croire que j'étais Stella. C'était carrément génial.

— Et le sang, les cheveux, qui s'en est chargé ? Comment avez-vous procédé ?

— Virginia est retournée à l'hôtel. Elle a payé une semaine supplémentaire, au cas où. Le camé à la réception n'a posé aucune question, trop content de voir du pognon bien frais arriver. Moi, j'ai récupéré des cheveux d'Edwards dans leur salle de bains. J'ai volé quelques-uns de ses vêtements. Ma mère a frotté le sol et le lit de la chambre d'hôtel avec. De mon côté, j'ai installé dans la bagnole d'Edwards un morceau de la jupe d'Adeline Le Carré avec du sang dessus et des cheveux aussi. Le 31, on a cru que c'était fait, qu'on avait réussi. Edwards avait fait sa tentative de suicide. Et on s'est précipitées. Trop. Ma mère a sorti le corps du frigo, elle est allée le plonger dans la mer, pas très loin de l'hôtel. La panique quand on a su qu'Edwards était hors de danger ! Du coup, il fallait que le lien entre lui et Ms Le Carré devienne super évident. Alors on a fait venir Edwards à l'hôtel Morrissey en utilisant le téléphone de Ms Le Carré et on vous a envoyé un extrait du journal. Pour faire d'Edwards votre principal suspect.

— Ça nous amène au 2 janvier. Le jour où votre mère vous poignarde. Vous aviez tout planifié.

— Planifié ? Pffff... C'est grave l'inverse. Ce jour-là, j'ai découvert qui était ma mère. Le but réel de tout ça, en fait. La lettre, la visite d'Edwards, ça aurait dû suffire mais non, elle, elle en voulait plus...

J'étais chez les Edwards à m'occuper d'Oscar quand elle est arrivée hyper speedée, en disant que ça n'allait pas, qu'il fallait bétonner notre histoire, qu'on devait vous convaincre, vous, la police, de la nécessité pour Edwards de supprimer la Le Carré, qu'il fallait faire de cette femme un pur danger pour Edwards. Elle disait que sans ça il allait s'en sortir, qu'avec son fric il engagerait les meilleurs avocats et qu'il éviterait la prison. Elle a commencé à me dire qu'on devrait aussi s'en prendre à Gabi et Oscar. Que c'était la meilleure façon de lui ruiner sa vie. Et au milieu de tout ça, elle a sorti un couteau soigneusement emballé. J'ai demandé ce que c'était que ce truc… le temps qu'elle le déballe et… elle m'a poignardée…

— Qu'est-ce qui se passe, Loren ? Vous voulez qu'on fasse une pause ?

— Non. C'est juste que… j'allais dire quelque chose que… que je devrais pas dire… Vous allez me prendre pour une dingue, mais… ses yeux… au moment où elle l'a fait… C'est comme si j'avais croisé le regard de quelqu'un d'autre. Une autre personne en elle. Comme si elle était dirigée par quelqu'un de l'intérieur… Je me suis écroulée, en me tenant le ventre. Et là, j'ai vu Oscar, sa petite tête, qui dépassait derrière le mur de la cuisine.

— Votre mère ne l'a pas vu ?

— Non, il était dans son dos. Et elle, avec ses mains gantées, elle était occupée à écrire sur le sol le même message que sur le miroir, avec mon sang ! J'ai fait les gros yeux et Oscar a compris. Il s'est caché. C'est là que ma mère s'est mise à parler à mon père.

— Votre père ?

— Oui. Martin Milton Lane. Comme s'il était dans la pièce. C'était flippant. Ça n'était jamais arrivé avant. Elle lui disait qu'il y avait les empreintes de Ms Le Carré sur le couteau, et qu'avec ça Edwards allait croupir en prison. Et je me disais, les empreintes, pour les déposer sur le manche, elle a dû y penser avant, dès la chambre d'hôtel, ou peut-être même depuis le début. En fait, j'étais manipulée, ma mère m'utilisait. Sa vengeance, elle la menait SEULE. À mon père, elle lui a dit qu'elle s'occuperait d'Oscar après, dès qu'elle aurait fini d'écrire le message sur le sol. Je l'ai suppliée d'appeler les secours. Vous vous rendez compte ? Je pissais le sang, j'ai cru mourir et elle, elle délirait, elle discutait avec… avec du vent !

Je crois que c'est la quantité de sang sur le sol qui l'a impressionnée, ou alors c'est ma tête, parce que j'étais vraiment en train de partir, de crever. Elle a fini par attraper le téléphone, elle a composé le numéro des urgences et elle m'a laissée en disant : « Plus le temps pour le petit, je reviendrai. » Elle m'a abandonnée, à genoux, le ventre ouvert. Vous vous rendez compte ? Quand Oscar est sorti de sa cachette, je lui ai dit de ne surtout pas parler, que s'il racontait ce qu'il avait vu la dame reviendrait et alors elle nous tuerait lui et moi, pour de bon. Je le pensais vraiment, vous savez. Oscar a promis de se taire.

— Loren, pourquoi ne pas avoir parlé ? À ce moment-là vous saviez Gabrielle Baker en danger. Et Oscar aussi.

— Au même moment, vous avez inculpé Edwards et ça l'a calmée. Vous alliez le jeter en prison, il allait payer, c'est ce qu'elle voulait, elle était heureuse. Elle m'a promis d'en rester là. Elle a promis, vous comprenez. Moi, j'ai toujours cru aux promesses. Mais quand Edwards s'est échappé, ça l'a reprise. J'ai peur, monsieur, j'ai si peur…

— Peur de quoi, Loren ?

— Peur de moi. De ce qu'elle m'a fait devenir.

*

Le flic stoppe l'enregistrement. Il se lève, hésite, on dirait qu'il cherche quelque chose à dire, mais il se contente de poser une main sur l'épaule de Maddie.

Le sourire qu'il lui adresse me fait penser à celui d'un prêtre venu donner l'extrême-onction. Il sort de la chambre, sans dire un mot, rejoint par les Marny. Maddie les suit du regard. Elle voudrait qu'ils restent, mais elle semble être devenue à leurs yeux aussi transparente que moi. La porte se referme. Me voilà seule avec ma fille. Je m'approche. Je voudrais caresser son visage, lui prendre la main, mais comment faire ? Je suis… immatérielle. Maddie s'effondre en sanglots sur son coussin. Elle gémit de chagrin. Elle se tord, souffre et se tient le ventre, le lieu favori de la tristesse. C'est un supplice pour moi de la voir dans cet état sans rien pouvoir faire. Je voudrais qu'elle sache que je suis là, que je serai toujours là pour elle. Malgré ce qu'elle a pu dire de moi. L'amour d'une mère est un amour inconditionnel. Je voudrais lui faire un signe… L'eau… L'eau dans son verre… C'est si léger, si sensible aux vibrations.

Je me concentre sur le liquide. Je le fixe durant des secondes qui se transforment en minutes entières. Je veux y parvenir. Pour elle. Pour qu'elle sache. Soudain, l'espace bleuté autour de moi s'entrouvre. Le verre d'eau et ses alentours se teintent de couleurs, les couleurs du monde de la matière. C'est comme si j'avais étiré les mailles d'un filet. L'eau et le gobelet frémissent. Le gobelet vibre comme s'il était posé sur le baffle d'une chaîne hi-fi. Ça attire l'attention de Maddie. Elle fronce les sourcils. Elle se redresse, en appui sur ses bras. Ma chérie, c'est moi, c'est maman… Est-ce que tu comprends ? J'espère ! J'espère tellement ! Un sentiment de joie, de satisfaction me submerge et ça me déconcentre. Le voile bleuté se ressoude. Le verre perd ses couleurs et l'eau qu'il contient se fige. Tout s'arrête. Je suis épuisée.

Maddie observe autour d'elle, troublée. Elle ne pleure plus. Elle fixe le gobelet, pensive. Est-ce qu'elle a compris ? Est-ce qu'elle a pu imaginer que c'était moi ? Un signe de moi. Patience, ma chérie. Je recommencerai. Je vais m'entraîner. Et bientôt, j'aurai appris, et tu recevras des signes. En quantité. Patience. Je reste auprès de toi. Pour toujours et à jamais…

PIÈCE N° 57

Dr Niels Edwards
Hypnose régressive sous polygraphe

27 janvier 2019,
MGH, Boston, MA.

« Réveille-toi, Gabi. Je veux que tu m'épouses. Je veux être uni à toi. Me marier. Passer le reste de ma vie avec toi. » C'est ce que je lui chuchote à l'oreille, quotidiennement, en l'embrassant, en espérant qu'un de mes baisers la sorte de sa léthargie. Sa chambre est un jardin. La pièce sent la chlorophylle et le jasmin. Chaque jour, j'apporte un nouveau bouquet. Chaque jour, Oscar apprend à lui parler, à communiquer avec elle, même si elle ne répond pas, même si elle garde les yeux fermés. Son cœur, lui, ne l'est pas. Je sais qu'elle nous entend, qu'elle nous ressent. Oscar adore lorsque je leur lis un livre. Il tient la main de sa mère et la regarde en souriant. Mais notre moment préféré à tous, même à elle, j'en suis sûr, ça reste la radio. Nous l'écoutons ensemble pour qu'elle se tienne informée de ce qui se passe dans le monde, à l'extérieur de cette chambre.

À l'heure de la sieste, notre fils s'endort serré contre elle. Gabrielle et moi avons alors nos conversations d'adultes. Je lui parle comme jamais je ne lui ai parlé auparavant. Je partage avec elle mes doutes, mes questionnements sur notre avenir. Je peux faire une croix sur ma carrière de médecin et je n'ai pas encore la moindre idée de ce que je serais capable de faire à la place. Je la rassure aussi sur mes crises hallucinatoires. Sur mes envies de scarifications. Évanouies. Le psy qui me suit est un type formidable. Très pro. Très humain. Nous sommes finalement arrivés à un bon dosage côté médicaments, et ça m'aide beaucoup. Mais pas aussi efficacement que cet amour que je reçois autour de moi et qui me porte : celui de Gabi, d'Oscar, de mes parents. Pour la première fois de ma vie, j'ai entendu mon père dire que j'étais un homme courageux. Et c'est lui qui s'est mis à chialer. Comme une lavette.

Tu ne me manques pas, Gabi. Tu es là, vivante, et c'est tout ce qui compte.

Oscar dépose une bise sur son front. À demain, maman.

Je dépose un baiser sur sa bouche. À demain, mon amour.

PIÈCE N° 58

Amanda L. P. Alvarez
Interview

27 janvier 2019,
MGH, Boston, MA.

Un soir sur deux, nous – Sophia, Margaret Hamilton, Reinhard et moi – passons la soirée avec Gabrielle. Nous voulons en avoir le cœur net, écarter un doute, une intuition. Nous voulons répondre à une question précise : Stella est-elle définitivement retournée là d'où elle est venue ? Depuis un mois, aucun signe, pas de manifestation, aucune tache lumineuse autour du *médico*. C'est le calme plat. Avant la tempête ? Du coup, il n'en démord pas : il n'y a jamais eu la moindre activité paranormale autour de lui. À l'écouter, cette théorie des black-out suffit à tout expliquer.

Je ne lui en veux pas, au *médico*. Lui, ce qu'il souhaite par-dessus tout, c'est un retour à la normale. Que sa souffrance cesse. Et se voir à nouveau de la façon dont il s'est toujours vu, comme un problème, eh bien, pour lui, c'est un bon début, un soulagement, une façon de retourner enfin à sa vie d'avant.

Pendant que, sur le parking de l'hôpital, Reinhard attend dans sa Saab bleu cobalt, prêt à démarrer en trombe au cas où ça tournerait mal, pendant que Sophia fait le guet, Margaret et moi, nous plongeons dans l'*Océan*. Nous y plongeons depuis le corps amaigri et blafard de Gabrielle. Il me fait penser à une barque. Une barque blanche flottant sur les draps bleu pâle de ce lit d'hôpital. Nous sommes à la recherche d'une trace, d'un indice. Une recherche rythmée par les bruits de l'appareillage. Si Margaret Hamilton a accepté de m'épauler, c'est qu'elle a, elle aussi, de sérieux doutes. Quelque chose lui semble inachevé. Stella n'a certainement pas dit son dernier mot et Margaret sait de quoi elle parle. Margaret connaît bien les esprits rétifs. Quatre-vingt-quatre années dédiées à l'occulte. De ses premières visions sous le Blitz à l'incube du métro de Boston, une de ses plus grosses affaires. Sa vie aura été entièrement, pleinement, âprement traversée par l'étrange et l'occulte. Un destin que la fondatrice de notre Cercle n'a pas embrassé mais affronté et qui a fait d'elle, presque contre son gré, ce qu'elle est devenue pour nous tous : une boussole, un savoir, une sagesse, notre modèle. Avec la Reine, donc, *Mi Reina*, je flotte dans le monde bleuté. Nous en explorons les méandres à la recherche de Stella Le Carré.

Avant même que ça se produise, nous devinons l'arrivée d'un bouleversement, d'un déséquilibre brutal. Effrayée, je cherche le regard de Margaret mais la vision cauchemardesque envoyée par Gabrielle nous percute en ricochet et nous aveugle.

PIÈCE N° 59

Oscar Edwards, maïeusthésie
Dr Niels Edwards, hypnose
Amanda L. P. Alvarez, interview

27 janvier 2019,
MGH, Boston, MA.

J'ai perdu la photo de maman. Je dors avec depuis que maman est à l'hôpital. Je cherche dans mes draps mais je la trouve pas. J'ai mal au ventre. J'ai envie de faire pipi. Mais je veux pas aller aux toilettes. Il faut traverser le couloir et il fait trop noir dans le couloir. J'ai peur du fantôme. J'ai peur qu'il revienne. Papa dit que maman a raison, les fantômes n'existent pas, mais moi, je l'ai vu le fantôme…

Maman. Ma maman.

Je veux la retrouver. Je veux retrouver la photo de maman.

*

Oscar est couché. Je débarrasse le dîner. Je termine mon verre de sancerre, domaine de Sarry. J'écoute l'*Air des clochettes* de Delibes. Gabi a toujours préféré *Sous le dôme épais*, mais *Lakmé* reste notre opéra favori. C'est le retour à la banalité. Un bonheur infini. Emmener Oscar à l'école, passer au supermarché, préparer le repas du soir, vérifier le courrier, régler quelques factures, chercher un job, envoyer des CV, traîner sur Netflix ou Hulu, récupérer Oscar, nous rendre à l'hôpital, passer du temps avec elle, rentrer, dîner, continuer à penser à elle, toujours, tout le temps. Quand je dis « elle », je parle de Gabrielle. Stella ne fait plus partie de ma vie. Elle n'y a plus aucune place.

Le téléphone sonne. Bizarre, il est tard. Je décroche rapidement pour ne pas réveiller Oscar.

La voix d'Amanda déformée par la panique me vrille les oreilles :

— *Médico*, où est Oscar ? Où est-il ?

— Amanda ?

— *Médico*, *por favor*, dis-moi qu'Oscar est près de toi.

— Il est là, oui, enfin, il est à l'étage, dans sa chambre, il dort. Pourquoi ?

— Va le chercher, vite !

— Amanda, qu'est-ce qui vous arrive ?

— *Médico*, ne discute pas, Oscar est en danger !

*

Mes doigts se sont agrippés au drap de Gabrielle. Une image voilée s'impose à nous. Nous sommes dans une voiture. De la fumée s'échappe de sous le capot. Comme chaque matin, la voiture de Gabrielle est tombée inexplicablement en panne à moins d'une centaine de mètres de la maison des Marny. Distinctement, nous les voyons se rencontrer. Les Marny viennent en aide à Gabrielle et, autour d'eux, nous sentons puissamment la présence de Stella. Nous ressentons son influence sur les événements. Nous assistons au sourire échangé entre Loren et Gabrielle quand l'adolescente accepte de devenir la baby-sitter d'Oscar, et ce sourire n'est pas seulement celui de Loren. Puis, c'est une fenêtre grande ouverte. Devant laquelle se tient Oscar. Le petit est en équilibre précaire sur une chaise. Et brusquement, le gamin dérape. Il culbute. Oscar lâche un cri strident. Oscar tombe dans le vide. Stella vient de le pousser, violemment, sèchement. Je secoue la tête pour que la vision s'arrête, mais ça continue. Devant mes yeux, nos yeux, le petit corps poursuit sa chute. Son corps va se briser en percutant le sol. Je ne veux pas voir ça, pitié. Par pitié.

*

Je bois une lampée de vin. Le goût du tanin emplit mon palais. J'entends la respiration rauque d'Amanda au bout de la ligne.

— Amanda, je sais ce qu'on vous doit, vous faites partie de la famille maintenant, mais c'est fini, terminé. Tout va bien, Oscar dort tranquillement dans sa chambre.

— *Médico*, crois-moi ! Stella est de retour. Loren n'a jamais parlé des cadres brisés, des pas dans le grenier. Et cette apparition le soir de ton anniversaire, et les variations électriques, ça n'était pas dans ta tête !

J'avale une nouvelle lampée de vin pour soulager le goût amer de cet inventaire sinistre :

— C'était dans ma tête, Amanda. J'étais en plein black-out.

— Comment tu expliques les pannes de voiture, tous les matins, près de la maison des Marny, jusqu'à ce que Gabrielle les rencontre ?

— Comment vous savez ça ?

— Stella, *Médico*, Stella !

— Amanda, c'était un problème d'alternateur qui…

— Stella voulait que ça arrive. Elle voulait que Loren devienne votre baby-sitter. Rien n'est dû au hasard !

— Amanda, vous vous trompez, vous…

— *Médico, por Dios*, cesse d'être naïf ! Les forces du mal savent se servir des esprits fragiles, de leurs ressentiments. Stella a utilisé Loren et Virginia comme instruments de vengeance tout en les menant à leur perte. Il fallait aussi punir celle qui l'avait assassinée.

— Amanda, d'où sortez-vous tout ça ?

— J'étais avec Margaret Hamilton. Nous avons visité Gabrielle.

*

J'ouvre la porte. Elle grince. Ça me fait des frissons. En bas, dans le salon, papa parle avec quelqu'un. Mais j'entends seulement sa voix. Je dois faire pipi. J'ai trop mal dans mon ventre. J'avance dans le couloir. Encore un grincement. Je regarde ma porte. Elle n'a pas bougé. C'est la porte de papa et maman qui s'ouvre. Je serre mon doudou contre moi. J'ai peur. Je vois la photo de maman. Elle est là, dans leur chambre ! Je cours la ramasser mais, quand je veux l'attraper, la photo s'envole. On dirait que quelqu'un souffle dessus. Il y a les fenêtres qui se soulèvent. J'ai vraiment peur. C'est le fantôme. Il est là. Je recule. Je veux appeler papa. Mais la photo de maman s'envole encore. Elle s'envole vers le dehors. Non, pas ça ! Pas maman, pas ma maman…

*

Nous sortons de cette horrible vision comme nous y sommes entrées, sans rien contrôler. Dans ma nuque, une énergie primaire me tire vers l'arrière. Le bleu autour de nous se rétracte à toute vitesse. On nous expulse de l'*Océan*. La faute à Gabrielle qui n'a pensé qu'à une chose : venir en aide à son enfant, sauver Oscar, et pour ça Gabrielle a cru devoir rejoindre le monde des morts. Gabrielle a décidé de mourir.

Pauvre Gabrielle. Elle ne le sait pas encore, mais son sacrifice est vain. On ne devient pas un fantôme accompli le temps d'un arrêt cardiaque. La vie et la mort ne sont faites que d'apprentissages. Nous aurions pu l'avertir si son coma ne représentait pas pour nous un mur infranchissable, un obstacle qui empêche toute communication. Pourtant, Gabrielle est parvenue, elle, à partager avec nous cette vision d'horreur. Comment s'y est-elle prise ?

L'amour d'une mère est tout-puissant.

*

La photo de maman s'est posée sur le toit. Je pousse une chaise. Je monte dessus. Oh non ! C'est pas vrai !

La photo s'est encore envolée. Elle est dans la gouttière maintenant. Peut-être que si je me penche. Si je tends fort mon bras vers elle…

*

C'est toute l'horreur de la situation. Nous ne voyons pas Gabrielle, mais nous l'entendons. C'est comme ça. Une hantise commence toujours par des sons étranges. *Miseria.* Coincée dans l'autre monde, Gabrielle nous conjure de l'aider, d'aider Oscar. Elle appelle, elle supplie. Elle a reconnu la fenêtre, la pièce, l'endroit où l'attaque va se produire : dans sa maison, dans sa chambre. Émue aux larmes, Margaret se dresse. Elle propose d'*alojar*, de devenir un *host*, d'*héberger* Gabrielle. Je m'y oppose. Hoster est une technique extrêmement dangereuse, si dangereuse que certains médiums veulent la proscrire de notre corpus. Hoster demande une énergie telle qu'on en sort à moitié vivant ou à moitié mort. C'est selon. Sans parler des séquelles possibles, si l'âme de l'hébergé entre en contact avec l'âme de l'hébergeur. Ne jamais laisser un fruit putréfié en toucher un autre. À quatre-vingt-quatre ans, Margaret n'y survivrait peut-être pas. Alors, je propose de le faire moi, la peur au ventre, même si je n'ai jamais *hosté* qui que ce soit, même si Margaret se fâche tout rouge. Mais sous la pression – Sophia nous presse, le staff de l'hôpital va finir par débarquer – Margaret abdique. *Mi Reina* ouvre le petit écrin cuivré situé à l'extrémité de son sautoir. Elle en sort un rifloir type langue d'oiseau, une œuvre d'art minuscule et dorée. Sur le cadavre de Gabrielle, Margaret se met à couper une mèche de cheveux, des bouts d'ongles. Elle me les tend. Je dois les ingurgiter malgré mon dégoût. Grâce à ces substances pleines de SA vie – seuls les cheveux et les ongles continuent de pousser après la mort – le lien entre Gabrielle et moi sera renforcé, consolidé. Margaret attrape ma main. À nous de jouer. Nous nous concentrons pour étirer les mailles de l'*Océan*. Progressivement, le corps astral de Gabrielle nous apparaît et Margaret la dirige, la canalise vers moi. J'ouvre la bouche. Lentement, l'âme de la jeune femme s'écoule dans mon gosier, à l'intérieur de moi. Tout au long du processus, je tente de contrôler de violents réflexes nauséeux. Quelques minutes plus tard, nous sautons dans la voiture de Reinhard. Margaret lui crie : « Chez Edwards ! Vite ! Le petit est en danger ! » Reinhard presse l'accélérateur et fait rugir le moteur. Pendant que la voiture zigzague dans la circulation, j'appelle le *médico* pour le prévenir de l'attaque.

*

— Vous avez laissé quelqu'un examiner Gabi sans ma permission ?

— Ce n'est pas « quelqu'un », Niels. Il s'agit de Margaret Hamilton, la fondatrice du Cercle. Elle possède des capacités psy hors normes…

— Vous auriez dû m'en parler !

— *Maldición*, tu me régleras mon compte plus tard ! Réagis, bon sang ! Stella va attaquer ton fils ! Protège ton enfant ! Ce n'est pas moi qui te le demande, c'est Gabrielle !

J'entends le téléphone percuter une surface. Peut-être le sol. Ça l'a fait réagir, enfin. J'entends des bruits de pas, une course vers les étages de la maison. J'entends le *médico* hurler le prénom du petit. Cela fait revenir à mon esprit la vision atroce du petit Oscar. La panique me gagne. Pourtant, je dois tenir bon, je dois contrôler mes émotions. Seule façon de prendre soin de mon âme. Qu'elle reste à sa place et intacte, éloignée de celle de Gabrielle. Je dois garder la tête froide, conserver mes capacités de concentration. Malgré la panique et la souffrance. C'est un supplice. Mon crâne me donne l'impression d'être pris dans un étau. On est en train de le comprimer, de l'écraser. Ma cage thoracique semble vouloir s'ouvrir en deux. J'ai des haut-le-cœur, des « haut-à-l'âme » insoutenables. Des vaguelettes étincelantes ou sombres souillent ma vision. Gabrielle doit sortir de moi au plus vite.

*

Je tends mon bras très fort, mais c'est pas assez ! Je me mets sur la pointe des pieds… Les cris de papa. Qu'est-ce qu'il a ? Pourquoi il crie comme ça ? Je sors la langue. Mes yeux se plissent. Je touche presque maman, son visage, son sourire au bout de mes doigts…

*

En bringuebalant, la voiture se gare dans un crissement de pneus. Margaret, Gabrielle et moi, nous nous précipitons dans le jardin. Faire le tour de la baraque, le nez en l'air, et repérer une fenêtre grande ouverte. Reinhard, lui, se rue à l'intérieur.

*

J'entre dans sa chambre : vide. Je tourne sur moi-même. En bas, j'entends la porte d'entrée s'ouvrir à la volée. Reinhard projette sa voix dans la maison. Il m'appelle. Il appelle Oscar. Nos prénoms sont prononcés avec le même tremblement. Je reviens dans le couloir. Je remarque la porte de ma chambre grande ouverte. Je me précipite vers elle. Mes tripes se retournent. Face à la fenêtre ouverte, mon fils est en équilibre instable sur une chaise, un bras tendu vers l'avant, le corps penché dans le vide. Je me lance vers lui, tandis que dans mon dos Reinhard arrive à l'étage. Une sensation horrible issue de mes pires cauchemars s'empare de moi : l'impression de ne pas avancer. Ma conscience zoome sur Oscar, mais nos corps s'éloignent l'un de l'autre. Coup de tonnerre. La porte de la chambre se referme d'elle-même sur Reinhard et un nuage sombre, opaque, se matérialise, juste derrière Oscar. Des yeux de craie percent la masse noire, suivis d'une bouche, d'un nez. Progressivement, je reconnais avec horreur et dégoût Stella. Je la reconnais en partie. La moitié de son visage est calcinée, carbonisée. Stella semble avoir fusionné avec un double d'elle-même qui serait passé sur un bûcher.

Tout cela s'est déroulé en une fraction de seconde.

Et une autre s'enchaîne.

Apparaissent les mains brûlées de Stella, des griffes noires qui se posent sur le dos de mon fils.

Oscar vient de réaliser, de comprendre : quelqu'un, quelque chose s'est dressé derrière lui et cette chose le touche.

La bouche spectrale s'étend en un sourire. Stella

veut me signifier sa joie immense. Sa bouche happe la lumière, aspire tout espoir. Une voix s'échappe de cette cavité infernale. Un son à percer les tympans. Ça ressemble au crissement d'un rouage grippé.

— *Vois ! Vois le gouffre sublime ! Vois !*

Un masque de terreur recouvre le visage de mon enfant.

Je suis si près de lui. Si près…

Une tache sombre se dessine sur son pyjama. Elle s'étend rapidement le long de ses jambes. Mon petit se pisse dessus.

Je tends désespérément mes mains vers lui.

Stella a fini de poser ses doigts grillés le long de son dos et elle pousse. Stella pousse mon enfant dans le vide.

Les pieds d'Oscar dérapent.

La chaise bascule.

Je frôle la douceur du coton de ses vêtements.

Mes doigts se referment sur le vide.

Le corps de mon fils bascule.

Et c'est ma vie tout entière qui bascule.

*

Margaret colle sa paume contre la mienne. Elle dit : « Ensemble ! » Ce que nous n'étions pas censées faire. Je sens Margaret s'infiltrer en moi. Je sens son fluide. Je visualise instantanément l'âme de Gabrielle. L'image est trop nette, trop belle, trop facile pour qu'elle ne provienne que de moi. Je vois dans une vision à plusieurs strates Oscar basculer dans le vide et l'âme de Gabrielle qui flotte pourtant en moi. J'entends le cri de désespoir du *médico*. Une terreur immense, inhibant toutes mes forces, s'empare de moi, fige ma capacité de réaction. Mais je sens ma main se faire broyer par celle de Margaret. *Mi Reina*, tout en contrôle, me rappelle à l'ordre. « Maintenant ! » J'ouvre la bouche en grand. Gabrielle s'extirpe de moi. J'ai l'impression qu'elle arrache mes organes avec elle. Gabrielle s'élance pour attraper Oscar, mais « attraper » dans le monde des vivants est une tâche impossible quand on est une morte si récente. Je sens alors à côté de moi Margaret se mettre en surchauffe. Cela dure le temps d'un souffle, mais *Mi Reina* déclenche ce qui ressemble à une fission. En se concentrant sur lui, elle permet au corps gazeux de Gabrielle de devenir un amas de particules chauffées à blanc. Et sur ce jaillissement de lumière affleure le visage magnifique de Gabrielle. On dirait l'apparition d'un ange. Émerge une idée de bras. Qui se solidifient. Le gamin les percute. Cela suffit à dévier sa chute. Le petit atterrit dans la haie du jardin. L'atterrissage lui arrache une longue plainte. Vivant, il est vivant ! Mais il faut continuer. Il faut aider Gabrielle à se mouvoir dans cet espace interdit. Nous canalisons nos forces, nous restons connectées à elle, elle qui traverse le cadre de la fenêtre, qui se jette sur Stella. Éclatent des hurlements, démarre un affrontement de forces ésotériques : la rage de Gabrielle, la fureur de Stella. Les deux entités se mélangent. « STOP ! » me prévient Margaret et nous coupons notre soutien à Gabrielle qui se retrouve instantanément happée, rappelée par l'*Océan*. Une lumière d'un bleu profond explose à l'étage. Un cri de rage lugubre éclate. Gabrielle est arrachée à notre monde. Et Stella, qu'elle a agrippée, avec.

Silence. Quiétude et obscurité. La nuit reprend ses droits. On ne perçoit plus à l'étage que les gémissements du *médico* et dans le jardin les hoquets terrassés d'Oscar. Déjà, Margaret lui porte secours. Je compose le 911. Margaret m'envoie un magnifique sourire. « Je crois qu'il va bien, Amanda. Nous avons réussi. » J'aime voir Margaret sourire. C'est si rare. La preuve, son sourire disparaît déjà. Son regard est passé sur autre chose que moi. Je me retourne. Deux personnes viennent d'assister à la scène. Mr Torrance qui promenait son chien et Mr O'Hara. Ce dernier tient son téléphone portable collé à l'oreille. Il balbutie : « Allô ? Police ? Je… Je viens de… Je viens de voir mon voisin pousser son enfant dans le vide. » Mais brusquement, c'est comme si on me bourrait les oreilles de coton. Les voix, les sons du dehors s'atténuent. Les battements de mon cœur prennent le dessus. Mes jambes perdent de leur solidité. Ma perception du monde se rétrécit. Je vois Margaret se relever, « Amanda ? Est-ce que ça va ? », s'avancer vers moi, inquiète. Tout se met à tourner et je m'évanouis.

Allez-y, riez. Riez si ça vous chante. Moquez-vous. Peu importe. Je ne vous demande qu'une chose. Je vous en prie. Je vous en supplie. Ne riez pas devant le petit. Ne lui riez pas au nez lorsqu'il vous racontera qu'il a vu sa mère le prendre dans ses bras pendant qu'il tombait, lorsqu'il vous dira qu'elle est devenue un ange et que c'est elle qui l'a sauvé.

PIÈCE N° 60

Édito du magazine Spirite, *édité par le Cercle spirite Margaret Hamilton*

Par le passé, nous, membres du Cercle spirite Margaret Hamilton, sommes parvenus à prouver que le Dr Edwards n'était pas l'assassin d'Adeline Le Carré. Bientôt, nous prouverons qu'il n'a jamais eu l'intention d'assassiner son enfant et qu'on l'en a inutilement séparé.

Non, le Dr Edwards n'est pas atteint de schizophrénie paranoïde comme la justice le prétend, mais d'une « hantise ». Une parmi celles recensées chaque année à travers notre pays. Et si le Dr Edwards souffre d'une maladie, c'est de dépression, une dépression sévère qui s'explique par les épreuves traversées : le retour de Stella Le Carré, la mort de sa compagne, la séparation d'avec son fils, la façon dont son histoire est abordée par la justice et les médias, plus prompts à refuser les faits surnaturels qu'à aider à l'éclosion de la vérité.

Pourquoi Reinhard Krauss Jäger, membre et vice-président du Cercle spirite Margaret Hamilton, ne sera-t-il pas appelé à la barre, alors qu'il est le seul et unique témoin de ce qui s'est passé entre le Dr Edwards et son enfant ? Pourquoi Amanda Lucia Pia Alvarez, présidente de notre Cercle, ainsi que Margaret Hamilton, membre d'honneur, n'ont-elles jamais été entendues par les enquêteurs alors qu'elles ont assisté à la chute du petit Oscar et qu'elles ont été les premières à lui porter secours ? Pourquoi aucun des éléments fournis par les membres du Cercle n'a-t-il été enregistré ou ajouté au dossier de l'instruction ? Nous considérons qu'il s'agit là d'une entrave caractérisée à l'exercice de la justice. Une entrave lourde de conséquences puisque le Dr Edwards risque onze années de prison sans possibilité d'exercer totalement et librement ses droits parentaux. Personne ne veut voir le petit Oscar placé inutilement en famille d'accueil.

Dans une récente interview, le Dr Edwards déclarait : « Je ne sais pas qui des médecins, des juges, des policiers ou des spirites a raison. Stella Le Carré a-t-elle été de retour ? Ai-je été secouru par une bande de cinglés ? Par des gens sincères et dans la vérité ? Ai-je défenestré mon gamin dans une crise de démence ? Dois-je remercier la chance ? Ma compagne ? Une seule chose est certaine : un jour, mon heure viendra assurément, et ce jour-là, si un autre monde existe, alors je reviendrai à mon tour, je tourmenterai ceux qui ont refusé toute possibilité paranormale. Je tourmenterai les juges, les médecins, les avocats, les policiers, jusqu'à ce qu'ils comprennent leur erreur et qu'ils modifient notre système judiciaire en rendant possible la prise en compte de phénomènes surnaturels ou paranormaux. Mais rassurez-les, ma mort n'est pas pour demain. Dans le doute, je refuse d'offrir mon suicide à Stella Le Carré. C'est au moins ça qu'elle n'aura pas de moi. Oscar, Gabi, vous êtes mon éternité. »

Sachez, docteur Edwards, qu'une seule philosophie guide le Cercle spirite, ses recherches et ses actions : celle du respect de la vérité. Pour preuve : Reinhard Krauss Jäger a signalé qu'il n'avait vu ni la chute du petit Oscar ni l'apparition de Stella Le Carré, la porte de la chambre s'étant refermée sur lui bien trop tôt. Son honnêteté ne nous aide pas à convaincre. Mais peu importe. Le Cercle spirite Margaret Hamilton n'a pas pour habitude de tronquer, d'omettre ou de travestir la vérité selon les bénéfices qu'il pourrait en tirer. Il n'y a pas de vérité « alternative » ou « multiple ». La vérité est la vérité. Les faits sont les faits. *A contrario*, nos détracteurs, eux, n'hésitent pas à mentir, à calomnier, en qualifiant la présence de Krauss Jäger et l'appel téléphonique de Ms Alvarez d'« éléments déclencheurs ». Ce sont eux qui auraient provoqué la « crise hallucinatoire » du Dr Edwards. Crise qui aurait abouti à la défenestration du petit Oscar. Cette théorie, d'une cruauté sans limites, ne poursuit qu'un seul objectif : discréditer notre organisation. Mais le Cercle spirite Margaret Hamilton tient bon. Il résiste. Pourquoi ? Parce que le bien et la vérité finissent toujours par triompher.

Le combat continue.

Margaret Hamilton,
Membre d'honneur du Cercle spirite,
Amanda Lucia Pia Alvarez,
présidente du Cercle spirite Margaret Hamilton.

REMERCIEMENTS

Merci à la Boston Public Library où ce livre a été en grande partie écrit, près du buste magnétique et inspirant d'Edgar Allan Poe.

Éléna Suzat, Olivier Leculier, Catherine Morgenstern, merci pour l'interrogatoire musclé que vous avez fait subir à mon imagination.

Merci à Alain L., Alain, Claudia, Daniel, Élodie, Fernande, Jessica, Nathalie, Pauline, Wilfried et au « feu vert » donné.

Merci à Éric Lehmann pour l'espagnol impeccable d'Amanda.

Ce roman est pour toi, Véronique.
Merci de m'avoir mis cette vieille machine à écrire entre les mains.
Merci de m'avoir tant soutenu dans les débuts si chaotiques de ma vie.

Cécile, *I did it* !

Un immense merci à Béatrice Duval et Laurent Boudin.

Certaines rencontres nous obligent à penser qu'il n'y a pas de hasard.

Mon amour. Nous nous sommes toujours juré de ne nous faire aucune promesse, d'aucune sorte, et surtout pas celles un peu folles que se font les gens qui s'aiment. Et pourtant, pourtant mon amour, nous les tenons toutes. Je t'aime.

PAPIER À BASE DE FIBRES CERTIFIÉES

Le Livre de Poche s'engage pour l'environnement en réduisant l'empreinte carbone de ses livres. Celle de cet exemplaire est de :
350 g éq. CO_2
Rendez-vous sur
www.livredepoche-durable.fr

Composition réalisée par Soft Office

Achevé d'imprimer en mai 2022 en Espagne par
Blackprint
Dépôt légal 1re publication : juin 2022
LIBRAIRIE GÉNÉRALE FRANÇAISE
21, rue du Montparnasse – 75298 Paris Cedex 06

44/2138/1